Das Pferd des Teufels

Astrid Frank

DAS PFERD DES TEUFELS

Thienemann

Dein hünd'scher Geist, der,
aufgehenkt für Mord,
die grimme Seele
weg vom Galgen riss (...)

Shakespeare: Kaufmann von Venedig

Sie ist lieblich wie eine Gazelle
und holdselig wie ein Reh.
Lass dich von ihrer Anmut allezeit sättigen
und ergötze dich allewege an ihrer Liebe.
Sprüche Salomos 5.19

»Einen wunderschönen Morgen, verehrtes Fräulein Anna!« Der Mann mittleren Alters ließ die Glocke, die er bei sich trug, erklingen. »Den wünsche ich Euch und einen solchen habt Ihr mir soeben beschert. Dafür sei Euch mein Dank sicher.« Der etwas zu kurz geratene Mann deutete eine Verbeugung an und ordnete anschließend seinen Bettelsack neu, der ihm bei dieser Bewegung von der Schulter gerutscht war.

Anna lachte. »Wie das, Heinrich?« Sie lehnte sich sacht gegen das schwarze Pferd an ihrer Seite, damit es stehen blieb. »Auf welche Weise habe ich Euch einen schönen Morgen beschert?«

»Allein durch Euren Anblick«, antwortete der Schellenknecht* und läutete erneut seine Glocke.

Anna schüttelte stumm den Kopf und der Rappe an ihrer Seite schnaubte. »Ja, ja, Christopherus, wir gehen gleich weiter. Ihr seht ...« Sie wandte sich mit einer entschuldigenden Geste an den Mann.

Doch der zeigte sich unbeeindruckt: »Ach, was würde ich darum geben, mit Eurem Pferd zu tauschen

* Die mit Sternchen gekennzeichneten Begriffe sind im Glossar erklärt.

und für Euch den Karren zu ziehen, nur damit ich immer bei euch sein kann.«

»Ihr würdet diese Arbeit nicht einmal einen Tag durchhalten«, erwiderte Anna mit einem unterdrückten Lächeln. »Ihr müsstet ja nicht nur den vollen Karren ziehen, sondern vor allem den Pflug über die harte Erde ... nein, nein, Heinrich, geht Ihr Eurer Wege und sammelt Almosen für die armen Aussätzigen und Christopherus und ich, wir gehen unserer Wege.«

Als hätte der Hengst die Worte des Mädchens verstanden, setzte er sich nun mit einem Stöhnen wieder in Bewegung und brachte den noch leeren Karren mühsam ins Rollen.

»Ich hoffe, Ihr wollt nicht über den Markt!«, rief Heinrich Anna hinterher. »Dort gibt es irgendein Spektakel! Ihr werdet mit dem Karren kaum ein Durchkommen finden.«

Anna drehte sich noch einmal um, jedoch ohne Christopherus Einhalt zu gebieten. »Was denn für ein Spektakel?«

Heinrich zuckte mit den Schultern und wandte sich ab. Ob das bedeutete, dass er die Antwort nicht kannte, oder ob er die Frage gar nicht verstanden hatte, weil die hölzernen Räder des Karrens auf dem Pflaster lärmten – Anna wusste es nicht. Sie jedenfalls hörte Heinrichs Schellen, mit dem er nun erneut die Aufmerksamkeit der Leute auf sich lenkte, um von ihnen ein Almosen für die Leprakranken zu erbetteln. Aber vielleicht hatte sie auch einfach nur die besseren Ohren?

Dass Heinrich, der in der gleichen Gegend wohnte wie Anna, für die Aussätzigen bettelte, hatte nichts mit seiner Güte zu tun. Es war vielmehr sein Beruf. Er war

Schellenknecht. Angestellt von den Bewohnern des Leprosenhauses *Melaten*, denen es strengstens untersagt war, die großzügigen Anlagen, in denen sie zwangsweise gemeinsam lebten, zu verlassen. Da sie jedoch den Gesunden aus dem Wind zu gehen hatten, und daher weder in der Öffentlichkeit betteln durften noch einer geregelten Arbeit nachgehen konnten, bezahlten sie einen gesunden Mann dafür, dass er für sie auf vorbestimmten Wegen um Geld und Lebensmittel bat und Almosen einsammelte.

Was musste das für ein Gefühl sein, von der Kirche für tot erklärt zu werden und Familie und Heim verlassen zu müssen, Kind und Mann – oder Mutter und Vater – zurückzulassen in dem Wissen, sie niemals wieder zu sehen, um fortan den Rest seines Lebens mit anderen Erkrankten zu teilen, die man bis dato nicht gekannt hatte?

Anna vermochte sich das kaum vorzustellen, obwohl ihr natürlich bewusst war, dass Krankheit und Tod jederzeit und ohne Vorankündigung auch bei ihr zuschlagen konnten. Oft genug war sie dem Sensenmann in ihren fünfzehn Lebensjahren bereits über den Weg gelaufen. Zuerst als er ihre Mutter holte, dann die Tante und schließlich den Vater. Nur sie und Großmutter hatte er bislang verschont.

Allmählich näherte sich Anna dem Marktplatz, den sie überqueren musste, um auf dem schnellsten Wege zu dem kleinen Stück Land zu gelangen, das vor den Stadtmauern lag und ihrer Familie gehörte. Das Einzige, was Vater nicht im Wirtshaus versoffen hatte, bevor er starb, und dessen Erzeugnisse sie und Großmutter notdürftig am Leben erhielten.

Die Häuser wurden allmählich höher und schmaler und sahen aus, als lehnten sie sich Halt suchend aneinander. Die unteren Etagen waren aus Stein gemauert, die Obergeschosse bestanden aus Fachwerk, manche mit Lehmbewurf, andere mit Steinen ausgefüllt.

Wie es wohl war, in solch einem Haus zu wohnen, in dem es mehr als eine Stube gab?

Anna war so in Gedanken versunken, dass sie den Mann mit dem dunklen Umhang, der ihr und Christopherus in der schmalen Gasse entgegenkam, erst bemerkte, als er direkt vor ihnen stand.

Der Mann streckte die Hand aus und schob den Rappen ein wenig zur Seite, um sich zwischen Karren und Hauswand vorbeizuquetschen, ohne von Pferd und Wagen erdrückt zu werden.

Als Christopherus den Druck der fremden Hand auf seiner Flanke spürte, wieherte er erschrocken auf, schlug mit dem Kopf und versuchte der Berührung zu entkommen, indem er zurückwich.

Anna runzelte die Stirn und wunderte sich. Seit wann war Christopherus so schreckhaft? Sie kannte ihr Pferd nur als überaus gutmütig und mit einem langen Atem versehen. Aber warum sollte nicht auch er einmal einen schlechten Tag haben? Der Mann jedenfalls beschwerte sich gottlob nicht, sondern beeilte sich, seinen Weg fortzusetzen.

Anna sah ihm nach. Warum hatte es der Fremde so eilig? Was trieb ihn in dieser Hast vom Marktplatz fort? Hing seine Eile mit dem Spektakel zusammen, das Heinrich erwähnt hatte?

Neugierig geworden, trieb Anna Christopherus weiter. Es waren nur noch wenige Meter, dann würde sich die schmale Gasse zum Marktplatz öffnen. Anna würde ihn überqueren, in der gegenüberliegenden Gasse verschwinden, die sich schließlich zu einer Straße verbreiterte und durch eins der zahlreichen Tore in der Stadtmauer aus der Stadt herausführte.

Doch dort, wo sich die Gasse zum Markt hin öffnen sollte, versperrten Dutzende Schaulustiger Anna den Weg. Schulter an Schulter und Brust an Rücken drängten sich die Menschen auf dem Platz aneinander.

Heinrich hat recht gehabt, dachte Anna, an ein Durchkommen ist so nicht zu denken. Sie versuchte soeben, sich einen Ausweg einfallen zu lassen, denn ein Wenden des Karrens war in der schmalen Gasse ebenfalls unmöglich, als ein markerschütterndes Geräusch ihr den Atem nahm. Auch Christopherus hatte das Geräusch vernommen. Er verdrehte die Ohren, riss die Augen auf und zerrte am Halfter.

Wieder ertönte das Geräusch und dieses Mal erkannte Anna, dass es sich um das Quieken eines Schweins handelte. Der Ruf des Tieres war so durchdringend und von Angst erfüllt, wie Anna es noch nie zuvor gehört zu haben glaubte. Die Sau schrie offenbar in Todesangst und Anna spürte, wie sich die feinen Härchen auf ihren Unterarmen aufrichteten. Auch Christopherus schien die Verzweiflung des anderen Tieres zu erfassen und Anna hatte alle Mühe ihn daran zu hindern, dass er von Panik erfüllt mit dem Karren durchging.

Unmittelbar vor dem Mädchen stand eine alte Frau in einem unscheinbaren Kleid aus ungefärbtem Sackleinen – ähnlich dem, das Anna selbst trug. Ihr Rücken war bereits leicht gebeugt und sie trug ihr graues Haar zu einem Knoten gebunden.

»Verzeiht«, wandte sich Anna an die Fremde. »Könnt Ihr mir sagen, was hier eigentlich los ist?«

Die Alte wandte sich um und Anna erschrak. Die Frau hatte etwas Unheimliches an sich: Ihre Augenbrauen waren in der Mitte zusammengewachsen und ihre Nase war auffallend lang und leicht gebogen. Der Blick aus ihren wasserblauen Augen war so durchdringend, dass Anna das Gefühl hatte, die Fremde sähe ihr geradewegs ins Herz. Sie schien alles mit einem einzigen Blick zu erfassen: Anna, verlassen von Mutter und Vater, für die Großmutter sorgend, und Christopherus, ihr Pferd, einziger Freund und Vertrauter, zu dem das Mädchen eine innige Beziehung hatte. Nichts schien man vor den aufmerksamen Augen und der Lebenserfahrung dieser Frau verbergen zu können.

Jetzt lächelte die Alte und entblößte dabei eine Reihe brauner Zähne. »Was hier los ist, wollt Ihr wissen?« Ihre Stimme klang krächzend, als wäre sie im Verlauf der zahllosen Lebensjahre zu häufig benutzt worden. »Vielleicht ist es den heiligen Herren langweilig geworden, auf jeden Fall hängen sie jetzt schon in Ermangelung von Hexen Säue an die Galgen.«

Anna konnte nicht anders. Sie riss vor Entsetzen Augen und Mund auf. Dabei hätte sie noch nicht einmal zu sagen vermocht, was sie mehr erschreckte: Die Tatsache, dass dort irgendwo, nur wenige Meter von ihr entfernt, eine Sau am Galgen baumelte oder das unverhohlen geäußerte Missfallen der Alten darüber.

»A... aber ...«, stotterte Anna, »was wird der Sau denn zur Last gelegt?«

Die Alte lachte spöttisch und die ersten Köpfe der Umstehenden wandten sich missbilligend zu Anna und der

Fremden um. Anna spürte, wie ihr das Blut die Wangen rötete, doch die Alte schien es völlig gleichgültig zu lassen, dass sie die Blicke der anderen auf sich zog.

»Sie soll sich an einem Kind vergriffen, es angefressen und dadurch so schwer verletzt haben, dass es starb«, antwortete die Frau, ohne die Stimme auch nur ein wenig zu senken. Noch lauter sagte sie: »Vermutlich hatte das arme Vieh Hunger! Schließlich haben wir alle Hunger, nicht wahr?«

Aufgeregtes Getuschel erhob sich links und rechts. Einige der Umstehenden schüttelten den Kopf, andere bekreuzigten sich oder rückten sogar ein wenig von der alten Frau ab.

»Zurzeit gibt es wohl keine Hexe, die man hängen oder verbrennen könnte«, fuhr die Alte ungerührt fort, »und die Vollstrecker dürfen nicht aus der Übung kommen.«

Annas Gefühle für ihre neue Bekannte schwankten zwischen Bewunderung und Ablehnung. Sie hätte es niemals gewagt, öffentlich an der Existenz von Hexen und der Berechtigung der Hexenkommissare zu zweifeln. Andererseits hatte sie selbst Bedenken, ob tatsächlich all die Frauen, die der Zauberei überführt und hingerichtet wurden, Hexen waren. Sie brauchte sich dabei nur an ihre eigene Tante zu erinnern.

Die Schwester ihres Vaters hatte man der Schadenszauberei überführt und auf den Scheiterhaufen gebracht, als Anna selbst erst sechs Jahre alt gewesen war. Immer noch schauderte es sie, wenn sie an diese Zeit vor nunmehr neun Jahren zurückdachte.

Damals hatte ihr Vater noch gelebt und das Verfahren gegen die Schwester hatte ihm nach dem Tod seiner Frau, die im Kindbett gestorben war, den Rest gegeben.

Alles hatte damit begonnen, dass eine der Frauen, die von der Tante als Hebamme betreut wurden, ein Kind tot zur Welt brachte und dafür die Geburtshelferin verantwortlich machte. Prompt meldeten sich auch andere, die im Lauf der Jahre die vielfältigen Dienste der weisen Frau in Anspruch genommen und aus den unterschiedlichsten Gründen etwas Verdächtiges zu berichten hatten: Sei es, dass das Kind nicht so geraten war, wie sie es erwartet hatten, oder die Geburt als außergewöhnlich schmerzhaft erlebt worden war. Für all dies glaubte man nun die Schuldige gefunden zu haben.

Schließlich wurde Tante Mechthild angeklagt und vernommen. Und obwohl mehrere Zeugen sie mit ihrer Aussage zu entlasten suchten, indem sie kundtaten, wie zufrieden sie mit der Arbeit der Hebamme waren, konnten sie die Turm- und Stimmmeister* nicht überzeugen. Tante Mechthild wurde verhaftet, vom Rat verhört und an das Hohe Weltliche Gericht überstellt.

Nie würde Anna vergessen, wie mitgenommen ihr Vater in dieser Zeit gewesen war. Erst viel später begriff sie, dass der Tod der Mutter nach ihrer eigenen Geburt maßgeblich dazu beigetragen hatte, dass die Tante für schuldig befunden wurde. Schließlich hatte sie ihre Schwägerin im Wochenbett gepflegt!

Im Haus wurde fortan nicht mehr gesprochen. Vater und Großmutter schwiegen von morgens bis abends, während die Tante im Grevenkeller* eingesperrt war und sich der peinlichen Befragung aussetzen musste. Dass dies nichts anderes als Folter bedeutete, wusste selbst die sechsjährige Anna.

Schließlich erfuhren sie, dass Tante Mechthild gestanden hatte und verurteilt worden war.

Am nächsten Tag wurde öffentlich der Stab über sie gebrochen und das Armensünderglöckchen geläutet.

»Ich stüssen dich an de bloe Stein, do küss ze lebdag no Vader en Moder nit mih heim!«

Niemals würde Anna diese Worte vergessen können, die gesprochen wurden, während man die Verurteilte drei Mal gegen den Blauen Stein* auf dem Domhof stieß, um sie aus der Welt zu verabschieden, bevor man sie zum Richtplatz außerhalb der Stadt brachte.

Ungeachtet der Tatsache, dass ihre Tante damals bereits über 40 Jahre alt war und ohnehin nicht mehr zu Vater und Mutter heimkehren konnte, weil diese längst tot waren, hatte sich der Vers wie ein Fanal in Annas Gedächtnis eingebrannt. Für die Sechsjährige übertraf die Vorstellung, nie wieder zu Vater und Mutter nach Hause gehen zu dürfen, bei Weitem alles Schlimme, das sie sich in ihrer Fantasie ausmalen konnte.

Nach dem Tag der Urteilsvollstreckung bis zu seinem Tod ein knappes Jahr später war der Vater nie wieder nüchtern gewesen. Und Anna wusste noch, wie sie mit ihren sieben Jahren gedacht hatte, dass der Vers, mit dem die Tante gegen den Blauen Stein gestoßen und aus der Welt verabschiedet worden war, genauso gut ihr gegolten hatte. Denn auch ihr wurde durch die Verurteilung das Zuhause genommen. Die Mutter, kurz nach ihrer Geburt gestorben, war ohnehin längst von ihr gegangen und der Vater, der zuvor wenigstens hin und wieder noch daheim und im Besitz seiner geistigen Kräfte gewesen war, verbrachte den kurzen Rest seines Lebens nach dem Tod der Schwester im Wirtshaus, bei den Huren oder bewusstlos in den Gassen der Stadt, wo er seinen Rausch ausschlief.

Es war fast schon eine Erleichterung, als eines Morgens in aller Früh ein Mönch an ihre Tür klopfte und ihnen mitteilte, man habe den Vater tot am Flussufer aufgefunden. Offensichtlich war er, nicht mehr Herr seiner Sinne, in den Rhein gestürzt und ertrunken. Endlich brauchte man sich nicht mehr um ihn zu sorgen und zu ängstigen. Nun wusste man, wie es mit ihm zu Ende gegangen war. Und niemand hatte daran gezweifelt, dass es so oder ähnlich zu Ende gehen würde.

»Nicht unweit von hier hat man erst kürzlich einen Hahn auf dem Scheiterhaufen verbrannt.«

»Was sagtet Ihr?« Anna war so in ihre Gedanken versunken gewesen, dass sie es zunächst gar nicht merkte, als die Alte sich erneut an sie wandte.

»Der Hahn«, fuhr die Frau fort, »hatte angeblich wider die Natur ein Ei gelegt und damit eindeutig bewiesen, dass er mit dem Teufel im Bunde stand.« Sie blickte mit ihren stechenden Augen auf Christopherus, der sich inzwischen in sein Schicksal ergeben zu haben schien, obwohl er immer noch unruhig mit dem Kopf ausschlug und mit den Hufen scharrte. Dann senkte sie zum ersten Mal ihre Stimme, beugte sich vertrauensvoll zu Anna hinüber, tippte mit ihrem von der Gicht gekrümmten Zeigefinger unter ihr rechtes Auge und zischte in Annas Ohr: »Und ein Reisender hat mir von einem Pferd berichtet, das zum Tode verurteilt wurde, weil es seinen Reiter abwarf, der an den Folgen dieses Sturzes starb! Es wurde lebendig begraben!«

Unwillkürlich umklammerte Anna Christopherus' Zügel fester, als könne sie ihn allein dadurch vor jedweder Anfeindung und Bedrohung schützen. Hatte die Alte etwa Christopherus' blaues Auge bemerkt?

Ein Raunen ging durch die Menge und offenbarte Anna, dass nun ganz offensichtlich weiter vorne endlich etwas geschah, das die Zuschauer in Spannung versetzte. Sehen konnte Anna von ihrer Position aus nichts und das war ihr auch ganz recht so. Mittlerweile war sie von allen Seiten umzingelt und es gab weder ein Vor noch ein Zurück. Das leise Murmeln der Zuschauerschar schwoll zunächst an und erstarb dann jäh. Umso deutlicher und unheimlicher war in diesem Augenblick das letzte entsetzte Quieken der strangulierten Sau zu hören. Anna schauderte. Für einen Augenblick war es trotz der vielen Menschen totenstill auf dem Platz. So still, dass Anna das Quietschen des Taus hören konnte, an dem die tote Sau langsam hin und her schwang.

Als einige der Zuschauer nun zu jubeln begannen, wandte sich Anna angewidert ab. Sie hatte genug von der Lüsternheit ihrer Mitmenschen, die sich am Blutrausch ergötzten. Und sei es auch nur das Leben eines Schweins, das vor ihren Augen ausgehaucht wurde. Genug hatte sie auch von den Geschichten der alten Frau. Obwohl sie sie im Stillen dafür bewunderte, dass sie es wagte, so öffentlich an der Existenz von Hexen zu zweifeln, war sie ihr dennoch nicht ganz geheuer.

Nun, da sich die Menge nach dem Spektakel allmählich zerstreute, konnte sich Anna am Rand des Platzes mit dem Wagen vorsichtig einen Weg durch die Menschen bahnen. Christopherus schien es nicht schnell genug zu gehen und beinahe stieß Anna mit einem jungen Mann zusammen, der nicht mehr rechtzeitig zur Seite springen konnte.

»Oh, verzeiht«, stammelte Anna, ohne ihr Gegenüber anzusehen.

»Ja, ja, unsere Anna, immer noch so ungestüm wie mit fünf Jahren ... Nur bedeutend hübscher!«

Anna stutzte und blickte auf. Ein Lächeln huschte über ihr Gesicht, als sie den jungen Mann vor sich erkannte. »Daniel!« Während sie den Namen noch aussprach, spürte sie, wie ihre Wangen rot wurden, und verlegen senkte sie den Blick wieder.

»Wie geht es dir?« Daniel schien weniger schnell verlegen zu werden. »Lebt deine Großmutter noch? Wie kommt ihr zurecht? Ich habe so oft an dich gedacht!«

»Es geht uns gut, danke. Wir kommen zurecht.« Das entsprach sicherlich nicht ganz der Wahrheit, denn oft genug fand Anna trotz ihres anstrengenden Tagwerks keinen Schlaf, weil sie nicht wusste, wie es weitergehen sollte. Großmutter, die Mutter ihrer Mutter, wurde zusehends wunderlicher und schwieriger im Umgang. Zudem erfüllte sie kaum noch eine ihrer Pflichten, sodass alles auf Annas schmalen Schultern lastete, die damit hoffnungslos überfordert war. Sie stand morgens vor Sonnenaufgang auf und erledigte noch vor dem eigentlichen Frühstück einen großen Teil der Feldarbeit, säte, erntete und lud alles auf ihren Karren, veräußerte das, was sie und Großmutter nicht selbst zum Leben brauchten, auf dem Markt, um von dem Erlös die Dinge zu erwerben, die sie nicht eigenhändig herstellen konnten. Anschließend kümmerte sie sich um die Hausarbeit: Sie machte die Wäsche, kochte, lagerte Lebensmittel ein, versorgte die Hühner und das Pferd ... und sank selbst im Sommer, wenn es spät dunkel wurde, erst nach Sonnenuntergang auf ihre Bettstatt.

Als sie kleiner gewesen war, hatte Großmutter die Feldarbeit und den Verkauf auf dem Markt übernommen. Damals noch mit einem Ochsen im Gespann. Und Anna hatte bereits als Siebenjährige gekocht, geputzt und bei der Wäsche geholfen. Später dann, als Anna älter und kräftiger geworden war, hatte sie ihre Großmutter bei der Feldarbeit unterstützt und sie schließlich abgelöst. In dem Maße, in dem Anna größer und stärker geworden war, war ihre Großmutter kleiner und schwächer geworden. Zunächst hatte sie sich noch um die Hütte, das Essen und die Tiere gekümmert, doch immer häufiger kam es mittlerweile vor, dass Anna nach Hause kam und ihre Großmutter schlafend oder auf dem Schemel sitzend vorfand, die Tiere unversorgt, der Ofen ohne Feuer …

Anna spürte Daniels prüfende Blicke auf sich und ihr wurde dabei unerklärlicherweise abwechselnd heiß und kalt. Wieso fühlte sie sich auf einmal in seiner Gegenwart so unsicher? Immerhin hatte sie einen großen Teil ihrer Kindheit mit ihm verbracht!

»Was ist los, fühlst du dich nicht wohl?« Daniel griff besorgt nach Annas Arm.

»Doch, doch, es ist alles in Ordnung«, erwiderte Anna und versuchte, dem Blick aus diesen sanften braunen Augen auszuweichen. »Ich muss jetzt aber weiter. Sonst macht sich Großmutter Sorgen.« Und mit einer dahingemurmelten Verabschiedung trieb sie Christopherus an und versuchte sich mit festen Schritten zu entfernen, ohne sich noch einmal umzusehen, obwohl sie das Gefühl hatte, ihre Beine würden ihr jeden Augenblick den Dienst versagen.

Wenn ein Ochse
einen Mann oder ein Weib stößt,
dass sie sterben,
so soll man den Ochsen steinigen.
Zweites Buch Moses 21.28

Natürlich machte sich Großmutter keine Sorgen. Vermutlich hatte sie noch nicht einmal bemerkt, dass Anna unterwegs war. Aber das war Anna gleichgültig. Sie hätte es keine Minute länger neben Daniel ausgehalten. Zu schmerzhaft war die Erinnerung an glücklichere Kindheitstage.

Sicher, auch damals war ihr Vater bereits oft schwermütig gewesen. Immer wieder hatte Großmutter ihn nach dem Tod der Mutter aufgefordert, sich endlich eine neue Frau zu suchen. Und jedes Mal hatte Vater sie angeschrien, wie sie es wagen könne, ihre eigene Tochter derart zu verraten, und war anschließend im Wirtshaus verschwunden, aus dem er erst Stunden später völlig betrunken heimkehrte.

Aber es hatte auch andere Tage gegeben. Tage, an denen sich die Familie des Vaters zu Festen traf und an denen die kleine Anna dem kleinen Daniel begegnete, weil Daniels Oheim, der Bruder seines Vaters, mit Annas Tante, der zweiten Schwester ihres Vaters, verheiratet gewesen war. Inzwischen waren beide, ohne selbst Kinder zu hinterlassen, am Schwarzen Tod gestorben. Überhaupt schien der Tod alles zu zerstören.

Auch ihre unbedarfte kindliche Freundschaft mit Daniel. Aber sicher hätte diese Freundschaft ohnehin keinen Bestand gehabt, überlegte Anna weiter. Denn während es mit Daniels Familie stetig bergauf gegangen war, Daniels Vater als Kaufmann nicht nur ein Vermögen gemacht hatte, sondern sogar in den Rat der Stadt gewählt und damit ein einflussreicher Bürger geworden war, war es mit Annas Familie immer weiter bergab gegangen. Inzwischen hatten sie die Talsohle erreicht, dachte Anna bitter, und das wollte sie Daniel nicht unbedingt auf die Nase binden.

Wie zur Bestätigung tauchte jetzt das kleine, mit Stroh gedeckte Haus auf, in dem Anna mit ihrer Großmutter lebte. Wie anders diese einfache Behausung doch im Vergleich zu den hohen, fast schon eleganten Häusern in der Nähe des Marktes war, die nur noch von den hochherrschaftlichen Häusern am Flussufer übertroffen wurden, in denen die reichen Kaufleute lebten. Daniel zum Beispiel, dachte Anna ohne Häme. Was würde Daniel denken, wenn er ihre armselige Hütte sähe? Und sie versuchte das Haus mit Daniels Augen zu betrachten, während sie darauf zuging: Da war zunächst einmal die enge, verwinkelte Straße, die nicht nur dunkel und schmutzig wirkte, sondern es auch tatsächlich war. Das Haus war – ebenso wie die Häuser ihrer Nachbarn – klein und niedrig, das Dach mit leicht brennendem Stroh gedeckt. Und man sah schon von außen, dass es nicht mehr als eine Stube hatte.

Vor den Türen der Nachbarn lagen die Misthaufen auf der Straße und verbreiteten gemeinsam mit dem Unrat, der sich zum Teil meterhoch türmte, einen schier unerträglichen Gestank.

Anna und ihre Großmutter hatten unmittelbar hinter dem Haus einen Stall für Christopherus und ihr halbes Dutzend Hühner gebaut. Im Gegensatz zu den meisten ihrer Nachbarn hielten sie jedoch kein Schwein und Anna war darüber auch nicht unglücklich. Immer wieder gaben die Schweine Anlass zu Scherereien, weil sie auf der Suche nach Nahrung die Abfallrinnen durchwühlten oder kleine Kinder, die auf der Straße spielten, umrannten und verletzten. Nein, sie war ohnehin schon froh, wenn sie keinen Streit mit ihrer Nachbarin zur Linken hatte, die sie argwöhnisch beobachtete und offensichtlich fürchtete, Anna könne ihr den Mann ausspannen. Dabei gab es nichts, was Anna ferner lag. Selbst wenn sie sich für einen Mann interessiert hätte, so wäre es sicherlich nicht der ihrer Nachbarin gewesen.

An diesem Punkt fiel ihr wieder der Ausgang ihrer Überlegungen ein: Daniel. Und unwillkürlich schüttelte Anna den Kopf bei der Vorstellung, der alte Freund könnte eines Tages sehen, unter welchen Bedingungen sie hier lebten! Nein, das durfte niemals geschehen!

Anna spannte Christopherus aus und führte ihn in seinen Stall. Die Hühner umflatterten sie und gackerten aufgeregt, aber das Mädchen achtete nicht darauf. Sorgfältig mischte es das Futter für Christopherus an und vergaß auch nicht, etwas Bärlapp unterzurühren. Das Hexenmehl sollte vor Verzauberung schützen und obwohl Anna eigentlich nicht recht an Hexerei glaubte, so wollte sie doch kein unnötiges Wagnis eingehen. Schaden konnte die Pflanze sicherlich nicht.

Doch trotz der Sorgfalt, die Anna bei der Zubereitung des Futters walten ließ, schnupperte Christopherus nur lustlos an seiner Mahlzeit.

»Was ist?« Anna strich sanft über das schwarze Fell des Pferdes und tastete dabei den Wirbel an der Halsunterseite des Tieres ab, den man mit viel gutem Willen als sternförmig bezeichnen konnte. »Hast du keinen Appetit?«

Christopherus öffnete und schloss mehrmals hintereinander die Augen und stöhnte dabei sacht.

»Na ja«, sprach Anna weiter, als unterhielte sie sich mit einem Menschen, »du hast ja heute auch noch nicht richtig gearbeitet, nicht wahr? Vielleicht liegt es daran. Du bist ein gutes, braves Pferd.« Sie selbst verspürte auch nicht den gleichen Appetit wie sonst, wenn sie von der schweren Feldarbeit nach Hause kam, von der sie heute durch das Spektakel auf dem Marktplatz abgehalten worden war. Warum sollte es dem Rappen anders gehen als ihr?

Anna verscheuchte die Hühner, die im Gegensatz zu Christopherus ganz versessen auf Fressen zu sein schienen, und machte sich auf den Weg ins Haus. Hatte Großmutter etwa schon wieder vergessen, den Hühnern eine Handvoll Körner hinzustreuen?

Als Anna den Raum betrat, mussten sich ihre Augen erst an die Dunkelheit gewöhnen. Der Geruch von kaltem Rauch hing in der Luft. Also hatte Großmutter die Feuerstelle noch nicht entzündet. Anna unterdrückte ein Seufzen, während sie auf den Vorhang zuschritt, hinter dem der Strohsack der Großmutter auf dem Lehmboden lag. Jedes Mal fürchtete Anna, der Tod könnte von ihr unbemerkt wieder zugeschlagen haben und sie wäre nun wirklich ganz allein auf dieser Welt. Zwar hätte das einerseits die Last von ihr genommen, für die alte Frau zu sorgen, aber die Vorstellung, niemanden auf der Welt mehr zu haben, der zu ihrer Familie gehörte, entsetzte Anna zutiefst.

Anna lüpfte den Vorhang. Ihre Großmutter lag mit offenen Augen vor sich hin träumend auf ihrem Lager. Als sie Anna bemerkte, schien es, als kehre sie aus weiter Ferne heim.

»Ich bin wieder zurück, Großmutter«, sagte Anna.

»Ach, warst du fort?«

Anna unterdrückte ein ungeduldiges Stöhnen und nickte stattdessen. Aus unerfindlichen Gründen hatte sie bis jetzt gehofft, die Großmutter habe doch bereits irgendetwas von ihren Tagesaufgaben erledigt – obwohl es offensichtlich war, dass diese fromme Hoffnung enttäuscht werden würde.

»Was hältst du davon«, fuhr die Großmutter fort und stützte sich dabei mühsam auf ihre Ellenbogen, »wenn wir uns heute ein schönes Stück Fleisch zum Essen braten?«

»Heute ist Freitag, Großmutter. Und außerdem haben wir kein Fleisch. Ich weiß auch nicht, wann wir wieder einmal Fleisch haben werden, denn ich konnte heute noch nicht einmal aufs Feld, um für den morgigen Markt zu ernten.«

»Du warst nicht auf dem Feld? Aber wo warst du dann?« Die Stimme der Großmutter klang vorwurfsvoll und Anna musste sich beherrschen. Was fiel der alten Frau ein, sie zur Rechenschaft zu ziehen, wenn sie selbst bis weit nach Sonnenaufgang im Bett lag? Trotzdem antwortete sie: »Auf dem Markt haben sie eine Sau gehängt. Ich kam mit dem Wagen nicht durch und musste umkehren.«

»Eine Sau gehängt?«

Anna nickte stumm.

Die Großmutter schüttelte den Kopf. »Als ich ein Kind war«, erzählte sie, »habe ich mal gesehen, wie man einen Hund gehängt hat. Das arme Tier gehörte einem einfachen Straßenräuber und war der Mittäterschaft beschuldigt worden.« Sie setzte sich auf. »Man hatte ihm sogar Menschenkleider angezogen, stell dir vor. Und es herrschte ein Heidenlärm. Überall kläfften Hunde, denn das Gericht hatte verfügt, dass alle Hunde der Umgebung bei der Hinrichtung anwesend sein sollten. Zur Abschreckung gewissermaßen.«

Anna wusste nicht, ob sie die Geschichte ihrer Ahnfrau glauben sollte. Ein Hund in Menschenkleidern? Das erschien ihr doch zu merkwürdig.

»Und ich habe Daniel getroffen«, erzählte Anna weiter, um ihre Großmutter abzulenken.

»Daniel?« Großmutters Augen bekamen auf einmal einen merkwürdigen Glanz. Und hatte die alte Frau bislang den Eindruck erweckt, nicht mehr voll zurechnungsfähig zu sein, so schien sie nun auf dem Höhepunkt ihrer geistigen Leistungsfähigkeit. »Ja, ja, ich erinnere mich an Daniel«, sagte sie. »War er nicht der Sohn von Johans Bruder?«

Anna nickte.

»Ein auffallend hübscher Junge«, sprach die alte Frau weiter. »Er hatte große glänzende Augen und kräftiges dunkles Haar.« Sie richtete ihren Blick auf Anna. »Ihr habt viel miteinander gespielt damals und ich weiß noch, dass ich dachte, ihr wäret ein hübsches Paar ...«

Anna spürte, dass sie rot wurde, und war froh über das Dämmerlicht und die schlechten Augen der Großmutter.

»Ist er immer noch so hübsch?«

Anna bemühte sich, ihre Stimme fest klingen zu lassen. »Ich habe nicht darauf geachtet«, antwortete sie und wich dem Blick ihrer Großmutter aus, die sie plötzlich aufmerksamer zu mustern schien. »Ich kümmere mich um die Hühner und das Frühstück«, setzte Anna hinterher und war mit einem Mal froh, den forschenden Augen ihrer Großmutter zu entkommen.

Wenn Anna nach einem anstrengenden Arbeitstag schon keinen Schlaf fand, so verwunderte es nicht, dass sie sich an diesem Abend noch lange auf ihrem Strohlager hin und her wälzte und gezwungenermaßen dem friedvollen Schnarchen ihrer Großmutter lauschte, während sie in Gedanken den Erlebnissen des Tages nachhing. Keine Haltung schien ihr die richtige. Die Füße kribbelten, der Rücken juckte, der Arm, auf den sie ihren Kopf gebettet hatte, wurde taub ...

Endlich glitt sie in einen unruhigen Schlaf. Doch auch in dieser Traumwelt drehte sich alles um gehenkte Schweine, alte hässliche Hexen und hübsche junge Männer. Und so fühlte sich Anna am nächsten Morgen nicht gerade ausgeruht, als sie im flackernden Schein der Kerze gähnend das trockene Brot in ein wenig Wasser aufweichte und es sich lustlos in den Mund schob. Wenn sie wenigstens etwas Milch gehabt hätte! Um wie viel besser hätte das alte Brot geschmeckt! Aber sie musste erst etwas verkaufen, bevor sie von dem Erlös Milch erwerben konnte. Und an ein Stück Fleisch war im Augenblick gar nicht zu denken!

Im Geiste überschlug sie die Waren, die sie heute zum Markt mitnehmen wollte: 32 Eier, ein Korb voller

Zwiebeln, Pastinaken, Äpfel sowie die ersten Bohnen, die dieses Jahr ein wenig auf sich warten ließen. Salat, der immer am meisten nachgefragt wurde, hatte sie ja gestern nicht ernten können und so musste sie heute wohl darauf verzichten.

Viel war das nicht und noch einmal ärgerte sich Anna darüber, dass ihr gestern der Weg zum Feld versperrt worden war.

Als sie das Haus verließ und zum Stall ging, um Christopherus zu versorgen und anzuschirren, war es noch dunkel. Selbst die Hühner schliefen noch und gackerten nur leise vor sich hin, als Anna die Stalltür öffnete.

»Christopherus«, flüsterte Anna dem pechschwarzen Hengst zärtlich zu, schlang ihre Arme um seinen Hals und verharrte so für einige Sekunden, während sie den beruhigenden warmen Duft des Tieres einatmete. Wie Anna schien auch Christopherus diese Liebkosung zu genießen und wieder einmal dachte Anna, was für ein Glück sie hatte, dieses Tier zu besitzen: Eigentlich viel zu wertvoll für die Feldarbeit, war das edle Tier ihr ein treuer Begleiter, der stets ohne zu murren den Karren zum Markt und den Pflug über die harte Erde auf dem Feld zog.

Bei diesem Gedanken erinnerte sich Anna an ihre gestrige Begegnung mit Heinrich, dem Schellenknecht, der ihr angeboten hatte, Christopherus' Platz einzunehmen, damit er immer bei ihr sein könne. Sie war an derartige Komplimente gewöhnt, obwohl sie sie immer wieder überraschten. Gerade im Augenblick fand sich Anna äußerst unattraktiv und sie hoffte, auf dem Markt heute einen erschwinglichen hübschen Stoff für ein neues Kleid zu finden, denn das alte war schon seit langem völlig zerschlissen und immer wieder nur notdürftig geflickt worden. Sie brauchte dringend ein neues!

Während sie noch darüber nachdachte, in welchem Schnitt sie das neue Kleid nähen könnte, füllte sie Christopherus' Futtereimer – vergaß auch den Bärlapp nicht – und stellte ihn dem Hengst hin.

Christopherus schnupperte kurz an seiner Mahlzeit. Dann rümpfte er regelrecht die Nase und wandte sich angewidert ab.

»Was ist mit dir?«, wollte Anna wissen, als könnte sie auf ihre Frage eine Antwort erwarten. »Hast du schon wieder keinen Hunger?« Sie roch misstrauisch an dem Korn. War etwas damit nicht in Ordnung? War es vielleicht feucht geworden? Aber sie konnte nichts Ungewöhnliches entdecken.

Christopherus rieb seinen kräftigen Schädel entschuldigend an Annas Ärmel und schnaubte.

Anna zuckte mit den Schultern. Auch wenn ihr das Verhalten des Pferdes nicht gefiel, so konnte sie im Augenblick doch nichts daran ändern. Sie wandte dem Hengst den Rücken zu und griff nach dem Geschirr, das an einem Haken an der Wand hing. Heute hatte sie besonders viel zu tun. Nachdem ihr gestern der Weg zum Feld versperrt geblieben war, musste sie heute dort nach dem Rechten sehen und den Salat ernten, bevor er zu groß wurde und an Geschmack verlor.

Während sie Christopherus fertig machte, beklagte sie im Stillen, dass es keinen Weg gab, die Stadt vor Tagesanbruch zu verlassen. Sonst hätte sie auch die Mühe nicht gescheut, noch vor Marktbeginn Salat zu holen. Doch die Tore blieben von Sonnenuntergang bis zum nächsten Morgen geschlossen und wurden von Kaufleuten und Handwerkern gemäß der Vorschrift mit Harnisch und Waffen streng bewacht. Und nun war es zu spät, wenn sie einen guten Platz für ihren Wagen mit den Waren haben wollte.

Endlich hatte sie Christopherus angespannt und gab ihm den Befehl, den beladenen Wagen anzuziehen.

»Gott zum Gruß!«

»Gott zum Gruß«, erwiderte Anna und versuchte dem abfälligen Blick ihrer Nachbarin, die in diesem Augenblick aus dem Haus trat, mit erhobenem Kopf standzuhalten. Dabei spürte sie ein heißes Brennen auf jedem Zentimeter ihrer Haut, als die schmalen Augen der älteren Frau musternd über ihren Körper glitten. Anna meinte, die andere nähme jeden Fleck, jede geflickte Stelle an ihrem Kleid wahr und zum Schluss ruhte ihr Blick unangebracht lange auf Annas Brüsten.

Anna sog die Luft ein. Genauso musterte der Mann dieser Nachbarin das Mädchen stets, wenn er es traf. Aber Anna war bewusst, dass er ihr aus völlig anderen Gründen begierliche Blicke zuwarf und damit den Hass seiner Frau Maria auf Anna ins Unermessliche schürte.

»Ist heute Markt?« Maria riss ihre Augen nahezu gewaltsam von den Rundungen ihrer Kontrahentin los und verriet ihre Unsicherheit durch einen ordnenden Griff in ihr aufgestecktes schwarzes Haar.

»Ja«, antwortete Anna knapp.

»Dann möchte ich Euch nicht länger aufhalten.«

»Ich danke Euch.«

Anna schnalzte mit der Zunge und beeilte sich mit Christopherus fortzukommen, während sie den von Hass und Neid erfüllten Blick ihrer zu hager geratenen

Nachbarin auf ihren Hüften und ihrem Gesäß spürte. Sie konnte der Versuchung nicht widerstehen und ließ die Hüften kreisen.

Aus irgendeinem Grund erwies sich Christopherus heute als unwillig. Nur mühsam setzte er einen Huf vor den anderen. Immer und immer wieder musste Anna ihn antreiben und ermahnen, während sie sich durch die noch stillen Gassen einen Weg zum Marktplatz bahnten.

Anna warf ihrem Rappen einen besorgten Blick zu. Irgendetwas stimmte nicht mit dem Tier. Sie wusste nur nicht was.

Je näher sie dem Marktplatz kamen, desto voller wurde es. Die Händler strömten aus allen Richtungen mit ihren Waren zum Platz, um sie rechtzeitig auszulegen und zu arrangieren, bevor die *Vier Glocken**, die Diener der Marktherren, die die Aufsicht über den Handel führten, den Markt einläuteten.

Anna konnte sie bereits sehen, wie sie mit ihren langen rot-weißen Stäben durch die Reihen der Ankömmlinge schritten und hier und da Waren prüften. Hatte jemand Asche unter den teuren Pfeffer gemischt? Oder lagen unter der obersten Schicht frischer Fische alte Heringe?

Anna blieb mit ihrem Wagen, auf dem sie ihre Waren feilbot, am Rande des Platzes stehen und begann damit, Christopherus auszuspannen, der dabei unwirsch von einem Lauf auf den anderen trat, als könne es ihm gar nicht schnell genug gehen.

»Sieh an, sieh an!« Der dickleibige Mann blieb so dicht hinter Anna stehen, dass sie seinen widerwärtigen Geruch wahrnehmen konnte. Schon allein an diesem Geruch konnte sie ihn erkennen. Er stank nach altem Schweiß, Zwiebeln, Kappes und nach Wein und Met, die er regelmäßig und in großen Mengen genoss. Der Marktmeister, Friederich von Rodenkirchen, hatte schon Annas Großmutter manches Mal das Leben zur Hölle gemacht. Und auch vor Anna machte er nicht halt. Jetzt streckte er seinen mächtigen Bauch noch weiter vor, sodass er Annas Rücken damit berührte, und zischte ihr ins Ohr: »Da weiß man nicht, wessen Hintern der prachtvollere ist, deiner oder der deines kostbaren Pferdes.«

Anna kämpfte gegen den Brechreiz an, der sich ihrer bemächtigte, während der Marktmeister schallend lachend weiter zog. Er blickte sich zu Anna um und blinzelte ihr mit einem Auge zu, während er mit der linken Hand weit ausholte, als er an Christopherus' Flanke vorbeiging.

Das würde ich mit dir auch gern einmal machen!

Die Stimme ertönte nur in Annas Kopf und doch war es so, als hätte der Marktmeister diesen Satz laut ausgesprochen, während er nun seine gewaltige Pranke auf Christopherus' Kruppe niederfahren ließ.

Anna meinte, das Weiße in den Augen ihres Hengstes bereits gesehen zu haben, bevor die Hand des Marktmeisters das Fell des Tieres überhaupt berührt hatte. Und obwohl sie in diesem Augenblick bereits wusste, was geschehen würde, starrte sie wie die anderen gebannt auf das Pferd, das plötzlich ohrenbetäubend laut wieherte, den Kopf nach hinten warf und mit steil aufgerichteten Ohren und weit aufgerissenen Augen auf die Hinterhand stieg. Der Rappe sah aus, als wäre er soeben dem Leibhaftigen persönlich begegnet und versuche, dem Fegefeuer, das bereits mit leckenden Zungen nach ihm griff, zu entkommen.

Friederich von Rodenkirchen riss ebenfalls Mund und Augen auf, als er den schweren Huf des mächtigen Pferdes, das weit über ihm bedrohlich wie ein schwarzer Schatten in den Morgenhimmel ragte, auf sich niederfahren sah. Er hielt die Arme in die Höhe, als flehe er Gott um Vergebung für seine Sünden an – und derer gab es reichlich –, doch es war bereits zu spät.

Anna konnte ebenso wie die übrigen Umstehenden das Knacken hören, als die Knochen des Marktherrn nachgaben. Es klang, als bräche jemand getrocknetes Holz entzwei. Und mit einem Mal knickte der Unterarm des Mannes, der zuvor in den Himmel geragt hatte, in der Mitte ab und wies anklagend auf seinen Träger, der nun in sich zusammensank, als ließe jemand Luft aus einem Blasebalg, und mit einem Geräusch wie ein randvoll gefüllter Mehlsack auf den Boden aufschlug.

Selbst geraume Zeit später wunderte sich Anna noch, mit welch beeindruckender Geschwindigkeit sich das dunkelrote Blut unter dem Schädel des Mannes ausgebreitet hatte, der mit verrenkten Gliedmaßen auf dem harten kalten Boden lag und sich nicht mehr rührte.

(...) dass du nicht geratest
auf den Weg der Bösen
noch unter Leute, die Falsches reden.
Sprüche Salomos 2.12

Mit einem Mal war es totenstill. Erst diese Stille machte Anna bewusst, wie laut es zuvor gewesen war, welchen Lärm die Händler beim Ausladen und Arrangieren ihrer Waren gemacht hatten. Anna wunderte sich über ihre eigene falsche Wahrnehmung. Hätte sich jemand vor diesem Ereignis bei ihr erkundigt, ob es morgens vor Marktbeginn laut oder leise auf dem Marktplatz zuging, so hätte sie zweifelsohne geantwortet, alles verlaufe sehr ruhig, gesittet und beschaulich. Erst jetzt wurde ihr bewusst, wie ihr Eindruck sie trog.

Anna hielt sich die Hände vor den Mund und konnte sich vor Schreck nicht rühren, während sich das Bild, das sich ihr bot, für immer unauslöschlich in ihr Gedächtnis einbrannte: Auf dem vom Frühtau glänzenden Pflaster lag der Marktmeister bewegungslos in einer Blutlache, die sich unablässig weiter unter ihm ausbreitete. Neben ihm ragte die majestätische Gestalt des schwarzen Pferdes auf, das zitternd und mit schweißnassen Flanken dastand und ins Leere starrte, während weiße Wolken aus seinen Nüstern stoben.

»Schaut mal, das Pferd«, hörte Anna ein Flüstern neben sich. Es war diese Stimme, die sie dazu veranlasste, ihren Blick von Christopherus und dem am Boden liegenden Mann abzuwenden und sich umzublicken. Erst jetzt bemerkte sie die vielen Schaulustigen, die sich um ihren Wagen, ihr Pferd und den Mann am Boden versammelt hatten. Wie bleiche Spukgestalten starrten sie auf die Szene, die sich ihren entsetzten Augen bot.

»Schaut mal, das Pferd«, flüsterte die Stimme, »sieht es nicht aus, als sei es vom Teufel besessen?«

»Ja, genau, ganz rote Augen hat es.«

Annas Blicke hetzten von links nach rechts. Was redeten die Leute da vom Teufel? Was hatte der Teufel mit alldem zu tun? Dennoch konnte sie nicht anders, als auf Christopherus zu blicken, um zu sehen, wovon die Leute sprachen. Und tatsächlich: Christopherus' Augen hatten einen merkwürdigen Glanz, und als er sie in diesem Moment mit blutunterlaufenem Blick ansah, spürte Anna eine leichte Gänsehaut auf ihrem Rücken.

»Es ist schwarz wie die Nacht.«

»Schwarz wie die Seele des Bösen.«

»Und glutrote Augen hat es!«

»Wie die Augen des Leibhaftigen ...«

»Jesus Christus, steh uns bei! Es *ist* das Pferd des Teufels!«

»Das Pferd des Teufels hat den Marktmeister getötet!«

»Der Marktmeister ist tot!«

Annas Blick huschte vom einen zum anderen. Die Stille, die bislang geherrscht hatte, machte nun aufgeregter Schwatzhaftigkeit Platz.

»Der Teufel hat den Marktmeister geholt!«

Die Menschen bekreuzigten sich. Manche fielen auf die Knie und erhoben ihre Hände in den Himmel, um zu beten.

Anna runzelte die Stirn. *Tot?* Sie betrachtete den dickleibigen Mann, der ihr so zuwider war. War er wirklich tot? Auf diesen Gedanken war sie noch gar nicht gekommen! Was würde mit ihr und Christopherus geschehen, wenn Friederich von Rodenkirchen tatsächlich tot war? Sie wäre nicht die Erste, die vom lynchwütigen Mob gemeuchelt wurde!

Anna spürte, wie ihr schwindelte. Sie taumelte bereits und verlor den Boden unter den Füßen, als sie von kraftvollen Händen aufgefangen wurde. Sie schaute über ihre Schulter zurück, um zu sehen, wer sie hielt. Als sie die sanften braunen Augen des jungen Mannes erkannte, der unmittelbar hinter ihr stand und sie stützte, verlor sie endgültig das Bewusstsein.

Christopherus zitterte. Er stand inmitten der Menschentraube, die ihn umringte, und zitterte. Er hatte nicht die geringste Möglichkeit, etwas dagegen zu tun. Immer noch spürte er die Stelle, an der die Hand des Mannes ihn berührt hatte. Aber mehr noch spürte er die schmerzhaften Vibrationen in seinem Körper, die der an und für sich harmlose Schlag ausgelöst hatte.

Christopherus hatte die Augen weit aufgerissen. Er sah die Feindseligkeit in den Gesichtern der Menschen ringsum und die Furcht, die sie ihm entgegenbrachten. Er konnte die Ablehnung, die ihm wie eine Welle entgegenschwappte, spüren. Er hörte die aufgeregten Stimmen, sah die gleichermaßen vor Wut und Angst verzerrten Mienen und suchte nach dem einen Antlitz, das ihm so vertraut war und ihm das Gefühl der Sicherheit geben konnte, das er in diesem Augenblick schmerzlich vermisste. Er stieß ein fragendes, suchendes Wiehern aus. Doch die einzige Antwort, die er erhielt, war das Lauterwerden der Flüche und Gebete der Menschen, die ihn einkreisten und umschlossen. Dabei hatte er Anna doch eben noch gesehen! Wohin war sie nur verschwunden?

Die Vorwürfe des Pöbels wurden lauter und lauter. Nach und nach mehrten sich die fordernden Rufe, der vom Teufel gesandten Bestie den Garaus zu machen. Schon bückte sich der erste nach einem Stein und schleuderte ihn – zunächst noch zaghaft – nach Christopherus. Der Stein prallte dicht vor dem Rappen auf dem Boden auf und der Hengst wich erschrocken zurück. Nun wurde sein Wiehern lauter und ängstlicher. Er suchte nach Anna, nach ihrem vertrauten Gesicht und ihren Sicherheit und Trost spendenden Händen.

Anna erwachte in dem Moment aus ihrer Ohnmacht, als Daniel laut »Nein!« schrie und sie in der Obhut seines Vaters zurückließ, um auf Christopherus zuzulaufen und ihn vor der lynchwütigen Menge zu schützen. Ein Stein, der eigentlich dem schwarzen Pferd gegolten hatte, traf ihn hart an der Schulter, aber Daniel ließ sich davon nicht beirren. Entschlossen griff er nach Christopherus' Halfter und stellte sich den Angreifern entgegen.

»Haltet ein!«, rief er.

Doch nicht sein Rufen ließ die Menge in diesem Augenblick zurückweichen, sondern das Stöhnen des verletzten Marktmeisters, der nun ebenfalls wieder zu Bewusstsein kam und trotz der Schmerzen an Arm und Kopf aufzustehen versuchte, dabei jedoch das Gleichgewicht verlor und sofort zurück auf die Knie sank.

Es dauerte eine Weile, bis die Menge begriffen hatte

und die Ersten, Mutigsten dem Mann zu Hilfe eilten und ihn stützten. Hätte Friederich von Rodenkirchen geahnt, dass er durch sein überraschendes Wiedererwachen das Leben des schwarzen Pferdes in letzter Sekunde rettete, bevor das mordlustige Gesindel eigenhändig über es richtete – er wäre sicherlich noch eine Weile liegen geblieben, um der Lynchjustiz zu ihrem Recht zu verhelfen. Aber er wusste es nicht und so war er selbst es, der Christopherus zumindest vorerst das Leben rettete.

»Bringt sie zum Stimmmeister!«

Anna sah sich suchend um. Jedoch konnte sie nicht erkennen, welcher der Umstehenden diese Forderung gestellt hatte.

»Ja, genau«, stimmte ein anderer zu, »lasst den Stimmmeister entscheiden.«

Anna sah flehend zu Daniel hinüber, als Dutzende Hände nach ihr griffen und an ihr zerrten. Und sie erkannte das Bedauern in seinem Blick, als er die Umklammerung seines Vaters am Arm spürte, der ihn festhielt, ihm irgendetwas ins Ohr zischte und ihn daran hinderte, auf Anna zuzulaufen und sie vor der aufgebrachten Meute zu schützen, die sie und Christopherus erbarmungslos mit sich fortschleppte.

Daniel wehrte sich gegen den festen Griff, mit dem sein Vater ihn am Arm hielt. Doch Konstantin Liskirchner zischte seinem Sohn ins Ohr: »Denk an unsere Zukunft!«, verstärkte den Druck und zog ihn erbarmungslos mit sich.

Erst als sie sich durch die Menschenmenge gekämpft und den Marktplatz hinter sich gelassen hatten, gelang es Daniel sich dem Zugriff seines Vaters zu entwinden.

»Was ist bloß in Euch gefahren, Vater!«, rief er aufgebracht und schüttelte sich, um seine Schaube* in Form zu bringen, die durch die harte Hand seines Vaters in Unordnung geraten war. »Ihr könnt Anna doch nicht dem Pöbel überlassen!«

»Halte dich von ihr fern«, entgegnete sein Vater streng. »Oder willst du uns in Verruf bringen? Du weißt genau, dass deine Ehe mit Helena beschlossene Sache und unserer Familie dienlich ist. Oder glaubst du, die Familie von Münzenberg wird erfreut reagieren, wenn sie erfährt, dass du dich mit einer einfachen Marktfrau abgibst?«

»Einfache Marktfrau?« Daniel glättete seinen mit Pelz besetzten Kragen. »Sie gehört zur Familie!«

Konstantin Liskirchner schnaubte wie ein wütender Stier. »So ein Blödsinn! Nur weil dieser Ochse Johan seine Säfte nicht in der Gewalt hatte und diese dumme Gans Adelheid ehelichen musste. Mein Bruder war immer eine Schande für die Familie. Und dann kommt das Balg auch noch zu früh zur Welt und stirbt! Nicht mal ein gesundes Kind zeugen konnten die zwei.«

»Zum Glück sind nun beide in die schwarze Erde gefahren, nicht wahr?« Daniel konnte sich diese boshafte Bemerkung nicht verkneifen und erntete sogleich einen zurechtweisenden Blick seines Vaters.

»Gott sei ihrer Seele gnädig«, sagte Konstantin Liskirchner scheinheilig. »Aber ich werde nicht zulassen, dass du den gleichen Fehler begehst wie dein Oheim und dir die falsche Frau aussuchst, mein Sohn!«

Daniel schwieg. Eigentlich hatte er gegen eine Ehe mit Helena bislang gar nichts einzuwenden gehabt. Sie war jung, freundlich und durchaus hübsch mit ihrem langen, glänzenden rötlichen Haar und den schimmernden grünen Augen. Auch wenn sie für seinen Geschmack ein bisschen zu mager war. Doch seit er am gestrigen Tage Anna wieder getroffen hatte, wusste er selbst nicht, was mit ihm los war: Stets musste er an sie denken. Nicht umsonst hatte er heute seinem Vater angeboten, ihn schon in aller Frühe zu seinen Geschäften zu begleiten und ihn dabei über den Marktplatz gelotst. Und sein Vater hatte offenbar augenblicklich gemerkt, wie es um ihn bestellt war.

»Wie Johan kommst du im Wesen nach Mutter«, jammerte Konstantin Liskirchner. »Bereits als Kind hast du mich immer an meinen Bruder erinnert. Ihr denkt nicht mit dem Kopf, wie es sich für einen rechten Mann ziemt, sondern mit dem Herzen wie ein Weib. Und jetzt komm, sonst verspäten wir uns noch.«

Daniel folgte seinem Vater, der sich bereits umgewandt hatte. Es hatte doch keinen Sinn mit ihm zu streiten. Aber in seinen Gedanken war er bei Anna und betete zu Gott, dass ihr nichts Schlimmes widerfahren möge. Man wusste schließlich nie, wozu der Mob fähig war.

Der Stimmmeister war nicht gerade erfreut, als er der tobenden Menge vor seinem Haus gewahr wurde. Der Ratsherr* war zu so früher Stunde nicht in der Gemütsverfassung, über Recht und Unrecht zu entscheiden. Aber es gehörte nun einmal zu seinen Pflichten. Und als er die vielen Gesichter genauer betrachtete, erkannte er, dass er eine Entscheidung treffen musste, die die aufgebrachten Gemüter besänftigen würde. Sonst wäre es um sein Seelenheil geschehen.

Unter den Männern erkannte er einen der Diener des Marktherren und augenblicklich spekulierte er, ob es tatsächlich ein Händler gewagt haben sollte, einen Kunden zu betrügen, und es darüber zum Streit gekommen sein könnte. Er hob in einer beschwichtigenden Geste die Hände über seinen Kopf, um der lärmenden Meute Einhalt zu gebieten. Tatsächlich verstummte das aufgeregte Getuschel und der Stimmmeister konnte sprechen.

»Was ist geschehen, das euch zu so früher Stunde zu meinem Haus führt?«

Der Diener des Marktherrn trat vor und deutete eine Verbeugung an. »Hoher Herr«, begann er, »dieses Pferd ...«, er wandte sich um und deutete auf einen prachtvollen schwarzen Hengst, der nur mit Mühe von zwei weiteren Männern festgehalten werden konnte, »dieses Pferd hat den Marktmeister getötet.«

»Er hat ihn nicht getötet!«

Die helle, klare Stimme stammte eindeutig von einer Frau, doch der Stimmmeister konnte sie nirgends entdecken. Erst als er suchend um sich blickte, teilte sich die Menge und gab den Blick auf ein junges Mädchen in einem einfachen Gewand frei, das ebenfalls unsanft von einem der Männer festgehalten wurde, indem er ihr den Arm auf den Rücken drehte. Unwillkürlich zog der Stimmmeister bei ihrem Anblick die Augenbrauen hoch. Denn obwohl sie sichtlich nicht mehr als eine einfache Marktfrau war, so war ihm ihre Erscheinung doch überaus angenehm. Nicht nur ihre Jugend, das kräftige, glänzende Haar, die zarte, reine Haut, die ebenmäßigen, weißen Zähne und ihre pralle Gestalt, die noch voller Lebenssaft steckte, sondern ebenso der eigenwillige Ausdruck in ihren Augen und die Spannung in ihrem Körper gefielen dem Mann.

»Ist er nun tot oder nicht?«

»Er lebt, Herr!«

»Noch lebt er! Aber das vermutlich nicht mehr lange.«

Der Stimmmeister nickte stumm, während er versuchte, sich ein Bild von den Ereignissen zu machen.

»Der Teufel ist in das Pferd gefahren und hat Friederich von Rodenkirchen mit seinen Hufen erschlagen«, fuhr der Diener fort und bekreuzigte sich augenblicklich.

Wieder nickte der Stimmmeister. Diesmal verstehend. Er kannte Friederich von Rodenkirchen, den Halunken, und es hätte ihn nicht gewundert, wenn der Leibhaftige persönlich diesen Unhold und Trunkenbold zu sich geholt hätte.

»Er hat Christopherus auf die Kruppe geschlagen! Nur deshalb ist das Pferd gestiegen.«

Das war wieder die Stimme des Mädchens und der Stimmmeister unterdrückte ein Lächeln. Diese junge Frau schien tatsächlich einen starken Willen und einiges an Mut zu besitzen. Nicht viele hätten in ihrer Situation gewagt, ungefragt den Mund aufzumachen und zu widersprechen. Und sie erhielt den Lohn für ihre Widerspenstigkeit auf der Stelle, als der Mann, der sie festhielt, ihren Arm verdrehte, bis sie vor Schmerzen aufschrie und sich so weit vorbeugte, dass ein Amulett aus dem Ausschnitt ihres Kleides rutschte und wie ein Pendel langsam hin und her schwang.

»Du sprichst nur, wenn du gefragt wirst, verstanden!«

Dem Stimmmeister entging nicht, wie der Hengst die

Ohren verdrehte und mit dem Kopf schlug, als er den angstvollen Schmerzenslaut der Frau vernahm. Unverkennbar gehörten diese zwei zusammen und bildeten eine Einheit. Jeder schien auf seine Weise bereit, für den anderen zu kämpfen. Und wenn es ihn das Leben kostete.

»Wenn es so ist«, sagte der Stimmmeister und wandte sich direkt an die junge Frau, »dann muss ich wohl fragen, ob du es für schicklich hältst, wenn ein Pferd einen Menschen schwer verletzt, nur, weil es von ihm geschlagen wurde?«

»Nein, natürlich nicht«, antwortete Anna, die plötzlich große Angst hatte, etwas Falsches zu sagen. »Natürlich darf kein Tier einen Menschen verletzen, aber ...«

»Ist es denn schon einmal vorgekommen, dass du die Kontrolle über dein Pferd verloren hast und es jemanden verletzte?«, unterbrach sie der Stimmmeister.

Anna schüttelte den Kopf. »Nein«, sagte sie leise. Sie hatte das Gefühl, dass die Fürbitte für Christopherus soeben ihren Händen entglitt und ein falscher Atemzug von ihr reichte, um sich selbst eine Anklage einzuheimsen.

Der Stimmmeister trat einige Schritte auf sie zu und stellte sich dicht vor sie.

»Und was war dann dieses Mal anders?« Der Stimmmeister lächelte milde, aber Anna hatte nicht das Gefühl, dass er es gut mit ihr meinte.

»Ich weiß es nicht«, sagte sie leise. »Christopherus ist schon seit einigen Tagen sonderbar. Vielleicht geht es ihm nicht gut.«

»Er ist sonderbar?«, wiederholte der Stimmmeister.

»Und du weißt nicht warum? Nun ... Wieso bist du dir dann so sicher, dass es nicht der Teufel ist, der von deinem Pferd Besitz ergriffen hat?«

»Christopherus ist ein braves Pferd«, versuchte Anna noch einmal, ihren Hengst zu verteidigen. »Er ist ein fleißiger Arbeiter und stets gutmütig.«

»Aber heute Morgen war er es nicht!« Der Stimmmeister hatte die Stimme erhoben. »Heute Morgen hat er den Marktmeister so schwer verwundet, dass er vielleicht an seinen Verletzungen sterben wird! Er hat also sein Wesen verändert!«

Anna senkte den Kopf. Sie wusste schon, dass sie verloren hatte, bevor der Stimmmeister fortfuhr: »Und wieso hat er sein Wesen verändert?« Er wandte sich an die Umstehenden. »Vielleicht, weil er gar nicht mehr er selbst ist? Vielleicht, weil in seiner Hülle der Leibhaftige steckt?«

Die Männer und Frauen bekreuzigten sich eilig und einige murmelten leise Gebete.

Der Stimmmeister atmete hörbar aus. »Ich werde die Angelegenheit vor den Rat bringen«, verkündete er seinen Entschluss. »Die Sexherren* werden entscheiden, wie sie in diesem Fall zu verfahren gedenken.« Er wandte sich an die Männer. »Bringt das Pferd in Gewahrsam.«

»Und was ist mit der Frau?«, wollte der Diener des Marktherrn wissen.

Der Stimmmeister strich sich über das Kinn, als müsse er über diese Frage nachdenken, während sein Blick auf Anna ruhte. Dabei hatte er seinen Entschluss längst gefasst: »Notiert ihre Personalien. Dann lasst sie gehen.«

»Ohne ihr Pferd ...«, fuhr er nach einer Pause so leise

fort, dass ihn niemand hören konnte, »wird dieses Mädchen nirgendwohin gehen.« Und damit bewies er seine Menschenkenntnis.

Das verzweifelte Wiehern des Pferdes brach Anna das Herz. Vier Männer waren nötig, um Christopherus von ihr wegzubringen. Der Rappe verdrehte die Augen und blickte zurück auf Anna. Schaum tropfte aus seinem Maul und er zitterte so stark, dass er kaum einen Lauf vor den anderen setzen konnte.

Anna rannen die Tränen über die Wangen, aber sie wischte sie nicht fort. Sollte dies etwa der letzte Anblick von Christopherus sein? Würde sie ihr Pferd jemals wiedersehen? Was sollte sie ohne ihn tun? Wie die Waren zum Markt bringen? Wie das Feld bestellen? Und was würde nun mit Christopherus geschehen? Zu den Ängsten um die eigene Existenz, die nur mit Christopherus gesichert war, kamen die Sorgen um ihn. Wo wurde er untergebracht? Und was würde man dort mit ihm machen?

Anna konnte kaum sehen, wohin sie trat. Dicht war der Tränenschleier vor ihren Augen. Sie fühlte sich verloren in Zeit und Raum und hätte nicht zu sagen vermocht, ob eine Stunde oder fünf vergangen waren, seit man sie und Christopherus gewaltsam vom Marktplatz fortgezerrt hatte.

Ihr Wagen stand noch verlassen dort, wo sie ihn abgestellt hatte. Sie taumelte darauf zu, als käme sie aus einem Wirtshaus. Rechts und links wichen die Menschen vor ihr zurück und starrten sie an wie eine Aussätzige. Jeder versuchte einen Blick auf Anna zu erhaschen, als wäre sie ein Wundergeschöpf vom Jahrmarkt, eine Abnormität aus der Menschenschau mit drei Armen – und gleichzeitig jeglichem Augenkontakt auszuweichen.

Beinahe wäre Anna in die Blutlache getreten, die sich immer noch auf dem Pflaster ausbreitete und die man nur notdürftig mit einigen Eimern Wasser zu entfernen versucht hatte. Der verletzte Marktmeister war verschwunden, doch erst wenige Käufer tummelten sich auf dem Platz. Also schien nicht allzu viel Zeit vergangen zu sein.

Allerdings genug Zeit, wie Anna kurz darauf feststellte, um sie ihrer letzten Besitztümer zu berauben: Der Wagen war leer. Nicht einen einzigen Apfel hatte das Diebesvolk zurückgelassen.

Anna schloss die Augen und lehnte sich gegen den Wagen. Sie schüttelte den Kopf, während sie zu begreifen versuchte, was geschehen war. Innerhalb weniger Sekunden war ihr Leben aus ihren Händen geglitten. Sie hatte nie mit ihrem Schicksal gehadert. Sich nie über den Tod von Mutter und Vater beschwert oder darüber gejammert, dass sie alleine für sich und die Großmutter sorgen musste und dass es oft genug nicht für mehr als eine dünne Wassersuppe reichte. Aber nun konnte sie nicht mehr. Ohne Christopherus hatte sie keine Aussicht, ihr Tagwerk zu verrichten und sich und ihre Großmutter am Leben zu erhalten. Ebenso gut konnte sie sich gleich das Leben nehmen und einen Augenblick lang dachte Anna über diese Möglichkeit nach. Doch dann verwarf sie sie wieder. Ihr Pflichtgefühl der Großmutter gegenüber hielt sie davon ebenso ab wie der Gedanke daran, dass sie Christopherus nicht alleinlassen konnte. Er zählte auf sie und obwohl sie nicht die geringste Idee hatte, wie sie ihm helfen konnte, so wusste sie doch, dass sie es versuchen musste. Sie durfte nicht aufgeben. Noch nicht.

Mit einer energischen Handbewegung rieb sich Anna die Augen und ignorierte die heimlichen Blicke der anderen. Dann ergriff sie die Achse ihres hölzernen Wagens und versuchte ihn anzuziehen. Sie zog so fest sie konnte, biss die Zähne aufeinander – doch der Wagen bewegte sich keinen Zentimeter. Anna merkte, wie die Tränen zurückkehren wollten, als eine wenig ältere Frau auf sie zutrat und ihr beschwichtigend die Hand auf die Schulter legte.

Anna sah die Marktfrau überrascht an und entdeckte Mitleid in den Augen der anderen, die ihren Wagen neben Annas stehen hatte. Anna wusste, dass die andere Katharina hieß. Sie hatten sich hin und wieder miteinander unterhalten. Jetzt streckte Katharina ihr die Hände entgegen, in denen sie Annas Korb mit Äpfeln hielt. »Den konnte ich retten«, sagte sie, »für den Rest kam ich leider zu spät.«

Anna nickte dankbar und versuchte sich nicht anmerken zu lassen, dass sie auch ihren Korb mit Eiern bereits wiedererkannt hatte: Auf dem Wagen der anderen. Dabei verkaufte Katharina sonst nie Eier, weil sie keine Hühner hielt. Aber vielleicht hielt sie die Eier für ihre Bezahlung, weil sie die Äpfel gerettet hatte?

»Danke«, flüsterte Anna, nahm den Korb mit Äpfeln entgegen und stellte ihn zurück auf ihren Wagen.

»Peter kann dir helfen, den Wagen nach Hause zu ziehen«, sprach Katharina weiter und deutete mit einer Bewegung ihres Kopfes auf ihren elfjährigen Sohn, der hinter ihr stand und ein wenig dümmlich grinste.

Anna hätte das Angebot gerne abgelehnt. Sie sehnte sich danach allein zu sein. Doch sie wusste, dass sie den Wagen ohne Hilfe niemals nach Hause bekommen würde. Also sagte sie noch einmal: »Danke.«

Peter zögerte nicht lange, griff nach der Achse und zog kräftig an. Anna zog auf der anderen Seite und endlich setzten sich die zwei großen Räder in Bewegung. Anna staunte, wie vergleichsweise leicht sich der Wagen bewegen ließ, sobald er einmal in Fahrt gekommen war.

Schweigend gingen Anna und Peter nebeneinander her. Anna versuchte die Blicke des Jungen auf ihre Brüste zu ignorieren. Aber sie wurde das Gefühl nicht los, dass der Knabe nicht nur wegen der Anstrengung des Wagenziehens so keuchte.

Auf jeden Fall war sie froh, als sie zu Peter sagen konnte: »Hilf mir noch, den Wagen hinter das Haus zu schieben und dort zu drehen. Dann haben wir es geschafft.«

Der Halbwüchsige tat, worum Anna ihn gebeten hatte, ließ die Achse anschließend so schnell er konnte fallen und wischte sich den Schweiß von der Stirn. Obwohl es nicht besonders warm war, waren beide ins Schwitzen gekommen.

»Ich danke dir«, sagte Anna.

Peter murmelte irgendetwas Unverständliches und schaffte es auch jetzt nicht, den Blick von Annas Brüsten zu lösen und ihr in die Augen zu schauen.

Anna war froh, als sich der Jüngling endlich umdrehte. Er rannte davon, als wäre der Teufel hinter ihm her.

Und wenn ich die bösen Geister austreibe,
weil ich mit Beelzebub im Bund stehe,
wer gibt dann euren *Leuten die Macht,*
sie auszutreiben?
Eure eigenen Leute werden es sein,
die euch das Urteil sprechen!
Lukasevangelium 19.19

Das unwillkürliche Zucken seiner Muskeln hielt immer noch an. Hin und wieder fuhr ein Schauer über seinen Rücken und ließ sein Fell erzittern. Christopherus schnaubte und versuchte in der Dunkelheit seine Umgebung zu erkennen. Er konnte kaum etwas sehen, durch das kleine und im Augenblick mit Holzläden verschlossene Fenster drang nur sehr wenig Licht. Jedoch roch er die Feuchtigkeit in den Mauern, den Geruch von Moder. Christopherus versuchte den Kopf zu drehen, aber man hatte ihn mit einem Seil an einem Ring in der Mauer festgebunden. Dem Rappen blieb nichts anderes übrig, als regungslos stehen zu bleiben und in die Finsternis zu starren.

Er spürte immer noch diesen Schmerz, der ihn bereits seit einiger Zeit quälte. Aber er schien noch stärker geworden zu sein. Wie die Krallen oder die Zähne eines Raubtieres, die sich durch das empfindsame Fleisch bohren.

Christopherus kratzte mit den Hufen über den Boden. Es gab ein klackendes Geräusch auf dem steinernen Pflaster, das nicht einmal mit einer dünnen Schicht aus Stroh bedeckt war. Der Hengst hob den Kopf und spitzte die Ohren. Da war ein Geräusch dicht hinter ihm, ein ganz leises Rascheln, und plötzlich spürte er etwas an seinem Hinterlauf. Es war nur eine kurze Berührung, doch Christopherus hatte das Gefühl erkannt. Das Gefühl tastender Barthaare. Die Barthaare einer Ratte. Er schlug leicht mit dem Hinterlauf aus, um das Tier zu verjagen.

Und dann hörte er noch ein Geräusch: Schritte. Feste Schritte in klobigen Stiefeln auf der anderen Seite der kahlen steinernen Wände. Und er erkannte auch diese Schritte: Sie gehörten den Männern, die ihn hierher gebracht hatten und die jetzt zu ihm zurückkamen.

Die Scharniere quietschten, als die Tür geöffnet wurde. Auch ihnen setzte die Feuchtigkeit zu – wie allem anderen hier.

Christopherus schlug ein paar Mal die Augen auf und zu, als mit den Männern plötzlich ein Lichtschein durch die geöffnete Türe fiel. Doch auch nachdem die Türe wieder geschlossen worden war, fiel helles Licht von brennenden Fackeln auf ihn. Ängstlich blickte er in die Gesichter der sechs Männer, die um ihn herum standen. Vier von ihnen kannte er bereits. Doch die beiden anderen hatte er noch nie gesehen. Einer von ihnen kam jetzt auf ihn zu, blieb dicht vor ihm stehen und betrachtete ihn prüfend.

Christopherus' Nüstern blähten sich und das Zittern seiner Muskeln wurde stärker. Er wusste nicht, was dieser Mann mit ihm vorhatte, aber er spürte, dass es nichts Gutes war. Der Rappe begann zu wiehern. Er rief nach Anna. Sein Hilferuf durchbrach die Stille, verklang unerwidert.

Anna lag auf ihrem Bett und schluchzte. Sie meinte, Christopherus' ängstliches Wiehern zu hören. Als würde der Rappe nach ihr rufen. Doch das war schlicht unmöglich. Wo auch immer er sich gerade befand – er war auf jeden Fall so weit von ihr entfernt, dass sie ihn nicht hören konnte.

Annas Augen brannten wie Feuer und sie wunderte sich, woher die immer neuen Tränen kamen, während sie Gräuelbilder von Christopherus' Zustand entsann. Wieder und wieder wälzte sie die Ereignisse des frühen Morgens in ihrem Kopf hin und her. An welcher Stelle der Geschehnisse waren ihr die Zügel entglitten? Was hätte sie anders machen müssen, um der Entwicklung rechtzeitig Einhalt zu gebieten? Ihre Überlegungen drehten sich im Kreis und an irgendeinem Punkt war es jedes Mal erneut so weit, dass Anna lautlos zu weinen begann.

Zunächst überhörte sie das zaghafte Räuspern. Es drang zwar an ihre Ohren, aber nicht in ihr Bewusstsein. Erst beim wiederholten Male wurde Anna schlagartig klar, dass jemand neben ihrem Lager stand und sie beobachtete. Jemand, der nicht ihre Großmutter war!

Erschrocken richtete Anna sich auf und als sie den jungen Mann neben sich erkannte, der verlegen seine Kopfbedeckung in den Händen hielt und voller Mitgefühl auf sie hinuntersah, wünschte sie sich augenblicklich, der Erdboden möge sich unter ihr auftun und sie verschlingen – selbst wenn das bedeutete, dass sie auf direktem Wege zur Hölle fuhr!

»Deine Großmutter hat mich eingelassen«, sagte Daniel und versuchte ein zaghaftes Lächeln.

Anna setzte sich aufrecht hin und versuchte zugleich,

ihre Haare zu sortieren und sich die Tränen aus den Augen und von den Wangen zu wischen.

»Ich habe dir etwas mitgebracht«, fuhr Daniel fort und reichte Anna eine kleine Tonfigur. »Entsinnst du dich?«

Anna drehte und wendete das Reiterfigürchen in ihren Händen und ein Lächeln huschte bei der Erinnerung an die Tage ihrer Kindheit über ihr Gesicht. »Ist es ...«, begann sie, doch Daniels Kopfschütteln unterbrach sie.

»Nein, es ist eine andere, aber sie ist deiner zum Verwechseln ähnlich, findest du nicht?«

Anna nickte, während sie daran zurückdachte, wie sie mit Daniel um eine solche Tonfigur gespielt hatte. Daniel hatte Rinderzehenknochen mitgebracht und Anna herausgefordert, gegen ihn zu spielen. Wer die meisten Zehenknochen, die hintereinander aufgestellt wurden, mit kleinen Tonkugeln umstoßen konnte, hatte gewonnen. Der Einsatz, um den gespielt wurde, war Annas Tonfigur, an der das damals fünfjährige Mädchen mit ganzem Herzen hing. Anna war zu dieser Zeit gar nicht aufgefallen, dass Daniel selbst keinen Einsatz geboten hatte, für den Fall, dass er verlöre. Erst viel später hatte sie einmal darüber nachgedacht. Aber da war es ohnehin zu spät gewesen, denn Daniel hatte Annas Figur bereits rechtmäßig gewonnen.

»Im Murmeln und Klickern konnte man gegen dich nicht siegen«, sagte Anna und betrachtete immer noch lächelnd das kleine Stück Ton.

»Dafür warst du mit dem Holzreifen unschlagbar«, antwortete Daniel lachend.

Anna erinnerte sich an den Holzreifen, den ihr Vater

ihr eines Tages vom Fassbinder mitgebracht hatte. Er stammte von einem zerborstenen Holzfass, in dem Fische eingelegt worden waren, und stank grauenvoll. Aber der Geruch verflüchtigte sich mit der Zeit und Anna fand viel Vergnügen daran, den Reifen mittels eines Stockes vor sich her zu treiben.

»Am liebsten aber war mir die Rassel«, fiel es Anna jetzt wieder ein. »Großmutter hat sie für mich aus einem Gänsehals gemacht. Der Hals wurde abgeschnitten, zu einem Ring geformt, getrocknet und anschließend mit kleinen Steinen gefüllt.« Sie sah zu Daniel auf und lächelte bei dieser Erinnerung, doch dann fiel ihr schlagartig wieder der Grund für das unerwartete Erscheinen des jungen Mannes ein und ihre Gesichtszüge versteinerten.

»Was ist mit deinem Hengst geschehen? Wo haben sie ihn hingebracht?« Daniel zögerte nicht und hockte sich neben Anna auf den langen, mit Stroh gefüllten Sack.

Die junge Frau empfand dabei zunächst nichts weiter als ein Gefühl der Vertrautheit. Wie oft hatten sie sich als Kinder berührt. Schulter an Schulter irgendwo gesessen, oder waren, sich an den Händen haltend, über die Straßen und Plätze gehüpft. Jetzt zuckte Anna mit den Schultern. »Ich weiß es nicht. Auf jeden Fall hat der Stimmmeister ihn irgendwo einsperren lassen. Er will seinen Fall dem Rat vorstellen.«

»Also glaubt er ebenfalls an Christopherus' Schuld?«

Anna sah Daniel schweigend an. Das Ganze kam ihr so absonderlich vor, dass sie nicht die passenden Worte fand. »Als wir uns neulich trafen«, begann sie, »auf dem Marktplatz, wo das Schwein gehängt wurde ...«

Sie sah Daniel fragend an und er nickte zum Zeichen, dass er sich erinnerte, »... da begegnete ich gleichfalls einer alten Frau«, fuhr Anna fort, »die mir von einem Pferd berichtete, das zum Tode verurteilt worden war, weil es seinen Reiter abgeworfen hatte, der an den Folgen dieses Sturzes starb.«

»›Wenn ein Ochse einen Mann oder ein Weib stößt, dass sie sterben, so soll man den Ochsen steinigen‹«, murmelte Daniel. »So steht es geschrieben.«

Anna sah Daniel stumm an, während eiskaltes Grauen nach ihr griff. Und schlagartig wurde ihr bewusst: Wenn der Marktmeister seinen Verletzungen erlag, dann gab es für sie und Christopherus kein Erbarmen.

Mit einem entsetzten Wiehern riss der Rappe den Kopf hoch und wich zurück, als plötzlich und völlig unerwartet der Mann ein glänzendes Kreuz vor seinen Augen schwenkte. Das flackernde Licht der Fackeln, die die Männer mitgebracht und in Halterungen an der Wand gesteckt hatten, spiegelte sich in dem polierten Metall wider und erschreckte Christopherus. Er wollte, einem uralten Instinkt gehorchend, der sich in ihm Bahn brach, fliehen. Fliehen vor dem Feuer, das tödliche Gefahr bedeutete.

»Vielleicht ist es ein Kelpie*?«

Der Mann, der das Kreuz schwenkte, hielt inne und sah den Jüngling in seiner Begleitung hämisch an. »Ein Kelpie?« Er schnaufte. »Wäre dies Pferd ein Kelpie, so würde es am Rande einer Straße darauf warten, dass sich ein Mensch auf seinen Rücken schwingt, um ihn ins tiefe Wasser zu führen und dort zu ertränken! Nein, das hier ist kein Kelpie, aber ...« Wieder schwenkte er das Kreuz vor Christopherus' Augen und wieder schreckte Christopherus ängstlich zurück. »... aber augenscheinlich fürchtet es sich vor dem Symbol Gottes. Und das wiederum bedeutet ...« Er sprach nicht weiter.

»Er ist ein Dämon?«, fragte der Jüngling, bemüht diesmal die richtige Antwort zu geben.

»Ein Dämon oder ...«

Die Stimme des Spundes war nunmehr ein Krächzen: »... vom Teufel besessen.«

»Tretet ein, tretet ein.« Die alte Frau, die ohnehin gebückt ging, beugte sich unterwürfig noch tiefer, während sie vor der imposanten Erscheinung des Gerichtsboten zurückwich, der den Kopf einzog, um sich nicht am Türrahmen zu stoßen, und der Aufforderung Folge leistete.

Anna zuckte alarmiert zusammen, als sie die Stimme ihrer Großmutter hörte. Sie kannte jede Nuance in dieser Stimme und jene bedeutete Furcht.

Auch Daniel reagierte und sprang gerade noch rechtzeitig auf, bevor der Bote sich im Raum orientiert und ihn auf der Schlafstätte der jungen Frau in kompromittierender Vertrautheit entdeckt hätte.

»Anna Meutin?« Die Stimme des Mannes war mindestens ebenso beeindruckend wie seine Statur.

»Ja?«

»Ich habe eine Vorladung zu überbringen«, fuhr der Mann fort. »Anna Meutin hat am fünfzehnten Tage des Monats zur dritten Stunde zur Vernehmung im Frankenturm zu erscheinen, um den Fall ihres Pferdes ...«, der Mann blickte auf das dicke gelbe Papier in seinen Händen, »... Christopherus gegen den Marktmeister Friederich von Rodenkirchen zu verhandeln.«

»Also hält der Rat Christopherus für schuldig?«

Der Gerichtsbote warf Anna einen Blick zu, der sie auf der Stelle verstummen ließ.

»Ferner hat Anna Meutin vierzehn Schilling für die Unterbringung und Versorgung ihres Pferdes zu entrichten.«

»Vierzehn Schilling? Aber ...« Anna hielt sich erschrocken die Hand vor den Mund. »Ich habe keine vierzehn Schilling!«

Die Miene des Fremden zeigte keinerlei Gefühlsregung. Er hatte den Auftrag, das Geld einzutreiben. Woher die junge Frau es nahm, war ihm einerlei.

»Es ... es tut mir leid«, stotterte Anna, den Tränen nahe, »ich ... ich weiß nicht, woher ich so viel Geld nehmen soll.«

Daniel blickte vom Gerichtsboten zu Anna und wieder zurück, während er fieberhaft überlegte, wie er Anna aus ihrer Notlage befreien konnte. »Aber ich«, wandte er sich schließlich lächelnd an Anna. »Ich weiß, woher du die vierzehn Schilling nehmen kannst. Entsinnst du dich denn nicht, verehrte Cousine? Schließlich schulde ich dir noch weitaus mehr vom letzten Mal. Du hattest mir das Geld geliehen, hast du das etwa vergessen?«

Anna runzelte verwirrt die Stirn. Cousine? Geld geliehen? Wovon redete Daniel? Der Gesichtsausdruck des jungen Mannes hinderte sie jedoch daran, die familiäre Zugehörigkeit oder anderes in Abrede zu stellen.

Daniel tastete nach seinem Säckel*, den er am Gürtel trug, und fingerte ein paar Münzen heraus: »Wie viel war es doch gleich noch? 20, nein, warte, 30 Schilling, jetzt weiß ich es wieder, 30 Schilling hast du mir das letzte Mal geliehen.«

Anna öffnete den Mund nun doch zu einer Widerrede, aber Daniel drückte ihr die Münzen so fest in die Hand, dass sie nicht zu widersprechen wagte.

Die Miene des Boten zeigte deutlich, was er von dieser Schauspielerei hielt, doch auch er schwieg. Schließlich war es nicht seine Aufgabe, über Schicklichkeit und Anstand zu richten. Er sollte lediglich das Geld der Gerichtskasse eintreiben.

Da Anna keine Anstalten machte, das Geld an den Fremden weiterzureichen, sondern immer noch regungslos dastand und sich darum bemühte zu verstehen, was hier eigentlich geschah, ergriff Daniel nun die Initiative, zählte aus Annas geöffneter Hand wieder sieben Albus* ab und reichte sie wortlos dem Boten.

Der zählte nicht einmal nach, bevor er das Geld einsteckte. Stattdessen taxierte er Anna wie ein Stück Vieh mit lüsternem Blick. »Scheint ihr Geld wert zu sein«, murmelte er so leise, dass er kaum zu verstehen war, und bevor noch jemand darauf etwas erwidern konnte, wandte er sich um und trat mit eingezogenem Kopf aus der Hütte heraus, ohne sich zu verabschieden.

Anna starrte ihm mit offenem Mund hinterher, während Daniel versuchte, seine Wut im Zaum zu halten. Es hätte Anna nur noch mehr geschadet, wenn er den Mann für seine Unverschämtheit zur Rechenschaft zog.

Der Sonntag machte seinem Namen alle Ehre. Anna trug mit Stolz ihr gutes Überkleid und zeigte sogar ihre

Kette, die sie sonst unter dem Kleid verborgen trug. Diese Kette war das Einzige, was sie von ihrer Mutter besaß, und deshalb liebte Anna das Schmuckstück. Es war aus Silber und in der Mitte des einfach geformten Kreises schimmerte in einer Vertiefung eine winzige Perle. Großmutter hatte ihr einmal erzählt, es sei das Werk eines Goldschmiedes aus einem fernen Land, in dem es eine berühmte Stadt gäbe, die statt Straßen, auf denen Pferdefuhrwerke fahren könnten, Flüsse besäße, auf denen Schiffe führen. Anna konnte sich das kaum vorstellen. Ebenso wenig konnte sie sich vorstellen, dass in dieser fremden Stadt etwa viermal so viele Menschen leben sollten wie in ihrer Heimatstadt, die als die größte ihres Landes galt.

Während sich Anna jetzt mit ihrer Großmutter auf den Weg zur Messe machte, bemühte sie sich jeglichen Gedanken an das bevorstehende Verhör aus ihrem Kopf zu verbannen. Sie freute sich auf die Pflicht des Kirchbesuches, der ihr oft genug missgönnt war, weil sie noch früher als andere aufstehen musste, um die nötige Feldarbeit zu verrichten. Viel lieber hätte sie der täglichen Pflicht entsprochen, doch sie wusste, dass nicht nur sie der Kirche an sechs Tagen der Woche fernblieb, obwohl der Heilige Vater eigentlich anderes verlangte und ihnen in der großen Stadt, die mehr Gotteshäuser hatte, als das Jahr Tage zählt, auch genügend Plätze zu Buße und Andacht darbot.

»Gott zum Gruße!«, rief sie ihrer Nachbarin Maria mit einem höflichen Lächeln entgegen. Das Lächeln auf ihren Lippen erstarb, als die Frau sich eilig abwandte und regelrecht vor ihr in die entgegengesetzte Richtung flüchtete.

Anna runzelte die Stirn. Zwar hatte sie keine überschwängliche Antwort erwartet, doch diese offen zur Schau getragene Feindseligkeit überraschte sie dennoch.

»Was ist denn mit der los?«, murmelte sie an niemand Besonderen gewandt vor sich hin.

»Vermutlich hat es sich bereits herumgesprochen, dass der Gerichtsbote bei uns war«, antwortete ihre Großmutter, den Blick durch ihre gekrümmte Haltung unverwandt auf den Boden gerichtet.

Anna runzelte bei diesen Worten die Stirn. Sie wunderte sich immer wieder über ihre Großmutter, die so oft geistig umnachtet wirkte und dann plötzlich messerscharf urteilte.

Und tatsächlich war ihre Nachbarin nicht die Einzige, die sich heute merkwürdig benahm. Während Anna ihre Großmutter stützte und sie zu ihren Plätzen in der vorletzten Reihe der kleinen Kathedrale führte, vorbei an der verrückten Elisabeth, die wie immer mit dem Kopf wackelte und unmenschliche Laute ausstieß, spürte sie die Blicke der anderen auf sich ruhen. Hier und da wurde leise getuschelt, während sie vorüberging. Doch außer ihrer Nachbarin brachte ihr niemand offene Feindseligkeit entgegen und sowohl Heinrich, der Schellenknecht, als auch einige der anderen Marktfrauen grüßten sie unverändert freundlich, sodass sich Anna schließlich stolz erhobenen Hauptes auf ihrem Platz niederließ. Sollte Maria, diese falsche Schlange, doch ruhig ihr Gift verspritzen. Ihr konnte das nichts anhaben.

Noch konnte Anna nicht ahnen, wie sehr sie sich in diesem Punkt irrte.

»Gott zum Gruße!«

»Gott zum Gruße!«

Daniel folgte seinen Eltern in gebührlichem Abstand und grüßte wie sie die Männer und Frauen zu seiner Rechten und zu seiner Linken, die der ehrenwerten Kaufmannsfamilie freundlich zunickten. Männer zogen ehrerbietig ihre Kopfbedeckungen, Frauen machten einen höflichen Knicks und einige junge Mädchen kicherten und verbargen ihre Münder hinter ihren behandschuhten zarten Händen, wenn Daniel zu ihnen herüberblickte.

Helena, seine zukünftige Ehefrau – wenn es nach dem Willen seiner Eltern ging –, deutete ebenfalls einen höflichen Knicks an, als Daniel an ihrem Platz auf der linken Seite des Mittelschiffs der Kirche St. Maria Lyskirchen vorüberkam, und er nickte ihr zu, bevor er sich auf seinen Platz in der zweiten Reihe auf der rechten Seite des Hauptschiffes niederließ, unmittelbar neben seinen Freund Thomas, dem einzigen Sohn der Familie Weinsburg, die den Liskirchners seit Jahren eng verbunden waren. Wie jeden Sonntag würde Daniel auch nach diesem Levitenamt* mit seinen Eltern eine Weile vor dem Gotteshaus verharren und Höflichkeiten mit den Familien Weinsburg und von Münzenberg austauschen. Doch wenn er sich bisher stets auf diese Treffen mit seiner Zukünftigen gefreut hatte, so sah er ihm diesmal mit schwerem Herzen entgegen. Würde er seine veränderten Gefühle vor Helena verbergen können? Schon jetzt hatte er den Eindruck, sie hätte unmerklich die Stirn gerunzelt, als er ihr zugenickt hatte. Vielleicht war sein Blick bereits ein anderer? Er jedenfalls fühlte sich verändert. Und als die Predigt in diesem

Augenblick begann, fiel es ihm schwer, sich auf die Worte des Geistlichen zu konzentrieren.

Aus Christopherus' Maul troff Schaum. In regelmäßigen Abständen glitt ein Zittern über seine Flanken und er konnte nichts dagegen tun. Seine weit aufgerissenen Augen starrten in die Dunkelheit, ohne etwas zu sehen. Die Männer hatten die Fackeln mitgenommen, als sie gegangen waren. Und der Rappe war froh darüber. Froh, dass die Männer weg waren, froh, dass er nichts von seiner trostlosen Umgebung sehen musste. Er spürte die Kälte der steinernen Mauer, die in seine Glieder kroch und jede Bewegung schwer werden ließ, und er hörte von irgendwo das stete Tropfen von Wasser. Er verdrehte die Ohren und schlug unwillig mit dem Kopf aus – so weit ihn der kurze Strick, mit dem er festgebunden worden war, ließ. Der Schmerz in seinen Eingeweiden, der ihn seit Tagen zunehmend quälte, war mittlerweile beinahe unerträglich geworden. Und verglichen mit dieser Qual zählte das Brennen seiner Haut, wo der Mann ihm die glühenden Nadeln ins Fell gestoßen hatte, nicht.

Christopherus stieß ein fast menschliches Seufzen aus, bevor die Kraft aus seinen Beinen wich und er mit einem Stöhnen zunächst auf die Vorderläufe und schließlich auf den harten, kalten Steinboden fiel, wo er bewegungslos liegen blieb und sich nicht einmal mehr von der Ratte aufscheuchen ließ, die vorwitzig an seinem Schweif knabberte.

Tu deinen Mund auf und richte in Gerechtigkeit und schaffe Recht dem Elenden und Armen.

Sprüche Salomos 31.9

Anna hatte die Nacht über kein Auge zugetan. Immer und immer wieder hatte sie sich in Gedanken die Antworten auf die zu erwartenden Fragen zurechtgelegt, obwohl sie kaum wissen konnte, was auf sie zukommen würde. Schließlich war dies ihre erste Vorladung vor den Rat der Stadt.

Sie stellte die zwei hölzernen Eimer, mit denen sie noch vor dem eigentlichen Tagesanbruch Wasser aus dem öffentlichen Brunnen geholt hatte, ab, bevor sie trotz des Werktages ihr gutes Kleid anzog und sorgfältig ihr Haar kämmte. Zum Glück war sie am Brunnenhäuschen nur dem Brunnenputzer begegnet, der dort zum Tagesanbruch nach dem Rechten sah. Oft standen die Frauen am Brunnen zusammen und erzählten einander den neuesten Tratsch. Doch gerade heute verspürte Anna wenig Lust dazu.

Schon wieder ein verlorener Tag für die Feldarbeit, dachte sie, während sie ihr braunes Überkleid anlegte, in ihre Schuhe schlüpfte und sorgfältig die Schnallen schloss. Sie spürte ihr Herz bis zum Hals schlagen und wusste auch den Grund dafür: Ihre Furcht vor dem Verhör und die Sorge um ihre Zukunft, die bereits jetzt durch die Ereignisse aufs Unangenehmste ins Wanken geraten war.

Ihre Füße stolperten mehrmals, während sie sich unsicheren Schrittes quer durch die Stadt ihren Weg bahnte. Es war ein strammer Marsch vom äußersten Rand der Stadt, wo sich die Häuser der Armen windschief gegen die alte Stadtmauer lehnten, bis zum Frankenturm am Ufer des Flusses, in dem das Verhör stattfinden sollte. Ein strammer Marsch für sie – für den Turmmeister, der das Verhör führen würde, vermutlich der kürzeste Weg von seinem Haus, weshalb man den zentralen Frankenturm als Vorladungsstätte gewählt hatte. Zumindest vermutete Anna dies.

Je mehr sich die junge Frau der Stadtmitte annäherte, desto beeindruckender wurden die Bauten. Fast schon an einen Palast erinnerte der Hackeney'sche Hof in der Nähe des Vieh- und Fleischmarktes. Anna schaute zu dem hohen, schlanken Turm hinauf, aus dessen oberstem Fenster zwei hölzerne Schimmelköpfe hervorblickten. Der Anblick der beiden Pferdeschädel ließ sie nicht nur an Christopherus denken, sondern rief ihr ebenfalls die Geschichte in Erinnerung, die ihre Großmutter ihr vor vielen, vielen Jahren einmal erzählt hatte, als sie selbst noch ein kleines Mädchen gewesen war. Wenn diese Geschichte stimmte, dann hatte hier in unmittelbarer Nachbarschaft das »Haus zum Papageien« gestanden, in dem einst das vornehme und reiche Ehepaar von Aducht lebte. Als wieder einmal die Pest in der Stadt wütete, erkrankte auch die schöne und junge Richmodis von Aducht* an der Seuche und verstarb bereits nach wenigen Tagen. Ihr Gemahl Mengis war am Boden zerstört, jedoch ließ man ihm nicht viel

Zeit zum Abschiednehmen: Aus Angst vor Ansteckung wurde der Leichnam der Verstorbenen unverzüglich beerdigt.

Einer der Totengräber aber hatte bemerkt, dass die reiche Tote noch ihren Ehering am Finger trug. Und er fragte sich wohl, was dieser ihr im Jenseits nütze, während er, der er kaum seine Familie von dem Hungerlohn am Leben erhalten konnte, den er verdiente, damit seine Kinder mindestens ein Jahr lang ernähren konnte. Er überredete seinen Kollegen, ihm zu helfen, es solle sein Schaden nicht sein, und noch in der gleichen Nacht kehrten die beiden Männer mit Hacke und Schaufel zu dem frischen Grab zurück und begannen zu buddeln. Schließlich öffneten sie den Sarg und versuchten, das wertvolle Schmuckstück von dem Finger der Toten zu entfernen. Doch der Ring saß fest und so zogen und zerrten sie daran, bis die Tote mit einem Mal die Augen aufschlug und sie unverwandt anblickte.

Mit einem lauten Schrei rannten die beiden Männer um ihr Leben, während sich hinter ihnen die Frau in dem weißen Totenhemd aus ihrem Grabe erhob, die stehen gelassene Laterne der zwei Grabräuber an sich nahm und sich schwankend auf den Heimweg machte.

Anna schmunzelte bei der Vorstellung, welcher Schreck dem Knecht in die Glieder gefahren sein musste, als er auf das heftige Läuten hin die Türe des herrschaftlichen Hauses weit nach Mitternacht öffnete und in das Antlitz seiner soeben verstorbenen Herrin im weißen Gewand blickte, die Einlass begehrte. Auf jeden Fall knallte er ihr die Tür vor der Nase zu und alarmierte seinen Herrn, dass ein Geist, zumindest jedoch eine Betrügerin, vor der Türe stünde, die sich für sein Weib ausgäbe und Einlass verlange.

Mengis von Aducht glaubte vielleicht an einen bösen Scherz, auf jeden Fall öffnete er eins der Fenster und blickte hinunter auf die Frau, die dort vor seinem Hause stand und ihn vor Erschöpfung und Kälte zitternd anflehte, ihr doch endlich zu öffnen.

»Schert euch zum Teufel, elende Lügnerin!«, schrie er auf die Straße hinunter. »Bevor Ihr Richmodis seid, schauen meine zwei Schimmel zum Dachfenster hinaus ...«

Angeblich hatte er seinen Satz noch nicht ganz beendet, als ein kräftiges Poltern und Wiehern ertönte und die beiden Schimmel des Herrn die Treppe zum Turmzimmer hochstiegen und dort ihre Köpfe durch die Dachluke streckten.

Anna erinnerte sich an das angenehme Gruseln, das sie bei dieser Geschichte damals empfunden hatte, und daran, wie sie ihre Großmutter fragte, ob das alles denn wahr sei. Ihre Großmutter hatte gelächelt, mit den Schultern gezuckt und gesagt: »Vielleicht. Aber vielleicht glaubt da auch nur jemand daran, dass diese Neidstangen* böse Geister fernhalten.«

Anna spürte ein wenig Hoffnung in sich aufsteigen. Vielleicht musste sie einfach fest genug an ein Wunder glauben, dann würde auch ihre Geschichte so gut ausgehen wie die der jungen, reichen und schönen Richmodis von Aducht, deren Mann aus Dankbarkeit die Pferdeköpfe anfertigen ließ, damit sie auf alle Ewigkeit an die glückliche Fügung erinnerten.

Anna holte tief Luft, als sie nun vor dem Eingang zum Frankenturm angekommen war. Wenn es den

Schimmeln gelungen war, ihre Herrin zu retten, vielleicht gelang es ihr, Anna, ihren Rappen vor einem bösen Ende zu bewahren? Und sie stieß die Tür auf.

Die Stille, die Anna in dem überraschend großen Raum des ersten Geschosses umfing, war erdrückend. Sie kämpfte gegen das Bedürfnis, den Kopf schamvoll zu senken, an. Denn sie hatte das Gefühl, es käme einem Schuldbekenntnis gleich, wenn sie den Blicken der Männer, die ihr gegenüber an Tischen saßen und sie unverhohlen betrachteten, während sie stehen bleiben musste, nicht standhalten konnte.

Fürchte Gott, tue Recht und scheue niemand, wiederholte Anna in Gedanken die Worte, die ihr Vater ihr in besseren Tagen stets eingebläut hatte. Tue Recht und scheue niemand: Wer nichts verbrochen hat, der braucht sich auch vor niemandem zu fürchten. Nicht einmal vor dem Erzbischof oder dem Rat der Stadt. Und sie hatte nichts verbrochen. Sie nicht und Christopherus ebenfalls nicht. Anna hob stolz den Kopf und streckte die Brust vor.

»Anna Meutin«, erklang die Stimme des Turmmeisters.

Anna versuchte zu antworten, doch kam nur ein Krächzen über ihre Lippen. Sie räusperte sich. »Ja«, antwortete sie schließlich leise.

Die Syndici* sahen die junge Frau unverhohlen an. In den Augen des einen sah Anna Missbilligung, doch einige der Ratsherren machten keinen Hehl daraus, dass der hübsche Anblick, der sich ihnen bot, durchaus ihren Gefallen fand.

»Ist sie sich des Anlasses dieses Verhörs bewusst?«

»Ja«, antwortete Anna und senkte nun doch den Blick.

»Ihr Pferd«, der Turmmeister stockte, beugte sich kurz zu dem neben ihm sitzenden Ratsmitglied hinüber und ließ sich von diesem den Namen des Tieres nennen, »ihrem Pferd Christopherus wird vorgeworfen, den Marktmeister ...« Er unterbrach sich erneut und ließ sich ebenfalls den Namen des Marktmeisters vorsagen, »... Friederich von Rodenkirchen schwer verletzt zu haben.«

Anna hob den Blick wieder und spürte eine Welle der Erleichterung. Also war von Rodenkirchen noch am Leben! Sie schöpfte Hoffnung, dass der Rat den Fall nicht an das Hohe Weltliche Gericht weiterleiten würde.

»Was hat sie dazu zu sagen?«, fuhr der Turmmeister fort.

»Es war ein Unfall, hoher Herr«, antwortete Anna.

»Ein Unfall?« Die Stimme des Mannes klang ungläubig. »Ich habe hier Zeugenberichte vorliegen, aus denen hervorgeht, dass es sich keinesfalls um einen Unfall gehandelt haben soll. Vielmehr soll der Leibhaftige selbst seine Finger im Spiel gehabt haben.«

Anna versuchte den Gesichtsausdruck des Ratsherrn zu deuten. Ohne Erfolg. Noch nie in ihrem Leben hatte sie sich so allein und verlassen gefühlt wie in diesem Augenblick. Es schien niemanden an ihrer Seite zu geben und der einzige Gefährte, auf dessen Treue und Wohlwollen sie sich stets hatte verlassen können, Christopherus, hatte sie erst in diese Situation gebracht. Sie seufzte und suchte noch nach einer Antwort, als der Mann, der ihr seinen Namen nicht genannt hatte, bereits weitersprach: »Angeblich ist das Pferd vom Teufel besessen, der versucht hat, sich der Seele des Marktmeisters zu bemächtigen.«

»Christopherus ist nicht vom Teufel besessen.« Annas Stimme war kaum mehr als ein Flüstern.

»So? Und woher nimmt sie diese Sicherheit? Steht sie selbst vielleicht mit dem Teufel im Bunde, dass sie das so genau weiß?«

Anna zuckte zusammen und spürte, wie ihr Herz für einen Moment aufhörte zu schlagen. Jetzt durfte sie keine falsche Antwort geben, sonst stand sie plötzlich selbst unter dem Verdacht der Teufelsbuhlschaft. Wie schnell das gehen konnte, wusste sie nur zu gut!

»Ich ... ich ...«, Anna suchte nach den richtigen Worten, »Christopherus ist ein braves Pferd. Ich habe nie Schwierigkeiten mit ihm gehabt. Nur in den letzten Tagen war er etwas ... etwas müde und überreizt.«

»Er hat also sein Wesen verändert?«

Anna hätte sich selbst ohrfeigen mögen. Nun hatte sie den gleichen Fehler ein zweites Mal gemacht! Wie schon vor dem Haus des Stimmmeisters ließ sie sich fremde Worte in den Mund legen. »Er fühlte sich nicht wohl«, versuchte sie den Fehler wieder gut zu machen. »Jedoch gebe ich ihm stets Bärlapp ins Futter, um ihn vor Verhexung zu schützen, und ...«

Das haltlose Lachen zweier Ratsherren ließ Anna stocken. Lachten sie etwa über ihre Bemerkung? Während sich die beiden Männer bestens zu amüsieren schienen, hoben die anderen drei, darunter auch der Stimmmeister, vor dessen Haus Anna vom Pöbel gebracht worden war, skeptisch die Augenbrauen, als wäre es ein Beweis für ihre Schuld, dass die junge Frau sich mit der Wirkung von Kräutern auskannte – auch wenn es sich um ein Mittel handelte, das vor Hexerei schützen sollte.

»Soso, denkt sie also«, ergriff der Turmmeister schließlich wieder das Wort und lenkte die Aufmerksamkeit aller Anwesenden damit zurück auf den Fall. »Nun, um uns einen besseren Überblick über die Geschehnisse zu ermöglichen, bitte ich Friederich von Rodenkirchen um eine Darstellung der Ereignisse.« Der Turmmeister nickte einem der Gerichtsdiener zu und der geleitete von Rodenkirchen herein, der den gebrochenen Arm unbeholfen in einer Armschiene vor sich her trug. Er warf Anna einen bösen Blick zu und ließ sich ächzend auf den eigens für ihn herbeigeschafften Stuhl fallen, während Anna weiterhin als Einzige in dem Raum stehen bleiben musste. Sie ärgerte sich, in ihrer Verteidigung unterbrochen worden zu sein. Doch nun war es sicherlich wenig ratsam, ihrerseits die Herren zu stören.

»Herr von Rodenkirchen«, sprach der Turmmeister. »Bitte schildert uns doch einmal, wie es zu dem Zwischenfall am Markttag kam.«

Friederich von Rodenkirchen brauchte keine zweite Aufforderung. »Dieses Weib«, stieß er hervor und deutete mit dem Kopf auf Anna. »Dieses Weib und sein elender Gaul wollten mich umbringen!«

Anna riss vor Entsetzen den Mund auf. War Friederich von Rodenkirchen denn nicht bewusst, dass er im Begriff stand, sie mit dieser Anschuldigung dem Henker* zu überantworten?

»Das ist eine schwerwiegende Beschuldigung«, antwortete der Turmmeister prompt. »Könnt Ihr die Annahme, es handelte sich um einen Mordversuch, näher begründen?«

»Wie würdet Ihr es denn nennen, wenn eine Schindmähre wie aus dem Nichts aufsteigt und Euch unter ihren Hufen zermalmen will, nur, weil Ihr an dem Tier vorbeigeht?«

»Christopherus ist weder eine Schindmähre«, entfuhr es Anna, »noch wollte er Euch umbringen! Und das wisst Ihr ganz genau! Er ist nur gestiegen, weil Ihr ihn geschlagen habt!«

Friederich von Rodenkirchen machte ein unschuldiges Gesicht. »*Ich* soll ihn geschlagen haben?«, wiederholte er und schüttelte den Kopf. »Aus welchem Grund sollte ich das tun?« Er wandte sich wieder an die Männer des Rates. »Ich bitte die hohen Herren um eine ehrliche Antwort«, er beugte sich vertraulich vor, »sehe ich etwa so aus, als würde ich ein unschuldiges Tier schlagen?«

Die Herren auf der anderen Seite des Tisches schwiegen.

»Nein«, beantwortete der Marktmeister seine Frage nach einer Weile selbst, als er eingesehen hatte, dass es kein anderer tun wollte. »Aber das Schlimmste war«, seine Stimme wurde weinerlich und seine Unterlippe zitterte, als hätte er den Schrecken bis jetzt nicht verwunden. »Das Schlimmste war, dass ich *ihn* gesehen habe, als ich die Arme in die Luft reckte und Gott um Hilfe anflehte.«

»›Ihn‹?« Der Turmmeister runzelte die Stirn.

Der dicke Mann auf dem Stuhl nickte. »Den Leibhaftigen persönlich«, fuhr er leise fort, als getraue er sich nicht lauter zu sprechen. »Ich sah in die Augen dieses

Pferdes, das über mir aufragte wie eine schwarze Felswand, und da konnte ich ihn deutlich sehen: Es war Satan. Er grinste mir zu und zischte: ›Jetzt ist es um dich geschehen, Friederich, jetzt hole ich mir deine Seele.‹«

In dem Raum herrschte Totenstille. Anna blickte in die Gesichter der Ratsherren – dann sank sie ohnmächtig zu Boden.

Als Anna die Augen wieder aufschlug, wusste sie nicht, wie viel Zeit vergangen war. Man hatte sie auf eine Holzpritsche an der Wand gelegt und jemand tupfte ihre Stirn mit einem feuchten Lappen ab. Anna schrak zurück und richtete sich auf, als ihr bewusst wurde, wo sie sich befand und was geschehen war. Eilig zupfte sie ihr Kleid glatt, das nach oben verrutscht war und ihre Beine entblößte.

»Habt Dank«, murmelte sie, tastete nach ihrer Kette, die zum Glück noch an ihrem Platz war, und schob den Mann, der ihr unablässig das Gesicht kühlte, zur Seite. Es war deutlich zu sehen, dass der Fremde nichts dagegen gehabt hätte, mit seiner Tätigkeit fortzufahren, und nun fast schon ein wenig pikiert davonzog.

Friederich von Rodenkirchen war mittlerweile verabschiedet worden und die Ratsherren standen eng beieinander und berieten sich.

»Dann hören wir als Nächstes die Nachbarin.«

Anna überlegte, ob sie besser wieder ohnmächtig wurde, statt sich die Lügen und Häme ihrer Widersacherin anzuhören, und wunderte sich zugleich, wieso Maria Metz in dieser Angelegenheit vor den Rat gebeten worden war. Sollte ausgerechnet sie etwa Annas Umfeld beleuchten?

»Lasst uns doch zuerst den Burggreven* von der Untersuchung des Pferdes berichten«, schlug der Turmschreiber vor.

Anna verschob ihre Ohnmacht auf später.

Der Burggreve war sich seiner Wichtigkeit offensichtlich bewusst. Der Mann betrat energischen, stolzen Schrittes den Raum, bedachte die am Rande stehende Anna mit einem kurzen, abfälligen Blick und blieb unmittelbar vor dem Tisch der Ratsherren stehen.

Der Turmmeister warf wieder einen Blick auf das vor ihm liegende Papier. Als er den Namen gefunden hatte, las er: »Johann Rommerskirchen.«

Der Mann nickte zustimmend.

»Ihr seid Burggreve am Schafentor und habt die Untersuchung des vorsorglich in Verwahrsam genommenen Pferdes Christopherus geleitet, das den Marktmeister Friederich von Rodenkirchen angegriffen und schwer verletzt haben soll.«

Rommerskirchen nickte erneut.

»Dann erzählt uns bitte, was Ihr herausgefunden habt.«

»Hohe Herren des Rates, durch unsere Untersuchungen konnten wir eindeutig nachweisen, dass der Rappe, der uns vorgeführt wurde, vom Teufel besessen oder verhext worden ist.«

Ein Raunen ging durch die anwesenden Ratsherren. Anna dagegen schüttelte stumm und fassungslos den Kopf.

»Könnt Ihr uns schildern, wie Ihr zu dieser Erkenntnis gelangt seid?«, wollte der Turmmeister wissen.

»Das Tier reagiert abwehrend auf den Anblick des

Symbols Gottes. Es scheut und gebärdet sich wie wild.«

Anna schlug die Hände vors Gesicht und kämpfte gegen die aufsteigenden Tränen an. Was hatte man mit Christopherus gemacht? Was hatte man ihm angetan?

»Außerdem ...« Der Burggreve räusperte sich. »Außerdem haben wir ein auffälliges Mal am Fell des Tieres gefunden.« Er senkte die Stimme und verlieh dem Gesagten damit noch mehr Bedeutung. »Den Kopf eines Ziegenbocks.«

Anna versuchte, sich über das aufgeregte Tuscheln der Ratsherren hinweg Gehör zu verschaffen, doch der gestrenge Blick des Turmmeisters ließ sie augenblicklich verstummen.

»Wir haben versucht, den Dämon zum Verlassen des Körpers zu bewegen«, fuhr Rommerskirchen fort, »indem wir glühende Nadeln in das Fleisch des Tieres, dessen er sich bemächtigt hat, stießen.«

Anna schluchzte laut auf und biss sich fest auf die Fingerknöchel, bis sie Blut auf der Zunge schmeckte, um nicht laut zu schreien. Dennoch trafen sie die strafenden Blicke der Ratsherren.

»Geht Eurer Meinung nach von dem Tier eine Gefahr aus, die eine weitere Sicherheitsverwahrung rechtfertigt?«

Der Burggreve nickte mit gewichtiger Miene. »Unter allen Umständen«, sagte er. »Der Hengst ist unberechenbar.«

»Edle Herren!« Annas Stimme zitterte und dennoch versuchte sie, ruhig zu sprechen.

»Schweig, Weib! Dich hat hier niemand gefragt!«, herrschte der Gerichtsdiener sie an und machte einen drohenden Schritt auf sie zu, doch der Turmmeister bedeutete dem Mann mit einer Handbewegung, Anna sprechen zu lassen.

»Edle Herren«, wiederholte Anna, »das Mal im Fell, von dem der werte Herr Rommerskirchen spricht, ist nichts weiter als ein Wirbel in der Form eines fünfzackigen Sterns. Und dies ist doch vielmehr ein gutes Zeichen, es schützt vor bösen Geistern und ...«

»Was sie meint, ist ein Pentagramm*«, unterbrach der Burggreve Annas Ausführungen. Zwar war er ebenfalls nicht von einem der Ratsherren gefragt worden, dennoch wurde er nicht von dem Büttel zurechtgewiesen, sondern fuhr ungehindert fort: »Ich spreche jedoch nicht von diesem heiligen Zeichen, sondern vielmehr von seinem Gegenstück, dem Drudenfuß*, bei dem zwei Zacken wie die Hörner eines Ziegenbocks nach oben weisen. Und dies ist, wie wir alle wissen, ein Zeichen des Bösen. Und das ist noch nicht alles! Das Pferd hat zwei verschiedenfarbige Augen, ein braunes und ein blaues!« Er bekreuzigte sich hastig.

Die Ratsherren tuschelten miteinander. Der Turmmeister sah, dass Anna einen Einwand machen wollte, und hob Einhalt gebietend die Hand. »Das reicht vorerst. Vielen Dank, Herr Rommerskirchen. Wir wollen nun den nächsten Zeugen, Maria Metz, zu der Angelegenheit hören.«

Während Johann Rommerskirchen den Raum verließ, horchte Anna in sich hinein, was für die Verwunderung verantwortlich war, die sie mit einem Mal empfand. Und als sie ihre Nachbarin Maria den Saal betreten und dem Turmmeister zulächeln sah, traf sie schlagartig die Erkenntnis: Während der Turmmeister sich jeden Namen sagen lassen musste, kam ihm der Name dieser für ihn völlig unbedeutenden Frau wie selbstverständlich von den Lippen. Und das konnte nur eins bedeuten: Aus irgendeinem Grund, den Anna nicht kannte, war Maria Metz für den Vorsitzenden keine völlig unbedeutende Frau!

Und Anna ahnte, dass das für sie nichts Gutes bedeutete.

Du sollst nicht falsch Zeugnis reden wider deinen Nächsten.

Zweites Buch Moses 20.16

Maria Metz. Sie wohnt in unmittelbarer Nachbarschaft zu Anna Meutin und kann uns gewiss Auskunft über das Pferd und seine Besitzerin geben. Kam es jemals zu Zwischenfällen, die durch besagtes Tier verursacht wurden oder auf andere Weise mit ihm oder seiner Besitzerin in Zusammenhang stehen?«

Nein, nein, nein!, erklang die Antwort in Annas Kopf. Es hatte niemals Zwischenfälle durch oder mit Christopherus gegeben. Vielmehr hatte Marias Schwein das eine oder andere Mal für Aufregung in der Straße gesorgt, wenn es wieder einmal ein Kind umgestoßen oder einen Müllhaufen in Unordnung gebracht hatte. Einmal war es sogar in eine fremde Stube eingedrungen und hatte dort ein wahres Durcheinander angerichtet. Ausgerechnet an dem Tag hatte es zudem in Strömen geregnet und die Straße war ein einziges Schlammloch gewesen. Anna konnte sich gut erinnern, wie es anschließend in Frau Friedas Haus ausgesehen hatte, das alle Nachbarinnen um des lieben Friedens willen gemeinsam putzten, während sie Maria inständig darum baten, das Schwein nicht länger unbeaufsichtigt herumlaufen zu lassen. Natürlich vergebens.

»Ja, hoher Herr«, antwortete Maria dienstbeflissen, »ich kann mich an mindestens einen Zwischenfall aus dem vergangenen Winter erinnern.«

Anna starrte ihre Nachbarin sprachlos an. Was würde sich dieses gehässige Weib jetzt wieder ausdenken?

»Frau Anna bat meinen Mann um Hilfe, als sie ihr Pferd anschirren wollte. Sie müssen wissen, dass Anna keinen eigenen Mann hat ...« Bei diesen Worten warf sie ihrer Nachbarin, die unmittelbar neben ihr stand, einen missbilligenden Blick zu. »... ob ihr keiner gut genug ist oder ob sie keinem gefällt ... nun, wundern würd's mich nicht, so eigensinnig wie sie ist, und dann immer dieses merkwürdige Getue mit ihrem Pferd ... Das sieht sowieso so sonderbar aus mit seinem einen blauen Auge. Regelrecht zum Fürchten! Als stimme etwas mit ihm nicht. Vielleicht traut sich auch deshalb kein Mann an sie ran, weil immer der Gaul dabei ist ...«

»Ja, ja, schon gut«, unterbrach der Turmmeister den Redestrom ungeduldig, doch Anna entging nicht, wie die Männer sie musterten und sich augenscheinlich fragten, warum sie eigentlich keinen Ehemann vorzuweisen hatte und was für ein gottloses Leben sie sonst noch führen möge.

»Jedenfalls brauchte sie mal wieder meinen Mann, weil der Karren, mit dem sie immer zum Markt fährt, so tief im Schnee steckte, dass sie ihn alleine nicht bewegen konnte.«

Der Karren steckte so tief im Schnee, dachte Anna, *weil Ihr ihn Euch geborgt und an die falsche Stelle zurückgestellt hattet.* Aber sie hütete sich davor, Maria zurechtzuweisen und sich damit einen zweiten Rüffel einzuhandeln.

»Natürlich hat mein Mann ihr geholfen«, fuhr Maria fort, »und dabei ist ihm diese ungeschickte Mähre auf den Fuß getrampelt, dass der wochenlang dick und blau war, und dabei hat mein Mann noch Glück gehabt, dass Schnee lag und der Schnee unter dem Gewicht nachgegeben hat. Der Fuß sackte also in den Schnee ein und ...«

»Ja, war denn bei diesem Geschehen Absicht zu erkennen?«, unterbrach der Turmmeister den Redefluss der Frau erneut und versuchte ihn zurück in sinnvolle Bahnen zu lenken.

»Nun, jedenfalls hatte sie ...« Die Metz wies mit einer Kopfbewegung auf Anna, »... ihren Mund dicht an dem Ohr ihres Rappen und wer weiß, was sie dem Gaul dabei ins Ohr geflüstert hat. Schließlich war ja schon ihre Tante so eine.« Sie bekreuzigte sich.

»Was für eine war ihre Tante?«

»Na, eine Hexe!« Maria schien die Frage zu überraschen. »Sie ist doch auf den Scheiterhaufen gebracht worden! Vor ...«, sie überlegte kurz, »vor nunmehr neun Jahren.«

Anna schloss die Augen. Sie konnte die Blicke der Männer nicht mehr ertragen, musste Maria aber ein gewisses Maß an Ehrerbietung zollen: Sie hatte in der völlig falschen Schilderung einer harmlosen Begebenheit alles untergebracht, was Anna in ein schlechtes Licht setzte: ihre Ehelosigkeit und ihre der Hexerei für schuldig befundene Verwandtschaft. Damit war ihr und Christopherus' Schicksal wohl endgültig besiegelt.

»Die Beweislast scheint mir erdrückend«, stellte der Turmmeister auch tatsächlich fest und die anderen Ratsherren nickten zustimmend. »Also ist es beschlossen, wir übergeben die Angelegenheit dem Hohen Weltlichen Gericht …«

Anna spürte eine neue Ohnmacht in sich aufsteigen. Es war kein Geheimnis, dass ein Fall, der einmal vor dem erzbischöflichen Gericht gelandet war, nur äußerst selten mit einem Freispruch ausging.

Der Gerichtsdiener machte mit einem Räuspern auf sich aufmerksam und der Turmmeister wandte sich ihm zu.

»Hoher Herr, draußen wartet noch ein Zeuge darauf, vorgelassen zu werden.«

»Ach«, machte der Turmmeister und Anna konnte sehen, wie ungehalten ihn diese Nachricht stimmte, nachdem er sich seiner verdienten Mußezeit bereits nahe wähnte, während sie überlegte, wem ihrer Bekannten noch daran gelegen sein konnte, sie auf dem Scheiterhaufen brennen zu sehen. Umso überraschter war sie, als nun ein stattlicher junger Mann mit selbstsicheren Schritten und hoch erhobenem Haupt den Raum betrat und zielstrebig dem Tisch der Ratsherren entgegeneilte.

»Daniel Liskirchner, Sohn des Kaufmanns Konstantin Liskirchner. Ich bitte gehört zu werden.«

»Aber selbstverständlich, Herr Liskirchner.« Die Stimme des Turmmeisters klang mit einem Mal fast unterwürfig. »Ich wusste nichts von Ihrer Anwesenheit, sonst hätten wir Euch niemals warten lassen! Wie geht es Eurem werten Herrn Vater?«

»Es geht ihm gut, danke«, erwiderte Daniel höflich, aber unwirsch. »Doch hat es meine Familie mit Verwunderung aufgenommen zu erfahren, dass Anna Meutin hier heute vor den Rat zitiert wurde.«

»Wie das?«, fragte der Turmmeister und strich sich angesichts des einflussreichen Besuchers zum ersten Mal verunsichert über das Kinn.

»Nun, Frau Meutin, die Nichte meines Vaters ...« Nach diesen Worten ließ Daniel ein wenig Zeit verstreichen und diese Pause verfehlte ihre Wirkung nicht. »... steht unter dem besonderen Schutz unserer Familie und ...«

»Verzeiht, uns war nicht bekannt, dass Anna Meutin mit der Familie Liskirchner in Verbindung steht, sonst hätten wir selbstverständlich ...«

»Davon gehe ich aus«, unterbrach Daniel den Ratsherren selbstbewusst.

Anna behielt ihre Verwunderung, dass sie die Nichte des einflussreichen Kaufmanns Konstantin Liskirchner sein sollte, für sich. Freilich war ihre Tante die Schwägerin des Ratsmitglieds Liskirchner gewesen, aber stand sie deshalb in einem verwandtschaftlichen Verhältnis zu ihm? Nun, jetzt war wohl nicht der geeignete Moment, um dies näher aufzuschlüsseln.

»Wessen wird meine Base beschuldigt?«

»Werter Herr Liskirchner, bedauerlicherweise sehen wir es als erwiesen an, dass Frau Meutins Pferd Christopherus den Marktmeister Friederich von Rodenkirchen schwer verletzt und dadurch beinahe zu Tode gebracht hat. Möglicherweise – und die Zeichen sprechen dafür – steht das Tier mit dem Teufel im Bunde.« Der Vorsitzende ignorierte das spöttische Schnauben des neuen Zeugen geflissentlich und fuhr fort: »Zeugenaussagen bestätigten den anfänglichen Verdacht und so sehen wir uns gezwungen, die Angelegenheit vor das Hohe Weltliche Gericht zu bringen.«

»Und soll Anna Meutin verhaftet werden?«

»Nun, das wollten wir soeben beraten, als Ihr unsere Vernehmung mit Eurem Erscheinen bereichert habt.« Der Turmmeister wandte sich an Anna: »Will sie ...« Er räusperte sich und setzte neu an: »Wollt Ihr Euch von Eurem Tier lossagen, so sehe ich im Augenblick keine Notwendigkeit zu einer Verhaftung.« Er nickte in Annas Richtung, als könne er sie dadurch dazu bewegen, seinem Vorschlag zuzustimmen.

»Lossagen?« Anna blickte zwischen Daniel und dem Turmmeister hin und her. »Ich soll mich von Christopherus lossagen? Aber warum denn?«

»So ist sie ... So seid Ihr von seiner Unschuld überzeugt?«

»Aber ja!«, brauste Anna auf. »Christopherus ist ein braves Pferd! Ich weiß nicht, was an dem Tag in ihn gefahren ist ...«

»Ich schon«, murmelte der Turmschreiber, ohne von seinem Papier aufzublicken.

Anna spürte ihre Wangen rot werden. »Ich ... ich brauche Christopherus«, bat sie inständig. »Wie soll ich ohne ihn meine Arbeit verrichten? Ich würde verhungern und ...« Anna kämpfte gegen die Tränen an. »... er ist bei mir, seit er ein magerer Jährling war ...« Der Turmschreiber verzog das Gesicht zu einer Mitleid mimenden Grimasse, doch Anna bemerkte es nicht. »... er stammt aus edlem Geblüt, doch sein Besitzer wollte ihn nicht behalten. Er kam mit seinem jugendlichen Ungestüm nicht zurecht und sah ...« Anna stockte, als ihr einfiel, dass diese Auskunft möglicherweise eher gegen Christopherus sprach. Doch es war bereits zu spät.

»Was sah er?«, wollte der Turmmeister nun wissen.

»Er sah in dem blauen Auge ein schlechtes Zeichen«, vollendete Anna mit gesenktem Blick. »Er sagte mir, der Blick des Pferdes würde ihn verunsichern. Er hätte das Gefühl, Christopherus blicke ihm damit bis auf den Grund seines Herzens und sähe dort all seine Gefühle.« Nun rannen Tränen aus Annas Augen. »Deshalb wollte er ihn nicht behalten und gab ihn mir für den Preis, den man sonst für einen alten Ackergaul zahlt.« Anna legte sich die Hände über die Augen und verbarg ihre Tränen. Sie sagte nicht, dass auch sie stets das Gefühl hatte, Christopherus würde in sie hineinsehen können, wie man durch die glatte Wasseroberfläche eines ruhigen Sees bis auf dessen Grund blicken kann. Doch ihr vermittelte dies eher ein Gefühl der Vertrautheit. Welche Gefühle hatte der hohe Herr wohl vor Christopherus verbergen wollen, dass ihm dieser Blick unangenehm gewesen war?

»In meiner Obhut war Christopherus vom ersten Tag an ruhig und ausgeglichen«, fuhr Anna fort, nachdem sie sich wieder gefangen hatte und sprechen konnte. »Nein, ich kann mich nicht von ihm lossagen. Denn das hat er nicht verdient.«

Der Turmmeister schwieg nachdenklich. Offenbar befand er sich in einer Zwickmühle: Irgendjemand musste für die Verletzung des Marktmeisters büßen. Und wenn es nur das Pferd war. Auf der anderen Seite musste er unangenehme Folgen für sich selbst fürchten, wenn er sich auf einen Zwist mit der einflussreichen Kaufmannsfamilie Liskirchner einließ. Warum zum Teufel musste sich auch dieser junge Mann einmischen und warum in Gottes Namen konnte dieses einfältige Weib nicht einlenken und den Gaul aufs Schafott schicken? Es war doch nur ein dummes Tier! Nicht fähig zu denken und zu fühlen! Und wenn er dann noch an gewisse andere Zwänge dachte, unter denen er bedauerlicherweise stand ... Dem Turmmeister lief es abwechselnd heiß und kalt über den Rücken.

Der Stimmmeister beugte sich zum Turmmeister hinüber und flüsterte ihm etwas ins Ohr. Der Turmmeister seufzte und wandte sich dann an Anna und Daniel, die mit züchtigem Abstand zueinander vor den Tischen der Ratsmitglieder standen und auf eine Entscheidung warteten. »Die Tante, die ...«, er suchte sichtlich nach den richtigen Worten, »... die der Schadenszauberei überführt wurde ...«

»... ist nicht mit der Familie Liskirchner verwandt, nein«, unterbrach Daniel den älteren Mann rasch und der Turmmeister nickte sichtlich erleichtert.

»So war sie ...«, er sah Anna auffordernd an.

»Sie war die ältere Schwester meines Vaters«, erklärte Anna. »Mein Vater, Gott habe ihn selig, hatte zwei Schwestern, die beide bereits zu ihrem Schöpfer gerufen wurden. Tante Mechthild war Hebamme, bis ... bis ...«

»... sie der Hexerei überführt wurde?«

»... ja«, stieß Anna hervor. »Und seine jüngere Schwester Adelheid war mit Johan Liskirchner verheiratet.«

»Mein Oheim und seine Frau starben an der Beulenkrankheit«, ergänzte Daniel.

Der Turmmeister nickte zufrieden und betrachtete Anna schweigend, wobei er sich unwillkürlich die Lippen leckte. Dann atmete er einmal tief ein und stieß die Luft harsch wieder aus, bevor er verkündete: »Ich gewähre Anna Meutin Zeit bis zum Tag des heiligen Michael, um Beweise für die Unschuld ihres Pferdes Christopherus herbeizubringen. Gelingt ihr dies nicht, so werde ich eine Mitteilung an den Rat schicken, dass der Fall an das Hohe Weltliche Gericht zu überstellen ist.« Sobald er zu Ende gesprochen hatte, schien er unendlich erleichtert zu sein, dass er einen Weg gefunden hatte, die Entscheidung über Leben und Tod vorläufig aufzuschieben.

»Und was geschieht mit Christopherus?«, wagte Anna zu fragen.

»Das Pferd bleibt in Gewahrsam, bis eine endgültige Entscheidung gefallen ist.« Er beugte sich vertrauensselig vor. »Und wenn ich mir diesen Hinweis erlauben darf: Eine Entscheidung *gegen* das Pferd bedeutet ...« Er beendete seinen Satz nicht, sondern fuhr sich mit der Innenkante der rechten Hand einmal quer über den Hals.

Fürchte dich nicht vor plötzlichem Schrecken
noch vor dem Verderben der Gottlosen,
wenn es über sie kommt.

Sprüche Salomos 3.25

Verzweifelt versuchte Anna ihre Gedanken zu sortieren. Sie hatte zwei Wochen Aufschub. Doch wie sollte sie diese nutzen? Was konnte sie tun, um Christopherus zu retten? Wie seine Unschuld beweisen?

»Was gedenkst du zu tun?« Daniel blickte Anna unverwandt an und sie konnte aufrichtige Anteilnahme und Besorgnis in seinen Augen erkennen.

»Ich weiß es nicht«, antwortete sie wahrheitsgemäß.

»Sie brauchen einen Schuldigen«, fuhr Daniel fort. »Einen Sündenbock. Und du tust gut daran, nicht für irgendein Pferd deinen Kopf hinzuhalten.«

»Christopherus ist nicht irgendein Pferd«, entgegnete Anna und ihre Augen funkelten wütend. »Er ist mein Freund und er ist alles, was ich habe.« Ihre Stimme begann zu zittern. »Ohne ihn werden wir verhungern!«

Daniel schwieg betroffen.

Anna raffte mit einem Seufzer ihre Röcke und eilte, einer plötzlichen Eingebung folgend, zurück in den Turm, den sie erst kurz zuvor verlassen hatte.

Daniel blickte ihr ratlos hinterher.

»Herein!« Die Stimme, die auf Annas zaghaftes Klopfen hin antwortete, klang barsch.

Der Turmmeister saß gemeinsam mit dem Burggreven des Frankenturms an einem Tisch, jeder von ihnen mit einem Becher Wein in der Hand, und nahm seine Augengläser ab, als Anna den Raum betrat. Ein wenig atemlos vom Treppensteigen blieb sie unmittelbar hinter der Türe verschüchtert stehen. Nun war ihr klar, warum die Befragung im Frankenturm stattgefunden hatte: Der Burggreve des Turms war mit dem Turmmeister befreundet, hatte ihm vielleicht sogar seinen Posten zu verdanken, und saß nun mit dem alten Freund bei einem guten Schluck Wein in seinem Arbeitszimmer, das unmittelbar über dem Verhörraum lag.

»Was gibt es noch?«

Verlegen knetete Anna ihre Finger. Sie hatte einem plötzlichen Impuls folgend den Turmmeister noch einmal aufgesucht, doch nun wusste sie nicht so recht, was sie eigentlich von ihm wollte!

Der Patrizier* gab seinem Untergebenen mit einer Kopfbewegung zu verstehen, dass er verschwinden solle und der Burggreve zögerte nicht lange, der Aufforderung Folge zu leisten. Jetzt erst bemerkte Anna die zweite Türe in dem Raum, durch die der Mann nun verschwand. Der Turmmeister stellte seinen Krug ab, stand langsam auf, kam auf Anna zu und blieb dicht vor ihr stehen. Anna wäre gerne zurückgewichen, denn der Atem des Mannes roch bereits unangenehm nach dem genossenen Wein, doch hinter ihr war die Tür und so blieb sie stehen und ertrug die bedrückende körperliche Nähe des groß gewachsenen

Turmmeisters. Allmählich wurde ihr warm. In dem offenen Kamin brannte ein herrliches Feuer und die Gläser in den Fenstern, die in diesem Raum zahlreicher waren als in dem darunter liegenden, der dem Verhör gedient hatte, sorgten dafür, dass die kostbare Wärme an diesem kühlen Tag nicht nach draußen entweichen konnte.

»Ihr ... Ihr sagtet«, begann Anna schließlich zögernd, »ich solle die Unschuld des Pferdes beweisen, aber ...« Sie blickte auf. »Wie kann ich das?«

Der Turmmeister betrachtete Anna noch eine Weile schweigend, dann wandte er sich ab, schritt auf eins der Fenster auf der Stadtseite zu und blickte scheinbar nachdenklich auf die Straße hinaus.

»Ich entsinne mich da an einen Fall mit einem Bären«, sagte er, ohne Anna anzublicken. »Der Bär hatte bereits mehrere Dörfer verwüstet, bis es einigen Männern endlich gelang, ihn zu fangen. Sein Verteidiger räumte bei der Verhandlung ein, dass es das Recht des Bären sei, von seinesgleichen abgeurteilt zu werden, also von einem Schöffengericht, das ebenfalls aus Bären bestehen sollte.«

»Und?«, fragte Anna. »Kam er damit durch?«

Der Turmmeister wandte sich zu ihr um. »Nein«, antwortete er knapp.

Anna, die einen kurzen Augenblick lang Hoffnung geschöpft hatte, ließ die Schultern wieder sinken.

»Dann ist mir noch ein Fall bekannt, in dem es ebenfalls um ein Pferd ging.« Der Turmmeister schlenderte einmal quer durch den Raum, blickte nun durch ein Fenster, das zum Fluss hinausführte, und ließ seinen Blick über die zahlreichen Handelsschiffe schweifen, die sich an den Ufern der bedeutenden Hansestadt drängten.

Anna wartete gespannt darauf, dass er weitersprach. Bekam sie jetzt endlich den richtigen Hinweis?

»Das Pferd wurde dafür verantwortlich gemacht, dass sein Kutscher bei einem Unfall, den das Tier verursacht hatte, starb.«

»Und wurde es verurteilt?«

Der Turmmeister nickte. »O ja! Es erhielt die Todesstrafe.«

Anna stöhnte auf.

Der bärtige Mann lächelte. »Die Eigentümerin des Pferdes fiel in Ohnmacht, als sie das Todesurteil vernahm. Offenbar hatte das Gericht daraufhin Mitleid mit der Frau, denn es begnadigte das Pferd unter der Bedingung, dass es fortan nur noch niedere Arbeiten verrichten und keine Kutsche mehr ziehen durfte.«

Anna blickte den Ratsherren, der mittlerweile seinen Platz am Fenster verlassen hatte und wieder dicht vor ihr stand, fragend an. Was wollte der Mann ihr damit sagen?

»Es gibt also Möglichkeiten«, fuhr der Turmmeister fort und berührte Anna dabei wie zufällig an der Schulter, »ein Pferd vor dem Strick zu retten.« Anna hielt die Luft an. »Man muss nur wissen, wie man sich das Gericht zum Freund macht.«

»Ich verstehe«, sagte Anna mit heiserer Stimme.

»Das ist gut.«

»Ich … ich werde darüber nachdenken«, versprach Anna, die nur noch den Wunsch verspürte, der künstlichen Hitze dieses Raumes so schnell wie möglich zu entkommen.

Der Ratsherr nickte, machte einen Schritt rückwärts und gab Anna damit die Möglichkeit, die Türe zu öffnen. »Sie weiß ja, wo sie mich findet, wenn sie meinen Rat und meine Hilfe braucht«, sagte er.

Anna riss die Tür auf und stürmte ohne ein weiteres Wort hinaus.

Selbst als sie die Straße betrat, hatte sie noch so viel Schwung, dass sie den jungen Mann, der dort stand und auf sie wartete, beinahe umstieß.

»Heda«, lachte Daniel, »das hatten wir doch schon mal!«

Anna wusste, worauf Daniel anspielte: Auf ihre erste Begegnung nach zig Jahren auf dem Marktplatz, als die Sau gehängt wurde. Auch damals hatte sie Daniel beinahe umgerannt. Doch ihr war jetzt nicht nach Lachen zumute.

Daniel sah sofort, dass mit Anna etwas nicht stimmte. »Was ist geschehen?«, wollte er wissen und wurde augenblicklich ernst.

»Der Turmmeister hat mir zu verstehen gegeben, dass er bereit ist mir zu helfen, wenn ich mich ihm gegenüber ein wenig erkenntlich zeige«, schilderte Anna.

»Was meinst du damit?«, fragte Daniel, doch ein Blick in sein Gesicht genügte Anna um festzustellen, dass er sie sehr wohl bereits verstanden hatte: Auf seinen Wangen zeigten sich rötliche Flecken des Zorns und seine Augen blickten starr, als er jetzt den Kopf hob und zu dem Fenster emporblickte, durch das der Turmmeister ihm vor Kurzem noch zugenickt hatte. »Dieser Bastard!«, fluchte Daniel, und jetzt musste Anna doch lächeln, als sie sah, welche Gefühlsregung ihr Bericht in dem jungen Mann auslöste. »Dieser Halunke!«, schimpfte Daniel weiter. »Er kann seine schmutzigen Finger von keinem Weiberrock lassen!« Er hielt Anna an den Oberarmen fest und schaute sie streng an. »Lass dich nicht auf ihn ein, hörst du? Er ist ein altes Schlitzohr und als Weiberheld weit über die Stadtgrenzen hinaus bekannt. Auf sein Wort ist kein Verlass. Egal, was du für ihn tust!«

»Ich habe nicht die Absicht, ihm zu Gefallen zu sein«, antwortete Anna. »Was denkst du eigentlich von mir?«, setzte sie ein wenig pikiert hinterher.

Daniel ließ ihre Arme los, als würde er sich erst jetzt der Berührung bewusst. »Du hast recht«, sagte er. »Entschuldige bitte. Ich war nur so empört, dass dieser Dreckskerl nicht einmal davor zurückschreckt, deine Lage so auszunutzen. Und ich ... ich weiß, wie viel Christopherus dir bedeutet und ... und dass du alles für ihn tun würdest.«

Der letzte Satz klang wie eine Frage und Anna schwieg betroffen. Sie getraute sich nicht, Daniel in die Augen zu blicken.

»Ich werde dir helfen«, versprach Daniel. »Ich werde mich umhören und herausfinden, was wir tun können, um Christopherus aus dieser misslichen Lage zu befreien.« Er hatte bereits einen Einfall, an wen er sich in dieser Angelegenheit wenden konnte.

Anna glaubte nicht, dass Daniel ihr tatsächlich helfen konnte. Jedoch war sie ihm dankbar für seinen Zuspruch und sie musste zugeben, dass sie den Aufschub der Verhandlung ihm zu verdanken hatte. Ohne den guten Leumund des Kaufmannssohnes säße sie jetzt vielleicht schon im Frankenturm oder im Kunibertsturm.

»Komm«, sagte Daniel und streckte ihr seine Linke entgegen.

Anna lächelte und ergriff arglos die ihr dargebotene Hand. Einen Augenblick lang fühlte sie sich wieder wie das fünfjährige Mädchen, das mit seinem Freund um eine Tonfigur spielt und ihre Sorgen verschwanden im Hintergrund. Weder sie noch Daniel, der in seinem Kopf bereits Pläne schmiedete, bemerkten den Mann, der ihnen aus dem Fenster des zweiten Geschosses hinterherschaute, als sie Hand in Hand die *dranck gaß* entlanggingen.

Das Pferd trat mit hängendem Kopf von einem Hinterlauf auf den anderen und schnaufte dabei laut. Die Augen hielt es geschlossen und hin und wieder entwich ihm ein Stöhnen.

Der Schmerz schwoll an und ebbte ab wie eine Welle, die sich auftürmt und schließlich am Strand bricht. Jemand hatte ihm in einem Holztrog etwas Wasser hingestellt, doch das Wasser roch faulig und Christopherus' Instinkt riet ihm, nichts davon zu trinken, obwohl er großen Durst verspürte. Auch ohne das verdorbene Wasser hatte er bereits furchtbares Bauchgrimmen und immer wieder entleerte sich sein Darm unkontrolliert. Mittlerweile stand er mit den Hinterhufen in seinem eigenen Mist und selbst das war ihm egal.

Seine Ohren, die er nach hinten gerichtet hatte, schnellten nach vorne, als er jetzt Schritte vernahm, die immer lauter wurden und ganz plötzlich abbrachen, als jemand vor seiner Türe stehen blieb. Jemand kam und Christopherus hatte bislang die Erfahrung gemacht, dass dies nichts Gutes für ihn bedeutete.

Der Besucher öffnete die Türe zu dem Raum, in dem das Pferd untergebracht war, und der plötzliche Lichtschein der Fackel ließ Christopherus, der die Helligkeit nicht mehr gewöhnt war, die Augen schließen.

Er erkannte seinen Besucher dennoch auf Anhieb an seinem Geruch und an den Geräuschen, die er machte, und das Zucken seiner Ohren verriet die Unsicherheit seiner Gefühle. Einerseits verband er mit der Anwesenheit des jungen Mannes unangenehme Erfahrungen: Das letzte Mal war dieser Mensch in Begleitung anderer Menschen gekommen, die ihm Angst gemacht und Schmerzen zugefügt hatten. Andererseits meinte er bei ihm etwas zu spüren, das ihm Trost und Zuversicht gab.

Die Hand des Jünglings glitt jetzt untersuchend über Christopherus' Fell und diese Berührung war ganz und gar nicht unangenehm. Vielmehr rief sie eine Erinnerung an eine andere tastende Hand in ihm wach, die er schmerzlich vermisste.

»Ganz heiß«, murmelte der junge Mann, ohne sich mit seinen Worten an jemanden zu wenden. Er schüttelte den Kopf. »Vom Teufel besessen«, zischte er ungehalten und schüttelte abermals den Kopf. »Hirnloses Geschwätz! Aber was ist es, das dich krank macht? Ach, warum kannst du es mir nicht einfach sagen?«

Christopherus blieb ihm die Antwort schuldig.

Der junge Mann seufzte und tat, weshalb er eigentlich gekommen war: Er erneuerte den Wassereimer und füllte etwas Hafer in einen Trog.

Christopherus schnupperte kurz an den frischen Körnern. Dann wandte er sich angewidert ab.

In der Stube war es warm und Großmutter rührte im Eisentopf, der über dem Feuer hing, als Anna erschöpft und niedergeschlagen die Türe zu ihrem kleinen Heim öffnete. Ein Lächeln huschte über das Gesicht des Mädchens, als es erkannte, was seine Großmutter zubereitete: Hollopotrida, *faule Suppe* hatte Anna es als kleines Mädchen genannt, ein Eintopf, in dem alle nicht mehr taufrischen Reste landeten. Zwar gab es bei Meutins kaum Reste – und erst recht kein Fleisch, das dem Ganzen eigentlich erst die rechte Würze verlieh –, doch das Knurren von Annas Magen erinnerte sie daran, dass sie seit dem Unglück kaum etwas Anständiges zu sich genommen hatte. Mit oder ohne Fleisch: Die heiße Brühe aus Pastinake, Kohl, Zwiebel, Steckrübe, Bohne und Apfel war genau das, wonach Anna jetzt der Sinn stand.

»Ich danke Euch, Großmutter«, sagte Anna, als die alte Frau ihr mit einer hölzernen Kelle Suppe in die irdene Schale füllte. Sie beteten kurz und aßen schweigend, bis der erste Teller leer war, dann lehnte sich die Alte zurück und sah ihre Enkeltochter erwartungsvoll an.

Anna tat einen Augenblick lang so, als würde sie den forschenden Blick nicht bemerken. Sie fürchtete sich davor, ihrer Großmutter von der Befragung zu berichten, denn schließlich hing ihrer beider Zukunft davon ab, dass sie Christopherus zurückbekamen. Wie sollten sie ohne ihn das Feld bestellen und den Karren zum Markt ziehen?

Es schien Anna, als wäre ihre Großmutter stets dann bei Sinnen, wenn es ihr, Anna, lieber gewesen wäre, sie sei es nicht. Und im Gegensatz dazu war Großmutter immer dann unzurechnungsfähig, wenn sie ihren Verstand gebraucht hätte.

Oder war es doch genau umgekehrt?

Anna seufzte schwer, dann lehnte sie sich ebenfalls zurück und blickte die Frau, die ihr gegenübersaß, geradeheraus an. »Es sieht schlecht aus, Großmutter«, begann sie. »Ich habe Zeit bis zum Tag des heiligen Michael, Beweise zu finden, dass Christopherus kein Pferd des Teufels ist.«

Die Großmutter schüttelte stumm den Kopf. »Ich habe dir schon immer gesagt, dieses Pferd wird uns eines Tages Schwierigkeiten machen, mit seinen verschiedenfarbigen Augen. Warum hast du bloß damals nicht auf mich gehört und den Kaltblüter genommen, den man dir angeboten hatte.«

»Der Kerkermeister fand vor allem den Wirbel an Christopherus' Brust sonderbar. Er erinnerte ihn an den Kopf eines Ziegenbocks.«

Die Großmutter zog überrascht die Augenbrauen so hoch, dass sich ihre Stirn in Falten legte, und Anna beinahe lachen musste, als sie den Gesichtsausdruck bemerkte. Doch dann stützte sie den Kopf schwer in beide Hände und rieb sich mit den Fingern über die schmerzende Stirn.

»Was sollen wir tun? Wie soll ich beweisen, dass Christopherus kein verhextes oder besessenes Geschöpf ist? Ach, Großmutter«, brach es plötzlich aus ihr hervor. »Wenn ich nur wüsste, wie es ihm geht! Und wo man ihn hingebracht hat! Er hat gewiss Schmerzen, stellt Euch vor, man hat ihn sogar gefoltert, um herauszufinden, ob er besessen ist!« Sie schüttelte ungläubig den Kopf. »Wenn ich ihm doch nur helfen könnte!«

»Vielleicht solltest du mal mit der alten Jenne sprechen.«

»Alte Jenne?«, wiederholte Anna. »Wer ist das?«

»Jenna Blankenheim, eine alte Freundin. Wir haben uns lange nicht mehr gesehen«, setzte Großmutter hinzu, als fiele ihr das erst jetzt auf. »Ja, ja«, sagte sie schließlich, »die Knochen sind alt und der Geist ist träge. Oder ist der Geist alt und die Knochen sind träge?«

Sie schwieg und Anna wartete eine Weile darauf, dass ihre Großmutter weitersprach. Als jedoch nichts dergleichen geschah, fragte sie: »Warum sollte ich mit dieser Jenna sprechen, Großmutter?«

»Nun, sie ist vielleicht ein bisschen merkwürdig, jedenfalls sagen das die Leute, aber sie kennt sich mit vielen Dingen aus.«

»Mit was für Dingen kennt sie sich aus?«

»Mit Tieren und …«

»Und?«

»Am besten besuchst du sie einfach gelegentlich.«

»Und wo wohnt sie?«

»Na ja, das ist einer der Gründe, warum die anderen sie für merkwürdig halten.«

»Wo wohnt sie, Großmutter?« Annas Stimme klang ein wenig gereizt. Sie glaubte kaum, dass eine Freundin ihrer Großmutter etwas für sie tun konnte. Andererseits hatte sie nicht viele Möglichkeiten und war bereit, jede Hilfe anzunehmen, die sich ihr bot.

»Außerhalb der Stadtmauern.«

»Sie wohnt außerhalb der Stadt? Dann muss sie wirklich merkwürdig sein«, sagte Anna, die sich kaum vorzustellen vermochte, wie eine alte Frau alleine außerhalb der Stadt überleben konnte.

»Du gehst durch die Porta Eigelis und folgst der Straße, die nach Xanten führt, bis zur ersten Kreuzung. Unmittelbar hinter der Kreuzung führt ein kleiner Fußweg ein Stück weit in den Wald hinein. An seinem Ende wohnt die alte Jenne.«

»Eine alte Frau alleine im Wald?«

»Ich sage ja, sie ist ein bisschen merkwürdig. Aber klug.«

Anna verzog das Gesicht. »Ich werde es mir überlegen, Großmutter«, sagte sie, obwohl sie nicht glaubte, dass sie diese Art von Hilfe in Anspruch nehmen wollte. Was sollte eine alte einsame Frau schon für Christopherus tun können?

Jesus streckte die Hand aus und berührte ihn.
»Ich will«, sagte er, »sei gesund!«
Lukasevangelium 5.13

Jedes Pferdefuhrwerk und jedes Wiehern ließ Annas Atem stocken. Und war es auch noch so weit entfernt. Der Anblick eines Pferdes zerriss ihr beinahe das Herz und je ähnlicher es Christopherus sah, desto größer war der Schmerz. In aller Herrgottsfrühe hatte Anna auf dem kleinen Stück Land außerhalb der Stadtmauern, das sie ihr Eigen nannte, nach dem Rechten gesehen. Doch ohne ihr Pferd konnte sie hier nicht allzu viel ausrichten. Es wäre an der Zeit gewesen, den brachliegenden Teil des Landes zu bestellen, aber dafür brauchte sie Christopherus mehr als für alles andere.

Die Glocke von St. Ursula läutete zur Sext*, als Anna die Stadt zum zweiten Mal an diesem Tage verließ. Das erste Mal war sie bereits so früh unterwegs gewesen, dass sie hatte warten müssen, bis das Tor für die Reisenden und die Bauern geöffnet wurde. Dieses Mal jedoch kehrte sie der Stadt durch ein anderes Tor als am Morgen den Rücken, und sie war froh, als sie es hinter sich lassen konnte, denn diese Gegend galt als gefährlich. Pack und Gesindel hauste hier am nördlichen Ende der Stadt.

Verwundert stellte sie fest, wie schnell das laute Treiben der riesigen Stadt mit ihren beinahe 40 000 Einwohnern hinter ihr leiser wurde, während sie zunächst noch einige Felder passierte und schließlich die ersten Schritte in den Wald hinein machte.

Zwar begegnete sie noch dem einen oder anderen Fuhrwerk und einer Handvoll Reisender, doch das war kein Vergleich zu den Menschenmassen auf der anderen Seite der Stadtmauer.

Hin und wieder schüttelte sie über ihre eigene Torheit den Kopf. Sie konnte doch nicht allen Ernstes glauben, hier Hilfe zu finden! Im Gegenteil! Eine Frau alleine außerhalb der Stadtmauern war jedem Gesindel schutzlos ausgeliefert! Aufmerksam sah Anna sich um und lauschte in die Stille hinein. Mittlerweile war sie schon seit einer halben Stunde keiner Menschenseele mehr begegnet. Und auch jetzt war außer dem Zwitschern der Vögel und dem leisen Rauschen der Blätter, die sich sacht im Wind bewegten, nichts zu hören. Trotzdem war sie froh, als sie die Kreuzung erreicht hatte und bald darauf den kleinen Fußweg sah, den die Großmutter ihr beschrieben hatte. Offensichtlich wurde der schmale Pfad selten benutzt, denn hier und da rankte bereits Gestrüpp über den Weg. Wer nicht wusste, dass hier ein Weg verborgen lag, würde ihn wohl auch nicht erkennen.

Anna wurde allmählich mulmig zumute. Was würde sie am Ende des Weges erwarten? Großmutter hatte selbst gesagt, dass sie die alte Freundin lange nicht mehr besucht hatte und nach dem Fußmarsch, den Anna nun hinter sich hatte, kannte sie auch den Grund. Doch was, wenn die Alte mittlerweile gestorben war? Vielleicht lag sie seit Wochen tot in ihrem Haus und niemand hatte es bemerkt? Anna konnte gut und gerne darauf verzichten, dass sie es war, die die Tote fand!

»Kann ich Euch helfen, junge Frau? Wollt Ihr vielleicht zu mir?«

Anna hatte sich bereits so in ihre Fantasie hineingesteigert, in der sie auf einen Leichnam stieß, dass sie beim Klang der krächzenden Stimme unwillkürlich aufschrie. Wie aus dem Nichts stand plötzlich neben ihr eine Frau und erst jetzt bemerkte sie die Hütte, die wenige Meter vor ihr auf die gleiche geisterhafte Weise aufgetaucht war wie ihre Besitzerin.

Nicht nur das Erscheinen der Frau war sonderbar, auch sie selbst hatte etwas Unheimliches an sich mit ihren in der Mitte zusammengewachsenen Augenbrauen, der leicht gebogenen Nase und dem durchdringenden Blick ihrer wasserblauen Augen, die Anna das Gefühl gaben, die Fremde sähe ihr damit geradewegs ins Herz. Gleichzeitig kam sie ihr merkwürdig vertraut vor.

Jetzt lächelte die Alte und entblößte dabei eine Reihe brauner Zähne. »Kenne ich Euch nicht?«, krächzte sie und augenblicklich fiel es Anna wieder ein: Es war die Alte vom Marktplatz, die nicht davor zurückgeschreckt hatte, in aller Öffentlichkeit an den Entscheidungen der Obrigkeit zu zweifeln und die Existenz von Hexen in Abrede zu stellen!

»Verzeiht«, sagte sie verwirrt, »ich suche Jenna Blankenheim. Könnt Ihr mir sagen …«

»Die alte Jenne!«, rief die Frau und öffnete die Arme. »Steht vor Euch«, fügte sie hinzu und lachte. »Wer schickt Euch zu mir?«

»*Ihr* seid die alte Jenne? Meine Großmutter nannte

mir Euren Namen. Ich soll Euch schön grüßen von Trine Moisselhenne.«

»Ach, die gute Trine!«, rief Jenna erfreut aus. »Wie geht es ihr? Ich habe lange nichts mehr von ihr gehört.« Sie kam auf Anna zu, fasste sie am Arm und zog sie sanft mit sich.

Anna passte sich dem langsamen, wiegenden Schritt der Alten an. »Meiner Großmutter geht es gut, danke. Manchmal ist sie ein wenig verträumt, aber das liegt wohl am Alter.« Sie hielt erschrocken die Luft an und beobachtete ihre Begleiterin. Hatte sie sie beleidigt? Schließlich war Jenna Blankenheim ganz offensichtlich nicht einen Tag jünger als ihre Freundin Trine Moisselhenne. Ob sie manchmal genauso zerstreut war, konnte Anna allerdings nicht beurteilen.

Aber die alte Jenna lachte und sagte: »Ja, ja, wir Alten können manchmal ein wenig verwirrt sein, nicht wahr? Aber vielleicht erscheint es euch jungen Menschen auch nur wie Verwirrung?« Sie blinzelte Anna zu, öffnete die Türe zu ihrer Holzhütte und geleitete Anna hinein.

Das Mädchen war überrascht, wie heimelig und ansprechend die Hütte trotz ihrer Schlichtheit war. Ein zarter Duft hing in der Luft und erst auf den zweiten Blick bemerkte Anna die vielen Kräuter, die von der Decke herabhingen und ihr Aroma auf die angenehmste Weise verbreiteten.

Eine gefleckte Katze sprang maunzend vom Tisch, als die Alte und Anna näher traten, und schmiegte sich mit einem betörenden Schnurren an die Beine ihrer Herrin. Annas Augen wurden immer größer. Kräuter, eine Katze, die seltsame Alte ... Ging hier alles mit rechten

Dingen zu? Erstaunt stellte sie fest, wie wenig sie über ihre Großmutter zu wissen schien, die ihr die sonderbarsten Bekannten vorenthielt.

»Nanana«, krächzte die Alte und schob die Katze sanft zur Seite. »Was machst du denn schon wieder auf dem Tisch, Teufelchen?« Als sie merkte, wie Anna bei dem letzten Wort zusammenzuckte, wandte sie sich zu ihr um und erklärte: »So heißt die Katze. Teufelchen.«

Anna wurde immer unheimlicher zumute. Trotzdem ließ sie sich von der Alten einen Stuhl zurechtrücken und setzte sich gehorsam an den Tisch, der in der Nähe des Fensters stand, das wie in Annas Heim mit einem in Wachs getränkten Tuch zum Schutz vor Wind, Regen und der ärgsten Kälte abgedichtet war.

Schlurfenden Schrittes ging die Alte anschließend zur Feuerstätte, griff nach einer blechernen Kanne, die an einem Haken über dem Feuer hing, und kam mit der Kanne und zwei tönernen Schalen zurück an den Tisch. Sie stellte eine der Schalen vor Anna ab und goss einen heißen, wohlriechenden Kräutersud hinein, bevor sie ihre eigene Schale füllte, die Kanne auf dem Tisch abstellte, sich Anna gegenübersetzte und sie mit ihren alles durchdringenden Augen ansah.

»Wo ist Euer Pferd?«, fragte sie und blickte Anna unverwandt an, während sie ihr Getränk mit der linken Hand zum Mund führte und hineinblies, um es zu kühlen, bevor sie schlürfend einen Schluck trank.

Anna beobachtete ihr Gegenüber misstrauisch. Doch der Geruch des heißen Getränks war durchaus anheimelnd und so wagte sie ebenfalls einen Schluck. Der Kräutersud war überraschend wohlschmeckend und angenehm wärmend.

»Wegen meines Pferdes bin ich hier«, erklärte sie, während sie ihre Schale vorsichtig wieder abstellte und versuchte, sich ihre Besorgnis nicht anmerken zu lassen. Nicht nur, dass Jenna Blankenheim mit einer Katze unter einem Dach lebte, Kräuter sammelte und daraus Getränke zubereitete, die hoffentlich ohne jede Zauberkraft waren – nein, sie war offenkundig auch noch Linkshänderin, konnte eine glühend heiße Blechkanne mit bloßen Händen anfassen *und* sie konnte Gedanken lesen!

»Ihr denkt jetzt wohl, ich könnte Gedanken lesen«, sagte die Alte prompt und Anna bekam eine Gänsehaut. »Aber ich habe mich nur gefragt, warum Ihr den langen und beschwerlichen Weg zu mir hinaus zu Fuß gemacht habt, statt Euch Eures Pferdes zu bedienen.«

Anna entspannte sich wieder. Diese Überlegung war durchaus schlüssig und allmählich begann sie sich zu fragen, ob ihre Großmutter vielleicht recht daran getan hatte, sie zu der alten Jenne zu schicken. Die Frau schien tatsächlich ihren Verstand beieinander zu haben.

»Ach ... wie dumm von mir«, sagte Jenna Blankenheim in diesem Augenblick, schlug sich mit der flachen Hand vor die Stirn und stand schwerfällig auf, indem sie sich mit geballten Fäusten auf der Tischplatte abstützte und mühsam auf die Füße zog. »Entschuldigt mich, aber ich habe vergessen, die Gänse rauszulassen.« Damit verschwand sie aus der Türe und ließ Anna allein zurück.

Anna blickte sich um. In diesem Moment der Ruhe merkte sie erst, wie müde sie war. Sie riss den Mund auf, um zu gähnen, und hielt sich dabei vorsorglich die

Hand davor, damit kein Dämon durch die Körperöffnung in sie eindringen konnte.

»Gänse sind besser als jeder Hund«, sagte Jenna Blankenheim in der Türe stehend, als wäre sie nie weg gewesen. »Sie machen ein Riesenspektakel, wenn jemand kommt, und glaubt mir«, sie grinste, »ihre Schnäbel sind ganz schön hart.« Sie setzte sich Anna wieder gegenüber und fuhr fort: »Aber Ihr wolltet mir erzählen, auf welche Weise Euer Pferd Euch zu mir geführt hat«, sie kicherte, »obwohl es gar nicht dabei ist.«

Anna sammelte sich und suchte nach dem richtigen Anfang der Geschichte. Schließlich begann sie ihre Schilderung mit dem Geschehen am Markttag.

Die alte Jenne schnaubte an den richtigen Stellen oder schüttelte den Kopf und lachte sogar einmal, als Anna ihr von der Aussage von Rodenkirchens berichtete, der behauptet hatte, er habe den Satan in den Augen des Tieres gesehen.

»Und ich habe noch nicht einmal herausfinden können, wo man Christopherus hingebracht hat«, endete Anna schließlich erschöpft und atemlos.

»Sagtet Ihr nicht, der Burggreve des Schafentors hätte den Ratsherren von der Untersuchung des Pferdes referiert?«

»Aber ja!«, rief Anna. »Ihr habt ja recht!« Jetzt schlug sie sich zum Zeichen ihrer Begriffsstutzigkeit an die Stirn. »Im Schafentor hat man ihn arretiert.« Sie nickte. »Natürlich! Da ist er ja gar nicht so weit weg«, setzte sie nachdenklich hinterher.

Jenna blickte Anna abwartend an. Als die junge Frau nicht weitersprach, fragte sie: »Und was kann ich Eurer Meinung nach tun, um Euch zu helfen?«

Anna zuckte die Schultern. »Ich weiß es nicht«, gestand sie. »Vermutlich nichts. Es war eine Idee meiner Großmutter, Euch aufzusuchen. Sie meinte, Ihr würdet Euch mit Tieren auskennen. Doch was das helfen soll …« Sie verstummte.

»Die gute Trine«, sagte Jenna noch einmal und lächelte. »Ja, ich kenne mich mit Tieren aus«, sagte sie, während sie die Becher ein zweites Mal füllte. Annas Blick ruhte dabei fasziniert auf den Händen der Alten, die von einem langen, arbeitsreichen Leben erzählten. Sie waren erstaunlich groß, wenn man bedachte, wie klein und zierlich die dazugehörende Frau war, voller Falten, Schwielen und Beulen. Als wären sie durch den ständigen Gebrauch gewachsen. Aber sie waren auch muskulös und strahlten eine ungeheure Kraft aus. »Ja, mit Tieren kenne ich mich aus«, murmelte Jenna noch einmal, »und mit Kräutern …« Dabei sah sie Anna an. »Mit Krankheiten und …«, sie wandte ihrem Besuch den Rücken zu, als sie die Kanne wieder übers Feuer hing, »… mit Hexen – oder was man dafür hält.«

Anna schluckte ob dieses Eingeständnisses. Was meinte die alte Frau damit, sie kenne sich mit Hexen aus?

»Ihr habt mir zwar erzählt, was mit Eurem Pferd passiert ist, aber Ihr habt mir nicht gesagt, was Ihr glaubt, was genau mit ihm geschehen ist.«

Anna runzelte die Stirn, während sie versuchte die Frage der alten Frau zu verstehen. Hatte sie ihr nicht soeben erzählt, was Christopherus widerfahren war?

»Was glaubt Ihr«, erklärte die Alte, als sie merkte, dass Anna sie nicht verstanden hatte, »warum sich Christopherus so verhalten hat. Ihr sagtet, er wäre gutmütig und geduldig. Wie konnte es dann dazu kommen, dass er den Marktmeister verletzte?« Sie setzte sich wieder an ihren Platz.

»Das verstehe ich selber nicht«, antwortete Anna und zuckte mit den Schultern. »Er war bereits seit einigen Tagen verändert.« Sie beobachtete abschätzend Jenna Blankenheims Reaktion. Würde auch sie jetzt sagen, dann sei wohl der Teufel in ihn gefahren? Aber die Alte sah sie weiterhin freundlich und aufmunternd an. In ihrem Gesicht lag keine Spur von Häme oder Misstrauen. »Ich erinnere mich noch an den Tag, an dem wir uns begegneten …« Sie blickte ihr Gegenüber an und Jenne nickte zum Zeichen, dass sie sich ebenfalls erinnerte. »… ein Mann kam uns entgegen. In der Korbmachergasse. Ich war wohl nicht aufmerksam genug und der Mann schob Christopherus zur Seite, um an uns vorbeizukommen. Ich weiß noch, wie ich mich verwundert fragte, warum Christopherus dabei so erschrak. Das war außergewöhnlich bei ihm …«

»Er war also schreckhafter als gewöhnlich.« Die Alte sprach den Satz vor sich her, als wäre er nicht für Anna bestimmt. Und Anna fuhr fort: »Ja, er war schreckhafter. Und er fraß nicht gut. Er hatte schon einige Tage nicht mehr den rechten Appetit.«

Jenna Blankenheim nickte stumm. Dann fragte sie: »Und wie stand es um seine Arbeitskraft? War er schneller erschöpft als sonst?«

Anna blickte erstaunt auf. »Ja, jetzt wo Ihr es sagt: Er war tatsächlich schneller müde!«

Die Alte nickte erneut. Dann schloss sie die Augen und Anna glaubte bereits, sie sei eingeschlafen, als sie die Augen wieder öffnete, ohne ein Wort aufstand und leise vor sich hin murmelnd, den Kopf zur Decke gewandt, ihre kleine Hütte abschritt.

»Wermut, Andorn, Benediktenkraut, Odermennig ... Wo ist denn ... ah, hier ... Dost ... und ein wenig Bilsenkraut* ...«

Anna beobachtete die Alte, die hier und dort anhielt und sich ein wenig reckte, um von den getrockneten Kräutern, die an der Decke baumelten, etwas abzunehmen, daran schnupperte und schließlich mit einem recht ansehnlichen Bund, das einen intensiven Geruch verströmte, zum Tisch zurückkehrte. Dann verschwand sie in einer dunklen Ecke des Raumes, in der eine hölzerne Truhe stand. »Silber«, murmelte sie und öffnete den Deckel. »Wo ist es denn ...« Es schepperte, als die Alte in der Truhe herumsuchte. »... da, ich hab's.« Sie tauchte wieder auf und hielt ein schwarz angelaufenes silbernes Gefäß in den Händen wie einen kostbaren Schatz. Sie kehrte mit ihrem Fund zu Anna zurück und schob den silbernen Becher über die Tischplatte zu dem Mädchen hinüber. »Gebt gut darauf Acht«, bat sie und begann die zuvor gesammelten Kräuter in einer großen Schüssel in einem bestimmten Verhältnis miteinander zu vermengen und zu zerstoßen.

Anna drehte und wendete das Silbergefäß in ihren Händen und warf immer wieder einen verstohlenen Blick auf die Alte, doch die war so in ihre Tätigkeit vertieft, dass sie Annas Augenspiel nicht bemerkte. Erst als sie ihre Arbeit beendet hatte, schaute sie Anna wieder an.

»Von dieser Kräutermischung«, sagte sie und hielt Anna die Schüssel unter die Nase, »gebt Ihr Eurem Pferd jeden Tag zwei Handvoll, bis die Kräuter aufgebraucht sind …« Jenna sah, dass Anna widersprechen wollte, wischte ihren Einwand jedoch mit einer Handbewegung zur Seite und fuhr fort: »Dazu gebt Ihr dem Tier Wasser zu trinken, das zuvor in diesem Gefäß«, sie tippte mit ihrem von der Gicht gekrümmten Zeigefinger auf den Silberbecher, »gelagert wurde.«

»Aber wie soll ich Christopherus die Kräuter verabreichen?«, widersprach Anna. »Und wozu sollen sie überhaupt gut sein?«

»Euer Pferd ist nicht vom Teufel besessen«, antwortete die alte Frau. »Vielmehr ist es krank. Es hat Schmerzen, die ihn ungebärdig werden lassen. Und diese Kräuter können ihm vielleicht helfen. Aber wie Ihr sie ihm gebt, das ist Eure Sache.«

Anna schossen die Tränen in die Augen. Für einen Augenblick hatte sie tatsächlich geglaubt, die Alte kenne die Lösung für ihr Problem. Doch nun merkte sie, dass dies ein Irrtum gewesen war. Es war alles umsonst. Der weite Weg hierher hatte sie nicht einen Schritt weitergebracht.

»Was ist denn, Kindchen?« Jenna streckte ihre Hand aus und legte sie begütigend auf Annas.

Anna schluchzte.

»Verstehst du denn nicht?«, fuhr die Alte fort. »Wenn dein Pferd durch die Behandlung gesundet, ist das der Beweis, dass es krank war und nicht vom Teufel besessen.«

Anna wischte sich die Tränen von den Wangen und atmete einmal tief ein und wieder aus, bevor sie antwortete: »Selbst wenn Ihr recht habt – wie soll ich Christopherus die Kräuter verabreichen? Man wird mich doch gar nicht zu ihm lassen!«

Die Alte lehnte sich lächelnd zurück und verschränkte die Arme vor ihrer mageren Brust. »Nanana«, machte sie. »Du hast es doch noch gar nicht versucht und schon gibst du auf?«

Annas Hände umschlossen mit festem Griff den Beutel mit den Kräutern und den Silbertopf, den die Alte ihr mit den Worten mitgegeben hatte, dies sei das Kostbarste, was sie besäße, und zwar nicht nur, weil das Gefäß aus reinem Silber sei, sondern weil es eine beinahe magische Heilwirkung habe. Sie habe schon etliche Lebewesen damit gesund gemacht, behauptete sie.

Anna wollte ihr nur zu gerne glauben und überlegte, ob sie selbst vielleicht auch ein Schlückchen des Silberwassers gebrauchen könnte, wenn sie endlich zu Hause ankam. Sie spürte ihre Füße kaum noch, obwohl sie langes Gehen durchaus gewohnt war. Der heutige Fußmarsch hatte ihr jedoch einiges abverlangt. Allmählich rückte die Dombaustelle in Annas Blickfeld und sie konnte immer mal wieder den hohen Kran mitten auf dem Südturm aufragen sehen. Seit ihre Großmutter ein junges Mädchen gewesen war, stand der Kran dort oberhalb des zweiten Fenstergeschosses und wartete vergebens darauf, dass der Bau weiter gedieh.

Mit dem Teufel sollte man sich eben nicht anlegen, dachte Anna bitter, während sie das Domkloster mit dem Brunnenhäuschen passierte und die zwar unvollendete, aber dennoch beeindruckende Kirche hinter sich ließ. Das hatte Baumeister Gerhard* zu spüren bekommen, als er sich auf eine Wette mit dem Leibhaftigen einließ, und das bekam nun auch Anna zu spüren.

Jeder in der Stadt wusste, dass ein Fluch auf dem

Gotteshaus lag, der dafür sorgte, dass es niemals fertig werden würde. Und schuld daran war Meister Gerhard, der erste Baumeister des Domes, der sich aus falschem Ehrgeiz und mit zu großem Selbstvertrauen auf den Teufel eingelassen hatte.

Eines Tages, vor etwa 350 Jahren, als der Baumeister seine Baustelle besichtigte, fiel ihm ein Fremder auf, der überall seine Nase hineinsteckte und dem nichts an dem Bau passend zu sein schien. Er spöttelte über das langsame Vorankommen und schlug Meister Gerhard, der die Vorwürfe des fremden Baumeisters empört zurückwies, eine Wette vor: Er werde eine Wasserleitung bauen, die Wasser von der fernen Stadt Trier bis nach Köln führe, noch bevor Meister Gerhard seinen Dom vollendet habe. Meister Gerhard frohlockte und ging auf die Wette ein, glaubte er doch, dass es niemandem gelingen könne, eine Wasserleitung über eine so weite Strecke zu bauen.

Kurze Zeit später stand Meister Gerhard wieder einmal auf einem Gerüst am Domchor, als er unter sich Wasser rauschen hörte. Da wusste er, dass er die Wette verloren hatte.

»Wenn ich diesen Dom nicht vollenden kann, soll es auch niemand anderem gelingen!«, soll er gerufen haben, bevor er sich in die Tiefe stürzte.

Bis heute war es tatsächlich niemandem gelungen, das Bauwerk, das die Reliquien der Heiligen Drei Könige beherbergte, zu vollenden. Und seit einem halben Jahrhundert hatte es auch niemand mehr versucht.

Anna fand keinen Gefallen an der altertümlichen Bauweise, obwohl die Größe, die selbst der unvollendete Dom hatte, natürlich beeindruckend war, und die

Kirche selbstverständlich auch genutzt wurde. Man hatte einfach die Chorkapelle überdacht und mit einer Mauer zur Baustelle hin abgeschlossen.

So ertönte nun auch das Geläut des Domes, die Pretiosa, die Speciosa und die Dreikönigenglocke, zur Abendmesse und verkündete Anna auf diese Weise, dass sie sich beeilen musste, um rechtzeitig nach Hause zu gelangen.

Wer ein mutiges Herz hat,
weiß sich auch im Leiden zu halten;
wenn aber der Mut daniederliegt,
wer kann's tragen?
Sprüche Salomos 18.14

Das Herz klopfte Anna bis zum Hals. Sie hatte die ganze Nacht kein Auge zugetan. Immer und immer wieder hatte sie sich in Gedanken die Worte zurechtgerückt, die sie dem Burggreven sagen wollte, damit er sie zu Christopherus vorließ. Und sie hatte sogar die Schillinge, die Daniel ihr dagelassen hatte, eingesteckt. Selbst dieses Mittel war ihr recht, solange man sie nur zu ihrem Pferd vorließ!

Die Nacht über hatte es immer wieder kräftig geregnet und Anna rutschte auf dem matschigen Boden mehrmals beinahe aus. Ihr Kleid war bereits bis zu den Oberschenkeln mit Schmutz besprenkelt. Die Sonne versuchte den Boden zu trocknen, doch noch hatte sie nicht genügend Kraft. Anna blickte zum Himmel empor, dessen zartes Blau einen strahlenden Tag versprach.

Das Lachen und gleichzeitige Schimpfen vor ihr ließ sie ihren Blick wieder nach vorne richten – gerade noch rechtzeitig, um der Menschentraube auszuweichen, die ihr entgegenkam. Eine Frau in einem Schandmantel*, der hölzernen Heucke*, wurde von einer Gruppe junger Burschen gejagt, die sie wüst beschimpften, bespuckten und mit Dreck bewarfen. Annas Blicke trafen sich mit denen der Frau, der die Tränen aus den Augen rannen, während sie versuchte den Männern zu entkommen, die ihren Spaß mit ihr trieben.

Wilche sich zu diesem herlich kleidt,
Mit ihrem lästerlich gemueth hat fleissig bereidt.

Die Gruppe war so schnell vorüber, dass Anna nur diese zwei Zeilen der Schrift auf der hölzernen Tonne entziffern konnte, welche die Frau zur Strafe für ein von ihr vergangenes Verbrechen wie einen Mantel tragen musste, aus dem nur der Kopf und die Beine herausragten. Doch diese zwei Zeilen reichten, um sich zusammenzureimen, dass es sich bei dem Vergehen der Fremden um Gotteslästerung gehandelt haben musste. Vielleicht hatte sie eine Kerze vom Kirchenaltar gestohlen, um ihr eigenes Heim damit zu erhellen? Anna und ihre Großmutter gingen stets sehr sparsam mit ihren Lichtquellen um. Wenn es dunkel war, war es eben Zeit, schlafen zu gehen. Im Winter früher als im Sommer, denn Kerzen waren ein teures Gut.

Anna freute sich, dass es ihr gelungen war, einige Worte zu entziffern, denn sie hatte keinerlei Übung in der Kunst des Lesens, die ihre Großmutter ihr in besseren Zeiten beigebracht hatte. Aber sie spürte auch Mitleid mit der Frau, deren Bestrafung erst richtig beginnen würde, sobald sie den Schandmantel wieder ausgezogen hatte: Niemand würde mehr in der Öffentlichkeit mit ihr sprechen, keiner Geschäfte mit ihr tätigen, sie würde fortan von allen geächtet sein. Eine grauenhafte Vorstellung, fand Anna.

Das Schreien und Lachen wurde hinter Anna leiser, während sich die Gruppe weiter entfernte.

Anna überprüfte schnell, ob das Silbergefäß, in dem sie nach der Anleitung der alten Jenne mit einem wunderlich geformten und ebenfalls silbernen Löffel Wasser gerührt hatte, noch an Ort und Stelle unter ihrem Mantel verborgen war, und stieß erleichtert die Luft aus, als sie es ertastete. Dann setzte sie ihren Weg entlang der Stadtmauer fort.

Es dauerte nicht mehr lange, bis das Schafentor in ihr Blickfeld geriet, und Anna hielt an, um sich zu sammeln. Sie betrachtete das Tor und die beiden aus Stein erbauten Nebengebäude links und rechts. In einem davon musste Christopherus sein. Neben dem rechten Anbau führte eine steile steinerne Treppe empor, die zur Türe des Turmes hinaufführte, hinter der Anna den Burggreven zu finden hoffte.

Wenn sie sich an den Mann erinnerte, schauderte ihr, und sie wäre am liebsten unverrichteter Dinge wieder umgekehrt. Wie sollte sie diesen Menschen bloß überzeugen, sie zu Christopherus zu lassen, damit sie ihm die Heilkräuter und das Silberwasser geben konnte? Vermutlich würde er sie augenblicklich beim Rat als Hexe denunzieren, nur weil sie Kräuter bei sich trug.

Anna stand immer noch auf der anderen Straßenseite, den Blick unverwandt auf das Tor gerichtet, mit klopfendem Herzen, als ein junger Spund mit einem Holzeimer in der Hand aus dem etwas entfernter liegenden linken Anbau trat und sorgfältig hinter sich die Türe verschloss. Er schaute sich um und sein Blick fiel auf Anna, die wie eine Statue im Schatten eines Hauses stand und seinen Blick ruhig erwiderte.

Irgendetwas an dieser Fremden fesselte den jungen Mann und er konnte den Blick nicht wieder abwenden. Sie war hübsch, gewiss, aber nicht nur das. Sie strahlte auch eine ungeheure Stärke aus, die den Burschen in ihren Bann zog.

Das Schnauben und leise Wiehern hinter sich ließ den Pferdeknecht aufhorchen. Er hatte eben erst nach dem Pferd gesehen, das zusehends magerer und klappriger wurde. Lange würde es die harten Bedingungen, unter denen es hier gehalten wurde, nicht mehr aushalten. Die dicken steinernen Wände hielten jeden wärmenden Sonnenstrahl ab und die Feuchtigkeit sammelte sich im Boden und in den Wänden. Selbst einem gesunden Tier würde der Aufenthalt in diesem Loch zu schaffen machen. Aber der Rappe war alles andere als gesund. Noch konnte man sehen, dass der Hengst einst ein schönes Tier gewesen sein musste. Trotz des blauen Auges. Dem Burschen gefiel diese sonderbare Spielerei der Natur sogar. Aber er war schlau genug, niemandem zu sagen, was er von der Sache hielt. Erst recht nicht dem Burggreven, für den er arbeitete. Rommerskirchen war für seine Strenge bekannt und jeder hier wusste, dass der Mann sich vor Hexen und Dämonen fürchtete wie kein Zweiter und sie deshalb so energisch verfolgte.

Der Junge lauschte mit angestrengter Miene, als er jetzt das scharrende Geräusch der Hufe hörte. Warum nur war das Pferd plötzlich so unruhig?

»Ich seh' lieber noch mal nach«, nuschelte der Mann und öffnete die Türe wieder, die er gerade erst so sorgfältig verschlossen hatte.

Christopherus warf den Kopf in die Luft und wieherte aufgeregt. Wieder und wieder riss er mit der letzten ihm verbliebenen Kraft an dem Strick, mit dem er an einem eisernen Haken in der Mauer festgebunden war. Er stemmte die Hufe in den Boden, doch die blank gewetzten Steine boten ihm keinerlei Halt.

»He, he!« Der Junge setzte den Eimer schnell ab, schloss die Türe hinter sich und strich begütigend über das Fell des Tieres. »Was ist denn los? Warum bist du so außer dir?« Er zuckte zusammen, als ihm auffiel, wie laut er gesprochen hatte. Wenn der Burggreve ihn hörte, wie er mit dem Pferd sprach, dann bekam er sicher Schelte. Leiser fuhr er fort, beruhigend auf Christopherus einzureden, der immer noch am ganzen Leib zitterte.

Anna fasste sich ein Herz und überquerte hinter einem Fuhrwerk die Straße. Als treibe Christopherus' Wiehern, das sie gedämpft zu vernehmen glaubte, die junge Frau an, erklomm sie mit klopfendem Herzen und gerafften Röcken die hohen, unebenen Stufen und ergriff mit einem tiefen Seufzer den eisernen Türklopfer. Jeden Gedanken ans mögliche Scheitern ihrer Aufgabe verbannend, ließ sie den metallenen Ring zweimal schwer gegen die Holztüre fallen und lauschte dem Geräusch nach, das im Inneren des Turmes verhallte.

Es dauerte nicht lange, bis die Türe geöffnet wurde und der Burggreve selbst Anna gegenüberstand. Als er sie erblickte, zog er missmutig die Augenbrauen zusammen.

»Was willst du hier?«, fuhr er sie harsch an.

Anna bemühte sich, dem strengen Blick standzuhalten. »Edler Herr«, sagte sie. »Ich bin Anna Meutin, die

Besitzerin des Pferdes, das Ihr in Eurem Gewahrsam habt.«

»Ich weiß, wer du bist«, entgegnete der Burggreve. »Und ich will mit dir nichts zu schaffen haben.«

Bevor Anna noch ein Wort erwidern konnte, knallte Rommerskirchen ihr die Tür vor der Nase zu.

»Bitte!«, flehte Anna vor der verschlossenen Türe. »So hört mich doch wenigstens an!«

»Verschwinde, Weib!«, schallte es von innen und Anna hörte die sich entfernenden Schritte des Mannes leiser werden.

»Ich möchte doch nur zu meinem Pferd!«, rief sie dennoch, obwohl sie wusste, dass es zwecklos war.

Die Stufen der steilen Treppe verschwammen vor ihren tränengefüllten Augen und beinahe hätte Anna das Gleichgewicht verloren, als sie den sicheren Tritt auf die unterste Stufe verpasste.

Er hat mich noch nicht einmal angehört, dachte sie und spürte eine Mischung aus Wut und Verzweiflung, die sich ihrer bemächtigte.

Tränenblind eilte sie an dem Verschlag vorbei, in dem sie Christopherus wähnte. Der Gedanke, ihm so nah zu sein und ihn nicht zu sehen, nichts für ihn tun zu können, war ihr unerträglich. Da! War da nicht ein Geräusch? Sie wandte für einen Augenblick den Kopf zu dem kleinen Fenster, das mit dunklem Glas versehen war. Doch sie konnte dahinter nichts erkennen. Hastig eilte sie weiter. Fort, nur fort von hier!

Das Pferd gebärdete sich so wild, dass der junge Mann allmählich doch ins Grübeln kam, ob nicht der Teufel dafür verantwortlich zu machen war. Es schnaufte, stöhnte, warf den Kopf hin und her und versuchte mit Leibeskräften aus seinem Gefängnis zu entkommen. Der Bursche hielt den Hals des Tieres kräftig umschlungen, damit es sich nicht selbst verletzte. Aus dem Augenwinkel sah er das Mädchen, das soeben noch auf der anderen Straßenseite gestanden und hinübergeblickt hatte, am Fenster vorbeieilen. Nur für einen Wimpernschlag wandte sie das Gesicht zu dem kleinen Anbau hinüber und der Bursche erschrak bei dem Anblick. Obwohl das dicke Glas ihre Konturen entstellte, konnte er sehen, dass das hübsche Gesicht zu einer Grimasse des Leidens verzogen war.

Was war es, so fragte sich der Knecht, das diese beiden Kreaturen, das Pferd und das fremde Mädchen, so offensichtlich miteinander verband?

Als der Junge kam,
riss ihn der böse Geist zu Boden
und zerrte ihn hin und her.
Jesus sprach ein Machtwort
zu dem bösen Geist,
machte den Jungen gesund
und gab ihn seinem Vater zurück.
Lukasevangelium 9.42

Ihr müsst mir glauben.« Die Stimme des jungen Mannes klang eindringlich. »Ohne Eure Hilfe ist die Sache verloren! Ein Fürsprecher ist in dieser Angelegenheit dringend erforderlich.« Wie zur Bestätigung drang in diesem Moment das aufgeregte Wiehern eines Pferdes durch das geöffnete Fenster hinein.

Der ältere Mann im Lehnstuhl rieb sich nachdenklich den Bart.

»Bitte, Oheim«, fuhr Daniel fort. »Ich weiß nicht, an wen ich mich sonst wenden soll. Ihr kennt meinen Vater und außerdem …«

»Außerdem?«

»Euer Wort hat vor dem Rat Gewicht. Noch dazu, wenn es um Pferde geht!«

Der alte Mann seufzte. »Ich weiß nicht, in welche Angelegenheit du mich da hineinzuziehen gedenkst, Neffe«, sagte er schließlich. »Doch bin ich gerne bereit, dir zu helfen, solange es mich nicht in eine prekäre Situation bringt.« *Manus manum lavat,* dachte er, eine Hand wäscht die andere. Man konnte nie wissen, wann es günstig war, irgendwo einen Gefallen einfordern zu können. Außerdem war der Jungspund auch noch der

Sohn seiner jüngeren Schwester, dem er kaum einen Wunsch abschlagen konnte. Jedoch galt es zunächst, die Sache eigenhändig zu überprüfen und ihre Gefährlichkeit einzuschätzen. Der alte Mann war weise genug, um zu wissen, wie schnell man in einen falschen Verdacht geraten konnte. Andererseits liebte er das Spiel und die Herausforderung, die das Dasein erst spannend werden ließen. Vor allem, wenn man so alt war wie er und nicht mehr viel vom Leben zu erwarten hatte.

»Ihr könnt mir vertrauen«, behauptete der junge Mann jetzt.

»Also gut«, seufzte der Mann, dessen schlohweißes Haar ihn noch älter wirken ließ, als er in Wahrheit war. »Aber wir spielen nach meinen Regeln«, bestimmte er und erhob sich aus seinem Sessel, um ein Holzscheit nachzulegen.

»Wie Ihr wünscht«, sagte Daniel erleichtert und beugte zum Zeichen, dass er sich den Anordnungen des Älteren zu fügen gedachte, den Kopf. Er war zu allem bereit, solange er dafür bekam, was er brauchte: Die Aussage eines angesehenen Bürgers dieser Stadt vor dem Rat. Eine Aussage zugunsten des Angeklagten natürlich. Und wer konnte für diese Aufgabe besser geeignet sein als sein Oheim, der ehemalige Ratsherr und berühmte Pferdezüchter Wilhelm von der Grün?

Obwohl sie mit nichts anderem gerechnet hatte, war Anna zutiefst verzweifelt. Der einzige Lichtblick, der sich ihr in dieser Situation jetzt noch bot, war ein zweiter Besuch bei Jenna Blankenheim. Vielleicht hatte die Alte einen weiteren Einfall?

Sie konnte den Sonnenaufgang kaum erwarten, der

ihr gestatten würde, ein weiteres Mal den beschwerlichen Fußweg auf sich zu nehmen. Schließlich konnte sie nicht die Gefahr eingehen, zu spät zurückzukehren und vor verschlossenen Toren zu stehen! Es schien unwahrscheinlich, dass eine junge Frau wie sie eine Nacht vor den Toren der Stadt ohne Schutz unbeschadet überstehen würde.

Diesmal genoss sie den weiten Weg zur alten Jenne, der ihr die Möglichkeit gab, in Ruhe über alles Geschehene nachzudenken. Gedankenverloren bemerkte sie nicht einmal ihre Nachbarin Maria, die ihr neugierig hinterherblickte, als sie mit dem Kräuterbündel unterm Arm und dem Silbertopf unter ihrem Kleid verborgen, an ihr vorüberging.

Anna hätte selbst nicht zu sagen vermocht, was sie von der Alten nun noch erwartete. Schließlich hatte die Freundin der Großmutter ihr deutlich zu verstehen gegeben, dass ihr Hilfsangebot mit der Gabe der Kräuter und des Gefäßes beendet war. Aber sie verspürte ein großes Verlangen, sich der Alten noch einmal anzuvertrauen und sie ein weiteres Mal um ihren Rat und Zuspruch zu bitten.

»Er hat Euch also nicht zu ihm gelassen.«

Mit diesen Worten begrüßte Jenna Blankenheim ihre Besucherin, nachdem sie wieder, wie beim ersten Mal, scheinbar aus dem Nichts auftauchte, kurz bevor Anna die kleine Hütte erreichte.

Stumm schüttelte Anna den Kopf und streckte der alten Frau den Beutel mit Kräutern und das Silbergefäß entgegen. »Hier habt Ihr Eure Sachen zurück«, sagte sie mit leiser Stimme. »Ich habe keine Verwendung mehr dafür.«

»Nanana«, sagte Jenna beschwichtigend, während sie Anna am Arm zu ihrer kleinen Hütte führte. »Nun gebt doch nicht so schnell auf.«

Anna setzte sich unaufgefordert an den Tisch und empfand tiefe Dankbarkeit und Verbundenheit, als die Alte wieder zwei tönerne Schalen mit einem heißen Kräutersud füllte und eine davon vor Anna abstellte. Dieses Mal reagierte das Mädchen ohne Misstrauen, schnupperte an dem Getränk und genoss den ersten Schluck, der anders, aber nicht weniger wohlschmeckend mundete als bei ihrem letzten Besuch vor zwei Tagen. Auch die Katze, die maunzend und schnurrend um ihre Beine strich, erschien ihr wie eine lieb gewonnene Vertraute.

»Nun«, sagte die Alte und setzte sich Anna schwerfällig gegenüber. »Lasst uns mal überlegen, ob wir noch auf einem anderen Weg zu unserem Ziel kommen können.«

Gegen ihren Willen spürte Anna einen neuen Hoffnungsfunken in sich aufkeimen.

»Hm ...« Jenna Blankenheim schloss die Augen, während sie zu überlegen schien. »Ich erinnere mich im Augenblick nur an einen Fall, in dem Franziskanermönche Termiten verklagten, sie fräßen ihre Nahrungsmittel und nagten an ihren Möbeln. In der Verteidigungsrede hieß es, die Termiten seien schließlich die ursprünglichen Besitzer des Landes und könnten sich demzufolge an dem, was die Erde zum Leben hervorbrächte, gütlich tun. Außerdem ...«, fuhr die Alte fort, »... wäre ihr Fleiß beschämend für die Mönche.« Sie öffnete die Augen und blickte Anna unverwandt an. »Der Richter wies an, sein Urteil solle dem Termitenhügel vorgelesen werden. Es lautete: Beide Parteien sollten sich eines guten Benehmens befleißigen, die Termiten sollten die Mönche nicht mehr belästigen und die Mönche die Termiten nicht mehr stören.« Sie schüttelte den Kopf. »Aber das nützt uns nichts«, erkannte sie.

Doch Anna schöpfte Hoffnung. »Also gibt es tatsächlich Fälle, in denen zugunsten der Tiere entschieden wurde?« Sie dachte an ihr Gespräch mit dem Turmmeister zurück, der ihr ebenfalls von einigen Tierprozessen berichtet, aber ihr das Gefühl vermittelt hatte, jeglicher Versuch, auf rechtlichem Weg einen Freispruch für Christopherus zu bewirken, sei zum Scheitern verurteilt.

»Oh, gewiss gibt es die«, antwortete die alte Jenne. »Aber sie sind selten. Zumeist sind die Strafen für die sündigen Tiere zahlreicher: Sie werden gehängt, ertränkt, lebendig begraben, verbrannt, gesteinigt, enthauptet, gerädert, exkommuniziert ... Ich entsinne mich sogar an einen Fall, bei dem das Gericht die Weisung gab, ein ganzes Haus mitsamt den darin lebenden Haustieren zu verbrennen, nachdem die Hausfrau darin überfallen worden war. Das Gericht befand das Haus und die Katzen der Frau für schuldig, weil sie ihrer Herrin nicht zu Hilfe geeilt waren.« Unvermittelt verfiel die Alte in ein krächzendes Lachen, das Anna erneut daran denken ließ, dass sie ihre neue Bekannte zunächst für eine Hexe gehalten hatte. Sie beugte sich ein wenig zu Anna vor und erzählte in vertraulichem Ton: »Ein junger Herbergswirt, der mir persönlich bekannt ist, hatte häufig Besuch von einigen Geistlichen.« Sie sprach das letzte Wort aus, als handelte es sich um eine ansteckende Krankheit. »Die Mönche pflegten reichlich bei ihm zu speisen und zu trinken, ohne dafür zu zahlen. Sie hielten dies für ihr Recht und Ihr wisst, wie schwer es ist, sich mit den heiligen Herren öffentlich anzulegen.«

Anna nickte zustimmend.

»Doch der Wirt ärgerte sich zusehends über die Mönche und beschloss, ihnen das Wiederkommen zu verleiden. Als wieder einmal zwei von ihnen so viel gegessen und getrunken hatten, dass sie anschließend in der Herberge übernachten mussten, weil sie den Weg nach Hause nicht mehr fanden, wartete er, bis sie zu Bett gegangen waren und trug dann zur Mitternachtsstunde ein nur wenige Wochen altes Kalb aus seinem Stall die Stiege hoch und setzte es in der Kammer, in der die Mönche lagen, ab.

Das Kälbchen jammerte kläglich nach seiner Mutter und lief auf der Suche nach ihr durch das Gemach.

Voller Angstschweiß über die merkwürdigen Geräusche, deren Herkunft er sich nicht zu erklären vermochte, erwachte einer der Mönche. Als er dann auch noch die nasse weiche Zunge des Kalbs zu spüren bekam, das ihm über das Gesicht leckte, war es um seine Fassung geschehen: Er sprang aus dem Bett und rief Gott um Gnade an.

Der andere Mönch wurde von dem Geschrei seines Gefährten geweckt. Auch er entfloh dem Bett und versuchte, eine Kerze zu entzünden, um im Schein des Lichtes nach dem Rechten zu sehen. Er trug zum Schlafen nichts weiter als sein kurzes Hemd und als das Kälbchen auf der tastenden Suche nach der Trost spendenden Zitze seiner Mutter entdeckte, was da zwischen den Beinen des Mönches herabbaumelte, der sich mit zitternden Händen im Dunkeln über die Kerze beugte, um sie zu entzünden, da zögerte es nicht lange und zog heftig daran, um zu saugen.

Der Mönch schrie erbärmlich, ließ das Licht fallen und verbarg sich unter dem Bette, wo er bis zum Morgengrauen allerlei Bußpsalme und andere andächtige Gebete vor sich hin sprach. Das Kälblein jedoch, das dachte, die Mutter hätte es zurückgewiesen, stieß so herzzerreißende Klagelaute aus, wie Ihr es nicht für möglich halten würdet, und lief in der Kammer auf und ab, bis der Wirt es erlöste. Als die Mönche die Gaststätte am nächsten Morgen verließen, taten sie es für immer.«

Anna fiel in das Lachen der alten Frau ein. Es war befreiend, sich über die Leichtgläubigkeit und den Aberglauben der anderen lustig zu machen. Doch tief in ihrem Inneren wusste Anna, dass es so einfach nicht sein würde. Und als hätte Jenna die Zweifel der jungen Frau gespürt, wurde sie in diesem Augenblick wieder ernst.

»Aber auch das hilft uns nicht weiter«, sagte sie. »Die Ratsherren glauben, das Pferd sei vom Teufel besessen.« Sie sprach vor sich hin, so als würde sie sich nicht an Anna wenden, und das Mädchen saß schweigend und abwartend auf seinem Stuhl, die Augen unverwandt auf die alte Frau gerichtet. »Wenn wir nun nicht beweisen können, dass dies ein Irrtum ist, so können wir vielleicht dafür Sorge tragen, dass der vermeintliche Dämon das Pferd verlässt. Dann gäbe es ebenfalls keine Notwendigkeit mehr, das Tier zu töten oder auf andere Weise zu strafen. Ich erinnere mich an einen Priester, der mir von seinen Teufelsaustreibungen berichtete. Einmal wurde er zu einem Jungen gerufen, der stets an Kopfschmerzen litt. Der Priester war sich sicher, dass der Junge von Dämonen gequält wurde. Er versuchte, die Teufel durch Gebete zu vertreiben, aber das vergrößerte das Leid des Jungen nur noch: Seine Augen quollen hervor, die Zunge hing aus seinem Mund und er verdrehte den Kopf.«

Anna wurde bei dieser Schilderung unfreiwillig an die verrückte Elisabeth erinnert, der sie stets in der Kirche begegnete, und die ebenfalls häufig mit dem Kopf zuckte und unmenschliche Laute ausstieß. Ob auch sie von Dämonen gequält wurde?

»Erst nach unsagbaren Anstrengungen und der Hilfe weiterer Geistlicher aus der Umgebung gelang es, den Dämon zu überwinden.« Jetzt sah die alte Jenne Anna zum ersten Mal direkt an: »Wie mir der Priester versicherte, sah er mit seinen eigenen Augen, wie mehr als 800 tote und lebendige Fliegen aus den Augen, den Ohren und der Nase des Jungen drangen.«

Anna merkte, dass ihr bei dieser Schilderung der Mund offen stand, und klappte ihn rasch geräuschvoll zu.

»Das waren die Dämonen, die den Körper des Knaben verließen«, beendete die Alte ihren Bericht.

»Ihr meint …«, begann Anna und Jenna nickte.

»Wenn wir es schafften, dass der Dämon in Form einer Fliege den Körper des Pferdes unter der Aufsicht der hohen Herren verlässt, dann würden sie es vielleicht freisprechen.«

Anna überlegte schweigend. Das könnte gelingen, dachte sie. Wenn sie sich traute, eine Fliege einzuschmuggeln und diese im rechten Augenblick unter den Augen der Ratsherren freizulassen, und wenn sie einen Geistlichen fand, der ihr bei diesem Schauspiel half ... Bei diesem Gedanken sank Annas Mut wieder. Wie sollte sie einen Priester finden, der ihr bei diesem unchristlichen Vorhaben behilflich war?

»Ihr solltet darüber nachdenken«, fuhr Jenna fort und erhob sich. »Und Ihr solltet die Kräuter und das Silbergefäß noch einmal mitnehmen. Vielleicht findet Ihr ja doch noch einen Weg zu Eurem Pferd.«

Anna stand ebenfalls auf. Ihr schwirrte der Kopf vom vielen Nachdenken, als sei ein Schwarm Fliegen darin, der dort sein Unwesen treibe, aber sie spürte auch ein wenig Zuversicht, dass vielleicht noch nicht alles verloren war.

Vorsichtig blickte Anna nach links und nach rechts, bevor sie zwischen den Büschen hervortrat, die den kleinen Fußweg säumten. Sie glättete ihr Kleid und achtete darauf, ob sich irgendwo im Stoff eine Klette verfangen hatte. Aber sie sah nichts. Sie war kaum hundert Schritte weit gegangen, als ihr vor Schreck beinahe das Herz stehen blieb. Laut schwatzend und lachend kamen ihr drei Männer entgegen, die ebenfalls verstummten, als sie ihrer gewahr wurden.

Einander musternd gingen die vier Menschen aneinander vorbei: die drei Männer, die sich weiter von der Stadt entfernten, und die einsame junge Frau, die sich ihr näherte.

»Gott zum Gruße«, sagte der größte der Männer und lupfte kurz sein Barett*, während seine beiden Freunde das Mädchen nur abschätzend von oben bis unten musterten.

»Gott zum Gruße«, erwiderte Anna mit klopfendem Herzen. Die drei waren ihr trotz des guten Benehmens, um das sie sich bemühten, nicht geheuer und sie wich ihren Blicken aus.

Anna widerstand dem Drang, ihre Schritte zu beschleunigen. Es hätte sowieso keinen Zweck gehabt, davonzulaufen, falls die drei auf unehrliche Absichten verfielen. Doch nichts dergleichen geschah. Schließlich hielt Anna es nicht mehr aus. Sie war vielleicht fünfzig Schritt weit gekommen, als sie sich umwandte. Vor Überraschung fiel ihr die Kinnlade herunter: Die Männer waren spurlos verschwunden. Als hätte sich die Erde aufgetan und die drei verschluckt, lag die Straße still und leer da.

Anna war in Gedanken immer noch bei ihrer unheimlichen Begegnung mit den drei Fremden, als sie sich bereits der kleinen Straße näherte, in der sie wohnte. So oft sie die Tatsachen auch hin und her wendete, es blieb nur eine Möglichkeit übrig, wohin die Männer verschwunden sein konnten: Sie mussten den kleinen Fußweg beschritten haben, den Anna kurz zuvor verlassen hatte. Und dies wiederum bedeutete, dass sie auf Jenna Blankenheims Hütte stoßen würden. Ob dies tatsächlich ihre Absicht gewesen war? Doch was sollten sie von der alten Frau wollen? Ohne es sich näher erklären zu können, spürte Anna tiefes Unbehagen bei der Vorstellung, das Heim der alten Jenne, die sie als auffallend kluge und liebenswerte Frau schätzen gelernt hatte, könnte das Ziel der drei gewesen sein.

»Habt Acht, hübsche Jungfer!«

Anna, die gedankenverloren auf den Boden geschaut hatte, schreckte zurück und ließ dabei das Kräuterbündel fallen. Doch als sie aufblickte, erhellte sich ihr Gesicht. »Heda, edler Recke«, erwiderte sie und lachte schelmisch.

Daniel löste sich von der Mauer, gegen die er sich gelehnt hatte, während er auf Anna gewartet hatte, bückte sich, um das Bündel aufzuheben, das auf der Straße lag, und reichte es Anna mit einer galanten Verbeugung.

Anna nahm das Päckchen in Empfang und knickste höflich. Nur ihr Kichern verriet, dass die höfische Etikette nicht ganz ernst gemeint war. Schon als sie Kinder gewesen waren, war Burgfräulein und Ritter eins ihrer Lieblingsspiele gewesen.

Jetzt lachte auch Daniel und griff nach ihren Händen.

Anna stockte der Atem. Ab diesem Punkt war irgendetwas anders als in ihrer Erinnerung. Sicher hatte Daniel sie auch früher an den Händen gehalten, aber genauso sicher hatte sie das nicht in eine solche Verwirrung gestürzt.

Auch Daniels Gesichtsausdruck änderte sich plötzlich. Das Lachen verblasste und er blickte Anna aufmerksam und ernst ins Gesicht. Der Druck seiner Hände ließ nach und ihre Finger lösten sich langsam, zärtlich voneinander. So als wollten beide eigentlich nicht loslassen. Doch einander festzuhalten schien genauso unmöglich.

Ihre Blicke trennten sich ebenso zögerlich voneinander, wie es ihre Hände getan hatten, und beide schwiegen einen Moment, während sie um einen unverbindlichen Tonfall in ihrer Stimme rangen.

»Ihr seid …«

»Du bist …«

Beide hatten gleichzeitig zu sprechen begonnen und verstummten nun wieder, verlegen lächelnd.

»Ich habe jemanden aufgesucht, der uns vielleicht helfen kann«, startete Daniel einen zweiten Versuch, der diesmal gelang. »Allerdings möchte diese Person vorerst unerkannt bleiben.«

Anna hob die Augenbrauen, hin und her gerissen zwischen Hoffnung und Misstrauen. Was war das für eine Person, die Hilfe versprach, aber dies im Geheimen tun wollte?

Daniel schien Annas Skepsis zu erraten. »Ich weiß selbst nicht, ob mein Plan uns weiterhilft, aber haben wir eine andere Wahl, als es wenigstens zu versuchen?«

Anna überlegte. »Nein«, antwortete sie schließlich, »haben wir nicht.« Sie musste jede Hilfe annehmen, die sich ihr bot. Und wenn die Aussicht auf Erfolg auch noch so gering war.

»Die Person will sich mit uns in der Sternengasse treffen. In der Nacht von Freitag auf Samstag, und zwar um Mitternacht.«

Anna runzelte die Stirn. Dies alles kam ihr gar nicht geheuer vor. »Um Mitternacht in der Sternengasse?«, wiederholte sie. »Was ist das für eine Person, die sich mit uns auf einem Hexentanzplatz treffen möchte? Noch dazu um eine Zeit, zu der sich nur Gesindel und käufliche Frauen dort herumtreiben?«

»Ich denke«, antwortete Daniel vorsichtig, »genau das ist der Grund: So kann die Person sicher sein, dort von niemandem, der sie kennt, mit uns gesehen zu werden.« Und im Stillen fügte er hinzu: Außerdem hat der alte Wichtigtuer daran einfach seinen Spaß.

Anna dachte darüber nach. Sicher hatte Daniel seine Beziehungen spielen lassen und jemanden aus dem Rat gefunden, der ein gutes Wort für sie einlegen wollte.

Vielleicht sogar seinen Vater, den einflussreichen Kaufmann Liskirchner. Und natürlich konnte es sich kein ehrenwertes Ratsmitglied leisten, mit einer wie ihr gesehen zu werden, geschweige denn, sich der Unredlichkeit verdächtig zu machen! Sie nickte.

»Also gut«, sagte sie bedächtig. »Ich danke dir«, fügte sie hinzu – schließlich riskierte Daniel ebenfalls seinen guten Leumund, indem er sich mit ihr sehen ließ –, und endlich traute sie sich von Neuem, ihren zurückgewonnenen Freund aus Kindertagen geradeheraus anzublicken. Doch sofort bereute sie ihre Entscheidung, denn da war es wieder, dieses Kribbeln und das Bedürfnis, Daniel zu berühren.

»Es gibt nichts, wofür du mir Dank schuldest«, erwiderte Daniel und Anna fand, dass seine Stimme sonderbar klang. Er schien unschlüssig, wie er sich von ihr verabschieden sollte. Schließlich hob er einfach kurz die Hand zum Gruß, wandte sich um und ging davon.

Anna blickte ihm hinterher und fragte sich, wieso sie sich dabei auf einmal so schwer fühlte. Erst als Daniel außer Sichtweite war, fiel ihr ein, dass sie nicht vereinbart hatten, wann und wo sie sich treffen wollten. Und dass sie ihm nichts von ihrer neuen Bekanntschaft mit Jenna Blankenheim erzählt hatte.

Na ja, dachte sie, dann muss das wohl bis zum nächsten Wiedersehen warten. Sie drehte sich um und ging die letzten paar Schritte auf ihr kleines Haus zu. Sie war bereits hinter der niedrigen Türe verschwunden, als die Holzläden am Nachbarhaus endlich geschlossen wurden. Und so konnte Anna den zufriedenen Gesichtsausdruck ihrer Nachbarin Maria nicht sehen.

Legst du dich, so wirst du dich nicht fürchten,
und liegst du, so wirst du süß schlafen.

Sprüche Salomos 3.24

Schlaflos wälzte sich Anna hin und her. Und so wie ihre Gedanken unstet hin und her hüpften, dachte auch sie einen Moment lang an die alte Jenne, die sie zuerst für eine Hexe gehalten und in der sie dann eine Verbündete gefunden hatte, im nächsten Moment an ihr treues Pferd Christopherus, das in diesem Augenblick irgendwo, weit von ihr entfernt, an einem unwirtlichen Ort stand, wo es Hunger und Schmerzen litt und sich vermutlich ebenso allein und verlassen fühlte wie sie selbst, und schließlich an Daniel, den sie so unverhofft wiedergefunden hatte, und der plötzlich so viel mehr zu sein schien als der Freund aus Kindertagen.

Mit einem Mal stand unerwartet ein anderes Bild vor ihrem inneren Auge: Sie selbst saß auf dem Kutschbock eines Fuhrwerks, das mit all ihrem Hab und Gut beladen war, Großmutter an ihrer Seite, und als sie sich umdrehte, während der Wagen anfuhr, erblickte sie Daniel, der auf Christopherus' Rücken saß und ihr wehmütig nachschaute. Verwirrt blickte sie wieder nach vorn: Wer zog den Wagen, wenn nicht Christopherus? Und sie starrte ungläubig auf die kräftigen Flanken eines Kaltbluts, das vor den Karren gespannt war.

Welch ein Hirngespinst!, dachte Anna. Als ob ich jemals alles hinter mir lassen würde, was mir das Liebste ist!

Sie überlegte noch, woher unvermittelt die lauten Geräusche kamen, als würde jemand kräftig mit einem Hammer auf eine Holzplanke schlagen, als sie die Augen öffnete und das Bild verschwand. Anna blickte an die kahle Decke ihres kleinen Hauses, die sie bereits im Dämmerlicht des anbrechenden Morgens erahnen konnte, und ihr wurde bewusst, dass sie irgendwie doch in den Schlaf gefunden haben musste. Nur das Geräusch hatte einen verborgenen Weg aus dem Traum in die Wirklichkeit entdeckt, denn irgendjemand hämmerte immer noch.

Mit einem Satz sprang Anna von ihrer Strohmatratze auf und schlang die Arme um ihren Oberkörper.

»Anna Meutin! Öffnet die Tür!« Die Stimme klang gebieterisch und schien keinen Aufschub zu dulden.

Anna wusste, dass es jetzt um sie geschehen war, noch bevor sie die Türe geöffnet und in das Antlitz des Gewaltrichters* geblickt hatte.

»Anna Meutin. Ihr steht im Verdacht, gemeinsame Sache mit der Hexe Jenna Blankenheim gemacht zu haben.«

Anna glaubte, ihr Herz bliebe stehen. Jenna sollte eine Hexe sein? Hieß das, sie war bereits verurteilt worden? Sie schlug die Hände vors Gesicht, als sie sich in diesem Moment an die drei Männer erinnerte, denen sie auf ihrem Rückweg in die Stadt begegnet war. Nun wusste sie, dass ihre Beklommenheit sie nicht getrogen hatte.

»Ich habe den Auftrag, Euch unverzüglich zum Frankenturm zu bringen, wo Eure Aussage gehört werden soll.«

»Aussage?« Anna stockte der Atem. Erwartete sie nun die Folter? Ihr wurde schwarz vor Augen und lautlos sank sie in die Arme des Gewaltrichters.

Das schwarze Pferd atmete schwer. Bei jedem Atemzug hob und senkte sich sein Brustkorb wie der Blasebalg des Schmieds. Der junge Knecht strich dem Tier beruhigend über Kopf und Hals, doch mehr konnte er nicht für es tun. Er hatte sich sogar ein Herz gefasst und den Burggreven um Hilfe gebeten. Aber der Mann scheuchte ihn fort wie eine lästige Schmeißfliege. Johann Rommerskirchen war es völlig gleichgültig, ob das Pferd in seinem Turm lebte oder starb. Wenn es starb – umso besser. Dann hatte Gott entschieden und die gerechte Strafe vorweggenommen. Für ihn war Christopherus' Erkrankung nichts weiter als der Beweis für den Vorwurf, das Tier sei vom Teufel besessen. Denn was war Krankheit schließlich anderes als die Verwünschung oder Verhexung durch böse Dämonen?

Noch nie war ein Ross unter der Pflege des jungen Mannes gestorben. Dieses wird wohl das erste sein, dachte der Pferdeknecht voller Bitterkeit. Und dabei hatte er sich anfänglich gegen diese zusätzliche Aufgabe mit Händen und Füßen gewehrt! Doch der Stallmeister am Hof des adligen Herrn, für den Hermann, wie ihn seine Freunde nannten, arbeitete, hatte keinen Widerspruch geduldet. Wenn der Herr einen seiner Knechte schickte, dann hatte der Knecht zu tun, was man von ihm verlangte. So war das eben.

Doch bei diesem Gedanken kam Hermann eine Idee.

Seine Hand verharrte auf dem Fell des Rappen. Dann hatte er seinen Entschluss gefasst.

»Ich komme bald wieder«, flüsterte er dem Hengst zu und schloss sorgfältig die Türe hinter sich.

»Was hat sie mit der Hexe zu schaffen gehabt?« Die Stimme des Turmmeisters war streng.

Annas Blick glitt unstet zwischen den Männern, die ihr gegenübersaßen, hin und her. Diesmal waren noch mehr Ratsherren anwesend als bei ihrer letzten Vorladung und allein diesen Umstand deutete sie als Zeichen, dass ihre Lage ernst war.

Sie erinnerte sich noch gut an Agnes, die einige Straßen weiter gewohnt hatte, als Anna ein Mädchen von neun oder zehn Jahren gewesen war, und die wegen eines dummen Scherzes, den sie sich mit dem Bäckergesellen Gerhard erlaubt hatte, der Hexerei bezichtigt worden war. Angeblich hatte Agnes, eine verheiratete und wohl angesehene Frau, den jungen Gerhard, der – lediglich mit einem Schurz bekleidet – aus der Backstube hinter den Verkaufstresen trat, unzüchtig berührt, woraufhin dieser kurze Zeit später über Schmerzen beim Wasserlassen klagte und behauptete, verhext worden zu sein. Bei ihrem nächsten Besuch in der Bäckerei sah sich Agnes den Schmähungen zahlreicher Menschen ausgesetzt, die sich dort versammelt hatten. Am lautesten brüllte die Tochter des Bäckermeisters, mit der jener Gerhard ein Verhältnis hatte, wie jeder wusste.

Dessen ungeachtet betrat Agnes, die sich keiner Schuld bewusst war, auch am folgenden Morgen die Backstube, wurde dabei aber von zwei Kerlen tätlich angegriffen, die sie anfuhr, sie sollten sich in drei Teufels Namen davonmachen. Als Gerhard dies hörte, stürzte sich der vermeintlich Kranke mit einer Holzlatte auf die arme Frau und drosch sie grün und blau.

Agnes ließ Gerhard vor den Rat zitieren. Nicht, wie Anna sich entsann, um selbst Gerechtigkeit zu erfahren, sondern um sich nicht dem Vorwurf eines Schuldeingeständnisses auszusetzen. Denn hätte sie Stillschweigen bewahrt, so hätten die Menschen behauptet, sie wäre sich ihrer Schuld bewusst und nähme die Abmahnung als Strafe an.

So aber entschied der Rat ebenfalls gegen sie und sperrte Agnes nach der Aussage des Bäckergesellen als Hexe in den Turm.

Daran erinnerte sich Anna in diesem Augenblick und mit klopfendem Herzen schickte sie ein Stoßgebet zu Gott, er möge sie um Himmels willen die richtigen Antworten finden lassen.

Der Stallmeister, den Hermann hatte kommen lassen, beugte sich über das Pferd, das, alle viere von sich gestreckt, auf dem harten Steinboden lag. Der Pferdeknecht hatte eine Schubkarre voll Binsen auf dem Boden verteilt, doch halfen die dünnen Hälmchen nicht gegen die Kälte, die erbarmungslos in die Knochen des Rappen drang und ihn zusätzlich schwächte.

»Wir können es mit einem Aderlass versuchen, der die Körpersäfte zurück ins Gleichgewicht bringt«, meinte der Stallmeister fachmännisch.

Hermann hielt die Luft an. »Glaubt ihr nicht, edler Herr«, formulierte er vorsichtig, »dass dies Pferd dafür zu geschwächt ist?«

Der Stallmeister sah seinen 16-jährigen Knecht, den

er dem Freund und Ratskollegen seines Herrn Johann Rommerskirchen ausgeliehen hatte, strafend an. »Was erlaubst du dir?«, wies er ihn zurecht. »Hast du eine bessere Idee?«

Hermann senkte den Kopf. »Nein, mein Herr.«

»Vielleicht hast du trotzdem recht und wir versuchen es besser mit dem Setzen einer Fontanelle.«

Hermann glaubte auch nicht, dass diese Methode helfen würde, obwohl er es ebenfalls für möglich hielt, dass eine Entzündung im Körper des Hengstes für seine Schwäche verantwortlich war.

»Jordanus Ruffus schreibt in seinem Buch über die Stallmeisterei der Pferde, der Schmerz könne den Körpersäften manchmal den rechten Weg weisen«, der Stallmeister nutzte die Gelegenheit, den jungen Knecht zu belehren, »und der Eiter den Körper verlassen. Dazu schneiden wir hier«, er zog die Haut an Christopherus' Brust zu einer tiefen Falte, »ein und lösen die Haut von dem darunter liegenden Gewebe. Anschließend legen wir ein mit Kienöl getränktes Lederstück darunter. Spätestens nach einem Tag schwillt die Haut an und nach zwei bis drei weiteren Tagen fließt Eiter aus der Wunde, den du täglich mit warmem Wasser abwäschst. In zwei Wochen können wir die Fontanelle dann wieder entfernen.«

Falls er dann überhaupt noch lebt, dachte Hermann und bereute seinen Entschluss, den Stallmeister unterrichtet zu haben. Aber er hütete sich davor, das eine oder andere laut zu verkünden.

Anna sah sich um. Nichts hatte sich verändert, seit sie diesen Raum das letzte Mal gesehen hatte. Immer noch saßen die Ratsherren, die über ihr Schicksal zu entscheiden hatten, an Tischen und sie stand ihnen allein gegenüber. Doch hatte Anna bei ihrer ersten Vorladung noch das Gefühl gehabt, der eine oder andere unter den Ratsmitgliedern sei ihr wohlgesonnen, so war hiervon nun nicht mehr das Geringste zu spüren. Alle zehn Augenpaare musterten sie feindselig.

»Was hat sie mit der Hexe Jenna Blankenheim zu schaffen gehabt?«, wiederholte der Turmmeister seine Frage.

»Nichts«, erwiderte Anna.

»Sie ist mehrmals in der Nähe des Hauses der Hexe gesehen worden! Und da will sie nichts mit ihr zu schaffen gehabt haben?« Der Turmmeister schrie fast.

»Mehrmals?« Annas Stimme zitterte. Sie versuchte dem Blick des Mannes, der links neben dem Turmmeister saß und sie spöttisch grinsend musterte, standzuhalten. Als er ihr mit seinen zwei Kumpanen vor den Toren der Stadt begegnet war, war er deutlich höflicher gewesen. Anna erinnerte sich daran, wie er galant seine Kopfbedeckung vor ihr gezogen hatte. Aber schon da hatte sie gewusst, dass dieser Mann gefährlich war. Und jetzt hatte sie die Bestätigung dafür erhalten. »Ich habe Jenna Blankenheim um Rat bei einer Erkrankung gebeten«, antwortete Anna. »Sie war mir als Doktor'sche bekannt.«

»Soso, sie war ihr also bekannt.«

»Man hatte sie mir als Heilkundige empfohlen«, verbesserte sich Anna.

»Und sie hat sich nicht von ihr Kräuter geben lassen, um damit jemanden zu verhexen?«

Anna schüttelte den Kopf. »Nein. Die Kräuter sollte

ich meinem Pf...« Sie stockte. Was würde geschehen, wenn sie zugab, dass die Kräuter für Christopherus bestimmt gewesen waren?

»Nun rede sie doch weiter!«

»Die Kräuter sollte ich meiner Großmutter bringen«, log Anna und hoffte, niemand würde ihre Ausflucht bemerken.

»War sie mit der Blankenheim nicht auch auf dem Hexentanz?« Der Stimmmeister beugte sich zu Anna vor.

»Gott behüte!«, stieß Anna hervor. »Ich kann gar nicht glauben, dass die alte Jenne eine Hexe gewesen sein soll ... Ich meine ...« Anna biss sich auf die Zunge.

»So glaubt sie also, dass den Personen, die des bösen Lasters der Zauberei halber hingerichtet werden, Unrecht widerfährt?«

Anna atmete tief ein, bevor sie ihre Antwort widerwillig zwischen den Lippen hervorpresste: »So sie ihre Taten bekannt haben, haben sie vor Gott Unrecht getan.«

»Jenna Blankenheim hat sich zu ihren Taten bekannt«, erklärte der Turmmeister.

Anna schwieg.

»Sie hat zugegeben, dem acht Monate alten Kind der Kaufmannsfrau von Weidenbach eine Krankheit angehext zu haben, an der es verstarb.«

»Jesus, Maria und Josef!« Anna hielt sich die Hand vor den Mund.

»Und sie hat ausgesagt, mit dem Teufel gebuhlt und Schadenszauberei betrieben zu haben.«

Anna liefen die Tränen über die Wangen, ohne dass sie etwas dagegen tun konnte. Wenn Jenna Blankenheim dies alles gestanden hatte, dann nur unter der Folter. Was hatte die alte Frau aushalten müssen? Welche schreckliche Prozedur hatte sie durch ein falsches Geständnis beenden wollen?

Der Stallmeister ließ den Schnepper* zuschnappen. Blut floss aus Christopherus' Adern und der Hengst stöhnte. Ein Zucken durchfuhr seinen Körper.

»Nun sehen wir erst einmal, wie er auf den Aderlass reagiert«, sagte der Stallmeister und stand auf. »Wenn das nichts hilft, dann versuchen wir es wie besprochen mit der Fontanelle.«

Hermann nickte eifrig. Hätte er doch bloß nicht den Stallmeister um Hilfe gebeten! Jetzt lag der Hengst schwer atmend da und wirkte noch schwächer.

»Gib ihm Weizenmehlsaft und reibe ihn mit Rosenöl ein. Anschließend gib ihm Brot und Wein.«

»Ja, Meister«, antwortete Hermann. Wenigstens das Rosenöl konnte vielleicht ein wenig helfen. Und er hatte nun endlich die Erlaubnis, dem Tier stärkendes Futter zu verabreichen. Also war es vielleicht doch die richtige Entscheidung gewesen, den Stallmeister zu rufen? Dem war es zumindest nicht gleichgültig, ob das Pferd am Leben blieb oder starb. Vermutlich sah er es als eine Frage der Ehre an, das Pferd bis zu seiner rechtmäßigen Verurteilung am Leben zu erhalten.

Der Stallmeister verließ das dunkle Kabuff ohne ein weiteres Wort. Hermann legte die wärmende Decke, die er ebenfalls vom Stallmeister zugesprochen bekommen hatte, über das Pferd und strich ihm fürsorglich über die Stirn.

Christopherus schloss die Augen

Verflucht wirst du sein in der Stadt,
verflucht wirst du sein auf dem Acker.

Fünftes Buch Moses 28.16

Anna rannte blind vor Trauer und Wut nach Hause. Einerseits war sie froh, dass man sie vorerst hatte gehen lassen, andererseits ergriff sie blankes Entsetzen über das Schicksal der alten Jenne. Sie sah weder nach links noch nach rechts, drängte sich an Menschen vorbei, die ihr kopfschüttelnd hinterherblickten, stieß gegen Häuserecken und stolperte, wo die Straße uneben war. Doch nichts konnte sie aufhalten. Das Hohe Weltliche Gericht, an das der Rat Jenna Blankenheim nach dem Verhör zur Verhängung einer Strafe überstellen musste, hatte nicht lange gezögert und die alte Frau zum Tode verurteilt: Bereits morgen, unmittelbar nach der vorgeschriebenen Ratifizierung, bei der die geständige Hexe noch einmal bestätigen musste, dass ihre Aussage der Wahrheit entsprach, sollte Jenna auf Melaten als Kindsmörderin und Hexe brennen. Tränen quollen aus Annas Augen, als sie auf diese Weise auch wieder an den unrühmlichen Tod ihrer Tante erinnert wurde. Wie ähnlich war doch das Schicksal dieser beiden Frauen: Hatten sie nichts weiter getan als zu helfen, so waren beide gerade deswegen zur Zielscheibe derjenigen geworden, denen sie ihre Hilfe angeboten hatten.

Nur einen Augenblick lang hatte Anna überlegt, wie es eigentlich möglich war, Jenna zu verurteilen, die außerhalb der Stadt wohnte. Waren der Rat und das Erzbischöfliche Gericht dann überhaupt zuständig? Aber Jenna hatte ihren angeblichen Schadenszauber ja innerhalb der Stadtmauern vollbracht. Also unterlag sie deswegen wohl dem Stadtrecht.

Anna schüttelte schnaubend den Kopf. Sicher war das Kind der Kaufmannsfrau krank gewesen und man hatte die weise Frau um Hilfe gebeten. Aber offenbar war es der alten Jenne nicht gelungen, den Säugling zu retten. Und es gehörte nicht viel dazu, sich zu überlegen, dass der Arzt und der Bader* vor ihr an dieser Aufgabe gescheitert sein mussten, bevor man sich an sie gewendet hatte. Und da man nun irgendjemanden brauchte, dem man die Schuld geben konnte, um den Verlust erträglicher zu machen, klagte man einfach die alte Kräuterfrau an. Fast erinnerte Anna dieses Vorgehen an ihren eigenen Fall: Es musste sich nur jemand finden, der die Schuld auf sich nahm, um dem Geschädigten ein Gefühl der Genugtuung zu verschaffen.

Von Anna unbemerkt, näherte sich ihr eine Gruppe merkwürdig vermummter Gestalten, die mit Klappern in ihren Händen ein lautes Spektakel veranstalteten. Wer sie sah oder hörte, sprang mit einem entsetzten Aufschrei zur Seite, drückte sich ängstlich an Häuserwände, um so viel Abstand wie nur irgend möglich zwischen sich und die drei Vermummten zu bringen, und bekreuzigte sich eilig in der Hoffnung, der Strafe Gottes durch dieses Glaubensbekenntnis zu entkommen.

Nur Anna war so tief in ihren Gedanken versunken,

dass sie nichts und niemanden bemerkte und beinahe gegen die erste der drei Gestalten lief.

»Gebt Acht, junge Frau.«

Annas Blick, der immer noch auf den Boden gerichtet war, fiel auf einen langen hölzernen Stab, der ihr von einer behandschuhten Hand entgegengehalten wurde, um den Abstand zu wahren. Langsam hob sie den Blick – und konnte einen Laut des Entsetzens nicht zurückhalten. Sie schaute in ein von Beulen überwuchertes, völlig entstelltes Gesicht. Die Nase schien nichts weiter als eine weiche, klumpige Masse zu sein und die Augen ohne Wimpern und Augenbrauen blickten merkwürdig kalt.

Hinter der Frau, die Anna gegenüberstand, lugte ein hübsches Mädchen hervor, nicht einmal so alt wie Anna selbst, dessen Gesicht auf den ersten Blick völlig unversehrt zu sein schien. Erst als sie in diesem Augenblick den Kopf wendete, sah Anna mit weit aufgerissenen Augen die offene, blutige Stelle an der Wange. Der Dritte im Bunde war ein älterer Mann, dessen Gesicht ebenfalls voller Beulen war und der sich zudem auf zwei Krücken stützte, weil an seinem rechten Bein, dort, wo normalerweise der Fuß war, nur noch ein Stumpf hervorragte.

Anna wich zurück und drückte sich nun ebenfalls an eine Hauswand, um die Gruppe Aussätziger vorbeizulassen. Kaum waren sie vorüber, füllte sich die leer gefegte Straße binnen kürzester Zeit wieder mit Menschen, die ihren jeweiligen Geschäften nachgingen, während sich hinter ihrem Rücken die Massen teilten, um die kleine Gruppe vorbeizulassen.

Nur Anna lehnte immer noch an der Hauswand und

zitterte vor Schreck am ganzen Körper. Das hatte ihr noch gefehlt, dass sie sich den Aussatz* holte!

Großmutter schlug die Hände über dem Kopf zusammen, als Anna die kleine Hütte, in der sie gemeinsam lebten, betrat.

Anna, die sich gerade wieder gefasst hatte, begann unverzüglich erneut zu weinen, als sie die Aufregung ihrer Ahnfrau sah. Bereitwillig ließ sie sich von der kleinen, vom Alter gebeugten Frau in die Arme schließen und genoss das Gefühl der Geborgenheit und des Vertrauens. Sie wusste schließlich nicht mehr, wie lange sie einander getröstet und liebkost hatten, als sie sich endlich voneinander lösten.

Anna berichtete ihrer Großmutter ausführlich von ihrer Vernehmung. Beinahe jeden Satz kommentierte die alte Frau mit »Um Gottes Willen!«, bis Anna es nicht mehr aushielt und leise, aber bestimmt, zischte: »Ich glaube nicht, dass dies Gottes Wille ist, Großmutter.« Sie fuhr fort, dass sie sich zu weiteren Vernehmungen zur Verfügung zu halten habe und die Stadtgrenzen nicht überschreiten dürfe und dass der Turmmeister kein Hehl daraus gemacht hatte, dass lediglich ihre Verbindung zur Familie Liskirchner sie vor der Turmhaft bewahre. Dabei ignorierte sie die Ausrufe ihrer Ahnfrau, die sich nach der Zurechtweisung ihrer Enkelin auf ein regelmäßiges »Grundgütiger!« beschränkte. Erst als sie den Namen Liskirchner aussprach, fiel Anna die Verabredung mit Daniel wieder ein und sie stieß selbst ein inbrünstiges »O Gott« hervor.

»Ich muss Daniel warnen!«, sagte sie, während sie aufsprang und in der Stube auf und ab lief. »Aber wie kann ich ihn erreichen, ohne ihn in Gefahr zu bringen!« Sie blieb stehen und presste die Hände vor den Mund. Riss sie jetzt alle mit sich ins Unglück?

Daniel war nervös. Er zweifelte selbst daran, dass der Ort der Verabredung mit seinem Oheim gut gewählt war. Sicher, es war äußerst unwahrscheinlich, auf der als Hexentanzplatz verschrienen Gasse um Mitternacht auch nur von einer anständigen Menschenseele gesehen zu werden. Aber falls es passierte ... Nun, das mochte sich der junge Mann gar nicht erst näher ausmalen.

Die Stimmung war ohnehin im Augenblick etwas angespannt, seit sein Vater nach Hause gekommen war und berichtet hatte, man habe eine alte Frau der Hexerei bezichtigt, nachdem ein von ihr behandeltes Kind eines Ratsmitglieds verstorben war. Unwillig hatte Vater gemurrt, der Rat habe nicht gezögert und den Fall unverzüglich an das Hohe Weltliche Gericht weitergeleitet. Und das, wusste Daniel, tat der Rat äußerst ungern. Wer ließ sich schon freiwillig die Zügel aus der Hand nehmen? Aber auf Kindstötung und Hexerei stand nun einmal der Feuertod. Und Todesurteile mussten vom Hohen Weltlichen Gericht verhängt werden. Dazu hatte der Rat keine Befugnis.

Daniel seufzte. Ach, könnte er doch schon jetzt zu Anna gehen, sie aufsuchen und mit ihr reden! Aber Vater hatte ihm verboten, sich am helllichten Tag mit ihr sehen zu lassen. Um die Wahrheit zu sagen, er hatte seinem Sohn den Umgang mit ihr verboten. Bei Nacht mindestens ebenso wie bei Tage. Aber er musste ja nicht alles wissen. Daniel warf einen Blick aus dem Fenster.

Von hier oben konnte er sogar die Kirchturmspitze von St. Maria Lyskirchen sehen, der Kirche, die den Namen ihres Stifters Lisolvus trug, einem Vorfahr Daniels. Ach, wenn die Glocken doch endlich schlügen und ihm verkündeten, dass es Zeit war zu gehen!

Anna hielt es nicht länger aus. Nicht einmal Arbeit hatte sie, mit der sie sich ablenken konnte: Das Feld konnte sie ohne Christopherus nicht bestellen, das Haus glänzte bereits, die Tiere waren versorgt und Großmutter wieder eingeschlafen. Seufzend legte Anna die Nadel zur Seite, mit der sie soeben ihre Kleider ausgebessert hatte. Ihr Blick ruhte für einen Moment auf der bronzenen Nähnadel, einem Utensil aus besseren Zeiten. An manchen Dingen im Haus war zu sehen, dass es der Familie Meutin früher einmal besser gegangen war. Sorgfältig packte Anna die kostbare Nadel zurück in das lederne Futteral und erhob sich. Dabei fiel ihr Blick auf das Kräuterbündel und den Silberbecher der alten Jenne. Erschrocken hielt sie die Luft an, als ihr in diesem Augenblick bewusst wurde, dass es nun keine Möglichkeit mehr gab, der alten Frau ihr wertvolles Gefäß zurückzugeben! Und was würde geschehen, wenn man diese Gegenstände bei ihr im Haus fand? Annas Herz schlug mit einem Mal schneller. War es womöglich sinnvoller, sich der Dinge zu entledigen, bevor sie sie zusätzlich in Verdacht brachten?

Anna blickte zum Fenster. Draußen war es taghell. Noch würde es ein wenig dauern, bis die Dämmerung hereinbrach. Hastig warf sich Anna ihren Mantel über, ergriff das Bündel und den Becher, öffnete die Türe und spähte vorsichtig nach links und rechts. Sie wusste nicht warum, aber es war ihr lieber, von niemandem gesehen zu werden.

Die Straße war leer.

Anna zog die Türe hinter sich zu und wandte sich nach Norden.

Christopherus schlug die Augen auf. Seine Nüstern weiteten sich und er stieß laut die Luft aus. Seine Ohren zuckten unruhig hin und her und schließlich versuchte er sich zu erheben.

Hermann runzelte die Stirn. Was war denn nur plötzlich mit dem Pferd los? Bislang hatte es völlig erschöpft und schwer atmend auf dem Boden gelegen und nun versuchte es auf alle viere zu kommen!

Stöhnend hob Christopherus den Kopf. Man konnte die Anstrengung sehen, die es ihm bereitete, sich auf die Vorderläufe zu erheben. Die Adern an seinem Hals schwollen an. Aber er gab nicht auf. Verzweifelt versuchte er sich mit den Hinterhufen abzustützen und machte dabei einen langen Hals.

Hermann betrachtete den Rappen kopfschüttelnd. Doch als er merkte, wie ernst es dem Pferd mit seinem Anliegen war, half er ihm, bevor sich das Tier bei seinem eifrigen Bemühen selbst verletzte.

Auf wackligen Beinen stand Christopherus schließlich da, schlug mit dem Kopf, riss Augen und Nüstern auf, wackelte mit den Ohren und stieß ein heiseres Wiehern aus, das dem Pferdeknecht eine Gänsehaut über den Rücken jagte.

Mit aller Kraft, die er zur Verfügung hatte, versuchte Christopherus sich zu befreien. Natürlich vergebens. Der Eisenring an der Wand und der Strick, mit dem er daran festgebunden war, zeigten sich seinem Ziehen und Drängen gegenüber unnachgiebig.

Hermann kratzte sich nachdenklich am Kinn. Einer inneren Eingebung folgend wandte er sich dem Fenster zu und versuchte zu erkennen, was auf der Straße vor sich ging. Doch das Fenster war zu klein und das Glas zu dunkel und zu dick. Alles, was er sah, waren Schemen. Es musste schon jemand genau vor dem Fenster stehen, damit man ihn aus dem dunklen Raum heraus erkennen konnte.

Vorsichtig öffnete er die Türe einen Spalt breit und riss den Mund auf, als er die regungslos verharrende Person auf der anderen Straßenseite bemerkte, die mit starrem Blick zu ihm hinübersah, offenbar ohne ihn wahrzunehmen. Die junge Frau kam ihm merkwürdig vertraut vor. Das letzte Mal, als er sie hier gesehen hatte, hatte sich das Pferd in seiner Obhut ebenfalls so sonderbar aufgeführt. Hermann lehnte sich zurück und suchte Schutz im Schatten der dicken Mauer, während er nachdachte.

Anna starrte auf die dicke Mauer, als könne sie mit ihrem Blick ein Loch hineinbohren. Wenn sie doch nur wüsste, hinter welcher der zwei infrage kommenden Wände ihr Pferd stand! Links oder rechts. Sie meinte sogar Christopherus' Wiehern zu vernehmen, doch wahrscheinlich spielte Annas Gehirn ihr lediglich einen Streich, indem es ihr etwas vorgaukelte, wonach ihr Herz sich sehnte. Mit einer Hand tastete Anna nach dem Silberbecher und dem Kräuterbündel, die sie vor neugierigen Blicken unter ihrem Umhang versteckt hatte.

Sie schaute sich um, während sie die Straßenseite wechselte, um einen Blick durch das vergitterte Fenster zu ihrer Linken zu werfen, hinter dem sie ihr Pferd vermutete. Niemand sollte sie dabei sehen. Zum Glück war die Straße hier am Schafentor nicht so stark befahren wie an anderen Stellen der Stadt. Anna stellte sich auf die Zehenspitzen und reckte sich, um durch das Fenster zu schauen. Aber dahinter war alles dunkel. Sie konnte nichts erkennen, obwohl sie sogar die Hände über die Augen legte, um die Lichtverhältnisse zu verbessern, und ihre Nase gegen das Glas drückte, bis es von ihrem Atem beschlug.

Ein Laut des Erschreckens wich aus ihrem Mund, als sie sich plötzlich grob am Arm gepackt und in die Dunkelheit des Anbaus gezogen fühlte. Sie hatte keine Zeit zu begreifen, was mit ihr geschah, und hätte beinahe laut um Hilfe gerufen, als ihr Blick auf das schwarze Pferd fiel, das nur zwei Meter von ihr entfernt stand und sie mit seinen traurigen Augen anblickte.

Christopherus stieß ein Wiehern aus, wie Anna es noch nie zuvor von ihm gehört hatte, und reckte sich ihr sehnsüchtig entgegen, so weit er konnte.

»Gütiger Gott«, entfuhr es Anna. Ohne einen weiteren Gedanken an ihre Umgebung oder den Menschen, der sie so ruppig in den Anbau gezogen hatte, zu verschwenden, eilte sie auf ihr Pferd zu und schlang die Arme um seinen Hals. »Christopherus!« Es war mehr ein Stöhnen und wie zur Antwort stieß nun auch das Pferd einen Seufzer aus, der nicht nur Annas Herz anrührte.

Der junge Mann stand schweigend und mit verschränkten Armen ein wenig abseits und beobachtete die Wiedersehensfreude. Er war stolz auf sich, dass er die richtigen Schlüsse aus seinen Beobachtungen gezogen hatte: Diese junge Frau – fast war sie noch ein Mädchen – war die Besitzerin des Pferdes. Er hatte sie vorgestern schon einmal hier gesehen, als sie die Treppe zum Burggreven hinaufgestiegen war. Und er hatte sie schluchzend wieder herunterkommen hören, während das Pferd, das seiner Obhut anvertraut war, offenkundig jedes Mal die Nähe seiner Herrin gespürt hatte und deswegen unruhig geworden war.

Jetzt drehte sich das Mädchen zu ihm um, ohne jedoch das Pferd dabei loszulassen. »Wer seid Ihr?«, wollte sie wissen.

Er senkte den Blick, als er ihr antwortete, denn die strahlend weißen Zähne, die vollen Lippen in dem ebenmäßigen Gesicht, das von dichtem, glänzendem und leicht gewelltem braunem Haar umrahmt wurde, und die großen katzengrünen Augen machten ihn nervös. »Ich heiße Hermann«, antwortete er leise. »Arbeite als Knecht drüben auf dem Hof.« Er machte eine Kopfbewegung zur anderen Straßenseite hinüber. »Der Burggreve hat mich ausgeliehen, damit ich mich um das Pferd kümmere. Er selbst hat ja keine Ahnung davon«, setzte er mit einem schiefen Grinsen hinterher. »Der kann nur menschliche Gefangene quälen.« Bei dem letzten Wort zuckte Anna zusammen, doch Hermann bemerkte es in dem Halbdunkel nicht.

»Er hat Euch gerochen«, fuhr Hermann fort, diesmal mit einer Kopfbewegung zu Christopherus. »Ist ganz unruhig geworden.«

Anna kämpfte gegen die Tränen an. Sie hielt ihre Hand unter Christopherus' Nüstern, der ihr mit geschlossenen Augen hingebungsvoll über die Handinnenfläche leckte.

»Und warum habt Ihr mich ...« Anna suchte nach dem richtigen Wort. War es ein Überfall? Eine Gefangennahme? Was wollte der junge Mann von ihr?

Hermann schien Annas Gedanken zu erraten. »Ich weiß nicht, warum ich Euch hereingezogen habe«, sagte er leise. »Das Pferd schien es zu wollen.«

Anna lächelte und verbarg ihr Gesicht an Christopherus' Hals, als nun doch die Tränen kamen.

»Es geht ihm nicht gut«, fuhr Hermann fort. »Ich weiß nicht, was er hat. Er will nichts fressen und«, er stockte, »ich glaube nicht, dass er noch lange ...« Der junge Bursche blickte auf die bebenden Schultern des Mädchens und sprach nicht weiter.

Anna weinte und verbarg ihr Gesicht in Christopherus' warmem, weichen Fell. Ab und zu drang ein Schluchzen aus ihrer Kehle. Es war ihr unangenehm, dass sie vor dem fremden Mann die Kontrolle verlor, aber sie konnte die Tränen nicht zurückhalten.

Das Pferd stand jetzt wieder ganz still. Es hatte die Augen geschlossen und wirkte ganz ruhig. Als könne ihm nichts und niemand etwas anhaben, solange nur das Mädchen bei ihm war.

Schließlich schniefte Anna, wischte sich die Tränen an ihrem Ärmel ab und wandte sich zu Hermann um. Sie hatte beschlossen, alles zu wagen. Viel zu verlieren gab es für sie ohnehin nicht mehr. »Wollt Ihr mir helfen?«

Hermann runzelte argwöhnisch die Stirn.

»Ich habe das Gefühl«, fuhr Anna fort, »Ihr meint es gut mit Christopherus.«

Hermann sah immer noch misstrauisch aus und schwieg. Ja, er meinte es gut mit dem Pferd. Er mochte es. Eigentlich mochte er alle Pferde. Aber dieses hier tat ihm besonders leid. Und er konnte den Burggreven nicht ausstehen. Ihm hätte er gerne eins ausgewischt, indem er dafür sorgte, dass es dem Hengst gut ging. Aber was wollte die junge Frau von ihm? Hermann hatte genug Schlechtes im Leben erfahren, um Fremden gegenüber vorsichtig zu sein. Selbst wenn sie so hübsch waren wie diese.

Anna zog unter den strengen Blicken des Pferdeknechtes das Kräuterbündel und den Silberbecher unter ihrem Umhang hervor und streckte Hermann beides entgegen. Sie sah ihn mit flehenden Augen an. Jetzt kam es darauf an. Er hatte sie in der Hand. Wenn Hermann nun den Burggreven rief, dann war es um Annas Seelenheil geschehen. Dann würde man sie mit Jenna Blankenheim zusammen als Hexe auf dem Scheiterhaufen brennen lassen.

»Was ist das?« Hermann rührte sich nicht, deutete nur mit dem Kopf auf die Gegenstände in Annas Händen.

»Kräuter und Heilwasser«, antwortete Anna mit zitternder Stimme und sah den Knecht unverwandt an. »Vielleicht können sie Christopherus helfen.«

Hermann blickte von Anna zu dem Bündel, von dem Bündel zu dem Gefäß und wieder zurück zu Anna. »Woher habt Ihr die Sachen?«

Anna seufzte. »Von einer weisen Frau«, antwortete sie ausweichend.

Hermann rührte sich nicht, während er überlegte, was er tun sollte. Er begab sich in Gefahr, wenn er dem

Pferd ohne Zustimmung des Burggreven oder des Stallmeisters Heilkräuter zweifelhafter Herkunft verabreichte. Andererseits würde der Rappe mit Gewissheit sterben, wenn er nicht bald irgendetwas unternahm. Und wer, wenn nicht dieses Mädchen, sollte wissen, was gut für den Hengst war? Hatte er als Pferdeknecht nicht sogar die Verpflichtung, alles zu tun, was gut für das Tier in seiner Obhut sein konnte?

Anna wurde zusehends nervöser, während sie auf eine Entscheidung Hermanns wartete. Warum sagte er nicht endlich etwas? War sie zu weit gegangen? »Ihr könnt das Silbergefäß anschließend behalten«, bot sie ihm an und bat Jenna im Stillen um Verzeihung. Sie war sich sicher: Die Alte hätte ihr Handeln gutgeheißen.

Hermann hatte keine Zeit länger über dieses Angebot nachzudenken, als in diesem Augenblick Christopherus zu schnuppern begann und den Kopf wendete. Mit lang gestrecktem Hals beugte er sich über das verknotete Tuch, in dem Anna die Kräuter aufbewahrte, und stieß sein weiches Maul in das Bündel. Er schnaubte und versuchte mit den Lippen das Tuch zu fassen.

Anna und Hermann sahen einander mit weit aufgerissenen Augen an.

»Das gibt es doch gar nicht«, sagte Hermann, machte zwei Schritte auf Anna zu und entriss ihr das Tuch. »Er möchte etwas davon fressen!«, fuhr er fort, öffnete mit flinken Fingern den Knoten, entnahm eine Handvoll Kräuter und mischte sie eilig in einem hölzernen Eimer mit einer Handvoll Gerste. Dann hielt er Christopherus den Eimer unter die Nüstern.

Als wolle sich das Pferd bei Anna vergewissern, dass alles mit rechten Dingen zuging, schaute es das Mädchen an und als sie ihm zunickte, beugte es bedächtig den Kopf in den Eimer und zermalmte das Getreide mit langsamen Bewegungen seines Kiefers zwischen den Zähnen.

Annas Schritte waren beschwingt. Ihr Rock wippte fröhlich wie seine Trägerin hin und her, als sie kurze Zeit später nach Hause ging. Hermann hatte sich nach langem Zaudern einverstanden erklärt, Christopherus die Kräuter und das Silberwasser nach den Anweisungen der alten Jenne zu verabreichen, als Anna bereits überlegt hatte, ob sie ihm auch noch ihre Kette, das einzige Erbstück ihrer Mutter, als Bezahlung anbieten sollte. »Zwar weiß ich nicht, ob es an Euch oder an den Kräutern liegt, dass er plötzlich fressen möchte, aber es ist mir auch egal, solange es ihm hilft«, hatte Hermann gesagt.

Anna war im Gegensatz zu Hermann davon überzeugt, dass der betörende Duft der Kräuter Christopherus zum Fressen angeregt hatte. Dennoch hatte sie Hermann zugestimmt, so bald wie möglich wieder nach Christopherus zu sehen – obwohl sie sich nicht ganz sicher war, ob Hermanns Anliegen tatsächlich so selbstlos war, wie er behauptet hatte. Ihr war nicht entgangen, mit welchen Blicken der junge Mann sie bedacht hatte. Aber auch das sollte ihr egal sein. Schließlich wäre es dumm von ihr gewesen, das Angebot, Christopherus zu besuchen, auszuschlagen!

Wenn sie auch nur geahnt hätte, dass es ihr bald nicht mehr möglich sein würde, ihr Pferd wiederzusehen – um wie viel weniger fröhlich hätte ihr Rock gewippt.

Die Zauberinnen sollst du nicht am Leben lassen.

Zweites Buch Moses 2.17

Das kratzende Geräusch ließ Anna aufhorchen. War das eine Ratte? Anna hasste es, wenn die Nager einen Weg ins Haus fanden. Leider kam das immer wieder vor. Sie fraßen die wenigen Vorräte und verbreiteten ihren Unrat. Doch das Kratzen kam nicht aus irgendeiner Ecke.

Nachdem Anna die Quelle des Geräusches erkannt hatte, schlug sie ihre Bettdecke zurück und erhob sich. Sie hatte darauf gewartet, geweckt zu werden, und trug noch ihr Tageskleid. Leise, um Großmutter nicht zu stören, schlich sie zur Türe, öffnete sie einen schmalen Spalt und schlüpfte hindurch.

Der Mond stand wie eine leuchtende Scheibe am Himmel und erhellte die Erde mit seinem kalten Licht. Man musste bereits sehr genau hinsehen, wenn man feststellen wollte, ob ihm noch ein Stückchen fehlte oder nicht. Bei seinem Anblick fiel Anna ein, dass in wenigen Tagen Vollmond sein würde.

Im Licht des Mondes sah der junge Mann, der immer noch vor dem Fenster stand und mit seinen Fingerkuppen gegen das gewachste Tuch klopfte, blass aus, fand Anna. Oder war er es tatsächlich?

Daniel zuckte zusammen, als Anna ihm die Hand auf die Schulter legte, und sie konnte sich ein Lächeln nicht verkneifen.

»Da bist du ja«, sagte Daniel leise und wandte sich zu seiner Freundin um.

»Habe ich dich erschreckt?«, fragte Anna und empfand dabei eine Woge der Fürsorglichkeit für ihr Gegenüber. Nur allzu gern hätte sie seine Hand genommen oder sich an ihn geschmiegt. Aber das durfte sie nicht. Obwohl sie ahnte, dass er für sie ebenfalls mehr empfand als Freundschaft, wollte sie diese nicht auf die Probe stellen. Er war der einzige wahre Freund, den sie hatte. Er und Christopherus.

»Nein«, antwortete Daniel und tat das, wonach Anna sich gesehnt hatte: Er nahm ihre Hand und hielt sie fest. »Nein, du hast mich nicht erschreckt«, behauptete er. »Aber wir müssen uns beeilen, wenn wir rechtzeitig zu unserer Verabredung in der Sternengasse sein wollen.« Er wandte sich um und versuchte Anna mit sich zu ziehen, doch die junge Frau lehnte sich dagegen.

»Warte, Daniel«, sagte sie leise. »Ich muss dir etwas berichten.«

Abrupt blieb Daniel stehen. »Was denn?«

Anna seufzte. Sie rang um jedes Wort, während sie Daniel von ihrem Besuch bei Jenna Blankenheim, ihrer anschließenden Begegnung mit den drei unheimlichen Männern und schließlich ihrer Vernehmung erzählte, in der sie erfahren hatte, dass Jenna als Hexe verurteilt worden war und bereits in wenigen Stunden ihre Strafe entgegennehmen sollte. Sie sprach mit zittriger Stimme und ihr entging nicht, wie das Entsetzen in Daniels Augen größer und größer wurde.

»Ich fürchte, es ist um mich geschehen, wenn man mich nun noch mit Euch gemeinsam auf dem Hexentanzplatz antrifft«, endete Anna. »Und um Euch ebenfalls«, fügte sie nach einer Pause hinzu.

Daniel blieb stumm. Was sollte er auch sagen? Er hatte bereits von der Hexe gewusst und auch er hatte sich nach den Worten seines Vaters Gedanken gemacht, ob sie ihr Vorhaben dennoch wagen konnten.

»Es sind die zwei neuen Ratsmitglieder, Blank und Schmor. Sie müssen den *Malleus Maleficarum** auswendig gelernt haben.« Es schien Daniel, als könne er die Stimme seines Vaters immer noch hören: »Dies wird nicht die letzte Hexe sein, die auf dem Scheiterhaufen brennt, solange diese beiden Männer im Rat der Stadt sitzen.« Der Vater hatte ihm mit dem Zeigefinger gedroht: »Du wirst noch an meine Worte denken, Junge!«

Und Daniel musste zugeben, dass sein Vater recht gehabt hatte. Es hatte nicht lange gedauert, bis er sich das erste Mal an seine Worte erinnerte.

Aber dass die verurteilte Hexe mit Anna in Verbindung stand und der Rat dies wusste – das beunruhigte den jungen Mann mehr, als er zugeben wollte, und es verlieh den Worten des Vaters noch mehr Gewicht. Plötzlich verspürte er ein unbändiges Bedürfnis, Anna in die Arme zu schließen. Er wollte sie beschützen, die Freundin aus Kindertagen und die junge Frau, die in diesem Augenblick vor ihm stand. Der bloße Gedanke, ihr könnte ein Leid widerfahren, raubte ihm den Atem.

Anna ließ sich bereitwillig gegen Daniels Schulter sinken, als der junge Mann sie an sich zog. Dicht umschlungen stand das junge Paar in der Dunkelheit. Beide genossen schweigend die körperliche Nähe des anderen, die auf so wundersame Weise beruhigend und aufwühlend zugleich war. Die Welt um sie herum versank und kein Geräusch drang in der Stille der Nacht an ihre Ohren. Sie hätten ewig so stehen mögen. Es gab kein Heute, kein Morgen, kein Gestern. Die Nacht war unendlich, der Tag so fern.

»Jesus, Maria und Josef!«

Die Stimme klang scharf und kam so plötzlich und unerwartet, dass Anna zusammenzuckte. Sie löste sich ruckartig aus Daniels Umarmung und noch bevor sie sich umwandte, wusste sie, wer vor ihr stand.

Maria Metz hatte die Arme in die Hüften gestemmt und grinste schadenfroh. »Das nenne ich ein vergnügliches Stelldichein«, höhnte Annas Nachbarin. »Und ich dachte schon, sie interessiert sich für gar keinen Mann. Nun, er muss offenbar nur fein genug sein, nicht wahr? Hast du ihn etwa verhext und er hält dich für eine edle Dame? Oder ist das Ganze mehr geschäftlicher Natur?«

Noch bevor Anna ihre Nachbarin zurechtweisen konnte, hatte Daniel sich vor ihr aufgebaut. Selbst in der Dunkelheit konnte Anna seine vor Wut geröteten Wangen sehen. »Vorsicht, boshaftes Weib«, zischte er, »sonst bist du diejenige, die verhext wird!«

Anna schauderte. Daniels Stimme klang so bedrohlich, dass selbst ihr angst und bang wurde.

Die hagere Frau riss angesichts dieser Warnung die Augen auf, was ihrer ohnehin unattraktiven Erscheinung nicht unbedingt förderlich war, bekreuzigte sich und stolperte hastig rückwärts. Bevor sie sich umwandte, spuckte sie zur Abwehr von Schadenszauber drei Mal vor Anna und Daniel auf den Boden, dann stürzte sie auf ihr Haus zu und verschwand eilig darin.

Anna schaute ihr stumm hinterher, bevor ihr Blick Daniel suchte. In seinen Augen erkannte sie die gleiche Beunruhigung, die sie selbst empfand. Hoffentlich wirkte die Drohung und Maria Metz goss ihre Boshaftigkeit nicht weiter über ihre Häupter aus.

Die Nachricht, eine Hexe solle verbrannt werden, hatte sich wie ein Lauffeuer herumgesprochen. Seit den frühen Morgenstunden war der Weg vom Domhof bis zum Rabenstein am Hinrichtungsort Melaten von Schaulustigen gesäumt. Anna hatte sich von Daniel überzeugen lassen, dass es besser war, an der Hinrichtung teilzunehmen, wenn sie den Verdacht des Rates nicht weiter nähren wollte, und so wartete Anna inmitten einer Menschentraube auf den Karren, der die Verurteilte zum Richtplatz bringen sollte.

Die junge Frau zitterte am ganzen Körper. Ihr war übel und trotz der Kälte an diesem Morgen spürte sie den Schweiß ihren Rücken herunterrinnen. Was hätte sie darum gegeben, nicht hier sein zu müssen! Erinnerungen an die Hinrichtung ihrer Tante wurden in ihr wach und riefen die grausamen und längst verblassten Bilder hervor: Wie der Scharfrichter* ihre Tante gegen den Blauen Stein gestoßen und dazu die ritualisierten Worte »Ich stoße dich an den Blauen Stein, so kommst du zu Vater und Mutter nimmer heim!« gesprochen hatte. Selbst an den Wortlaut des Urteils konnte sie sich bruchstückhaft erinnern: »›... Jener weiß es, dem nichts unbekannt ist und der das Innerste aller erschaut. Und da wir von ganzem Herzen wünschen, dich zur Einheit der heiligen Kirche zurückzuführen und aus deinem Innersten die genannte ketzerische Verkehrtheit herauszubringen, damit du so deine Seele rettest und dem Höllentod von Körper und Seele entgehst, haben wir unser Wirken darauf gerichtet, dich durch verschiedene Mittel heilsam zur Umkehr zu bringen. Aber einer verworfenen Gesinnung preisgegeben und vom bösen Geist gleichermaßen geführt und verführt, hast du es vorgezogen, von so Grauenhaftem wie ewigen Qualen in der Hölle gefoltert und hier durch zeitliches Feuer körperlich verzehrt zu werden, als einem gesünderen Rat zu folgen und von den fluchwürdigen wie auch pestbringenden Irrtümern abzulassen und zum Schoß und zur Barmherzigkeit der heiligen Mutter Kirche herbeizueilen. Weil die Kirche Gottes nicht weiterweiß, was sie mit dir noch anfangen soll, da sie zu deiner Umkehr all ihre Kunst aufgewendet hat, verdammen wir ...‹« Anna hatte die Augen geschlossen und schwankte vor und zurück, während sie sich die Urteilsverkündung ins Gedächtnis rief.

»Verdammt soll sie sein!«

»Lasst sie in der Hölle schmoren!«

»Rettet ihre Seele!«

Erst nach und nach drangen die Stimmen in Annas Bewusstsein. Sie schlug die Augen auf und ihr Blick fiel auf den Henkerswagen, der in diesem Augenblick an ihr vorbeirollte. Sie hätte schreien mögen, als sie Jenna erkannte, die in sich zusammengesunken in dem Käfig saß. Man hatte der alten Frau auf der Suche nach Hexenmalen den Kopf kahl rasiert und Anna bemerkte mit wachsendem Entsetzen die äußerlich sichtbaren Folgen der Folter am Körper der Alten. Das dünne Leinenhemd, das ihren alten nackten Körper bedeckte, war über und über mit getrocknetem Blut verschmiert.

Vor allem am Rücken konnte man sehen, wo die Peitsche blutige Striemen hinterlassen hatte, und an den Armen waren Brandmale sichtbar. Ihr linkes Bein war dem Einsatz des spanischen Stiefels* offensichtlich nicht gewachsen gewesen: Die alten Knochen hatten nachgegeben und das Bein war sichtlich krumm.

Das Schlimmste aber war der leere Blick der alten Frau. Als wäre sie bereits auf dem Weg in eine andere Welt, starrte Jenna Blankenheim mit verdrehten Augen ins Nichts.

Anna fragte sich, wie Jenna kniend der Verlesung des Todesurteils hatte folgen können. Die Frau konnte sich nicht einmal mehr aufrecht halten, geschweige denn knien, während man den Stab über sie brach, wie es Brauch war.

Die Menschen links und rechts von Anna reckten ihre Hälse, begierig darauf, mehr von der vermeintlichen Hexe zu sehen. Nur Anna wich taumelnd zurück. Sie spürte den Drang, sich umzudrehen und davonzulaufen, stärker und stärker werden. Jede Faser ihres Körpers wehrte sich dagegen, diesem Spektakel zusehen zu müssen. Sie konnte und wollte die Bemerkungen der Menschen um sich herum nicht mehr hören. Die Welt um Anna begann sich zu drehen, schneller und schneller. Und Anna wehrte sich nicht dagegen.

»Anna!«

Es war kaum mehr als ein Flüstern. Jedoch so eindringlich, dass die Welt um Anna herum zum Stillstand kam. Die junge Frau wandte sich um, doch Daniels Vater zog seinen Sohn bereits weiter. Über die Köpfe der anderen hinweg nickte Daniel ihr zu. Dann war er verschwunden.

»Wenigstens scheint der Scharfrichter dieses Mal nicht betrunken zu sein.«

Anna blickte zur Seite und musterte die Frau neben sich, die sich mit einer Bekannten unterhielt.

»Bei der letzten Hinrichtung hatte Meister Hans* dem Met so gut zugesprochen, dass er den Hals des Bettlers, den er richten sollte, mehrmals verfehlte!«

Die Bekannte schüttelte den Kopf, um ihr Mitempfinden zu bekunden.

»Der arme Kerl war über und über mit Blut beschmiert. Das Schwert traf ihn an der Schulter, am Kopf, überall, nur nicht am Hals. Es war grauenvoll!«

»Das kann ich mir vorstellen«, sagte die Bekannte und verzog angewidert ihr Gesicht.

»Einige Männer beschimpften den Scharfrichter und beinahe wäre es zu einem Aufruhr gekommen, wenn nicht der letzte Hieb endlich gesessen hätte.« Jetzt bemerkte die Erzählende Annas ungläubige Blicke und wandte sich ihr zu. »Das ist die Wahrheit! Ihr könnt es mir glauben!« Dann drehte sie sich wieder zu ihrer Freundin um. »Nun, die Scheite wird er ja wohl in Brand setzen können.«

Die Bekannte nickte zustimmend.

»Meine Mutter erzählte mir von einer Hinrichtung, bei der sie zugegen gewesen war«, fuhr die Schwatzhafte fort. »Es sollte ein junger Bursche namens Tillmann gerichtet werden, der eine Predigt im Dom durch blutigen Streit und Zank gestört hatte. Der Junge muss recht hübsch gewesen sein, denn obwohl zum Tode verurteilt, freiten zwei Mädchen um ihn, um ihn vor dem Tode zu bewahren. Doch er wollte keine von beiden und beharrte sogar unter der peinlichen Befragung darauf, unschuldig zu sein. Ungeachtet seiner Beteuerungen verurteilte ihn das Hohe Weltliche Gericht zum Tode. Aber selbst der Scharfrichter schlug sich auf die Seite des Volkes – er fürchtete wohl gelyncht zu werden –, das den Greven* um Gnade für den Kerl anflehte, und weigerte sich, den Verurteilten auf das Schafott zu führen. Es flogen Steine und Erdklumpen und dieser Tillmann entkam mit Hilfe des Gesindels über das Feld nach Brauweiler.«

Anna konzentrierte sich auf die Worte ihrer Nachbarin und betete im Stillen darum, auch dieses Mal möge ein Aufruhr die Hinrichtung verhindern. Doch der gegenwärtige Meister Hans, wie der Scharfrichter, dessen Name niemand wissen durfte, auch genannt wurde, verstand sein Handwerk. Schon leckten die ersten Flammen zaghaft an dem Holz, das um den Pfahl herum, an den man die alte Jenne gebunden hatte, aufgestapelt war.

»Wenn sie nicht schreit, dann hatte Meister Hans vielleicht die Güte, sie vorab zu erdrosseln«, plauderte die Frau neben Anna weiterhin ihr Wissen aus. »Das tun sie manchmal, habe ich gehört.«

»Oder sie ist ohnmächtig«, fügte die Bekannte hinzu. »Ach, schade, dass man von hier aus nicht alles sieht!«

Anna schauderte.

Jetzt hatten die Flammen Stroh und Reisig bereits verzehrt und wurden unaufhaltsam fordernder. Als das brennende Holz zu knacken begann, hielt Anna es nicht länger aus. Sie wandte sich ruckartig ab und bahnte sich blind vor Entsetzen einen Weg durch die Menschenmassen.

Jenna Blankenheim schrie.

Du sollst nicht ehebrechen.

Zweites Buch Moses 20.14

Jenna Blankenheim schrie. Ihr Schreien verfolgte Anna und wurde selbst dann nicht leiser, als das Heim des Mädchens bereits in Sichtweite war. Was immer Anna auch tat – das Schreien hörte nicht auf. Niemals würde sie dieses Schreien vergessen können.

Anna stolperte über die hohe Schwelle des Hauses und wunderte sich, dass sie immer noch Tränen übrig hatte. Schluchzend warf sie sich auf ihre Bettstatt.

»Aber Kindchen, was ist denn geschehen?« Annas Großmutter stürzte aus dem hinteren Winkel der Stube herbei und ließ sich schwerfällig neben Anna auf der Bettstatt nieder.

Anna konnte ihr keine Antwort geben. Sie rang nach Luft, ihr Körper wurde vom Weinen geschüttelt. Endlich brachte sie ein paar Worte heraus: »Jenna … Jenna Blankenheim.«

»Was ist mit Jenna?«

Anna runzelte trotz ihres Kummers die Stirn und vor Überraschung versiegte allmählich der Strom der Tränen. »Aber das weißt du doch, Großmutter. Wir haben doch mehrmals darüber gesprochen!«

»Worüber haben wir gesprochen, Liebes?« Ihre

Großmutter lächelte gütig und Anna überlegte, ob es vielleicht besser war, die alte Frau in der Welt, in der sie in diesem Augenblick lebte, zu lassen.

»Woher kennst du Jenna eigentlich?« Nun war es die Alte, deren Stirn sich in Falten legte. »Ich habe sie seit Jahren nicht mehr gesehen.«

Anna starrte ihre Ahnfrau mit großen Augen an. Ein wenig Neid mischte sich in ihren Blick. War es nicht hin und wieder ein Geschenk Gottes, wenn man in der Lage war, sich eine eigene Welt zu erschaffen und alles, was diese Welt zu zerstören vermochte, einfach mit Ignoranz zu strafen?

»Du hattest mich zu ihr geschickt, Großmutter, erinnerst du dich nicht?«

Die alte Frau schüttelte stumm den Kopf.

Anna atmete tief ein, umschloss die runzligen Hände ihrer Ahnfrau mit den ihren und sagte vorsichtig: »Jenna Blankenheim wurde heute früh als Hexe auf dem Scheiterhaufen verbrannt, Großmutter.« Wieder stiegen die Tränen in Anna auf, als sie nun das Unvorstellbare aussprach, dennoch fuhr sie fort: »Ich komme soeben von ihrer Hinrichtung. Deshalb weine ich. Jenna Blankenheim ist tot.« Das letzte Wort versank bereits wieder in einer Flut aus Tränen.

Überraschenderweise breitete sich ein tiefes Grinsen auf dem Gesicht der Alten aus und sie antwortete: »Aber mein Kind.« Sie strich Anna liebevoll eine Strähne aus der Stirn und trocknete ihre Tränen. »Wer hat dir denn diesen Unsinn erzählt? Es gibt doch gar keine Hexen, mein Liebes. Du brauchst dich nicht zu fürchten. Das ist doch alles nur dummes Geschwätz boshafter Menschen.«

Anna überlegte einen Augenblick. Dann sagte sie: »Ja, Großmutter, du hast wohl recht. Mach dir keine Sorgen um mich.«

»So ist es gut, mein Kind.« Die Alte beugte sich zu Anna und gab ihr einen Kuss auf die Stirn. Dann erhob sie sich mühevoll, indem sie zuerst auf die Knie ging und sich dann langsam aufrichtete, die Hände in den krummen Rücken gestützt. Anna blickte ihr hinterher, als sie wieder im hinteren Teil des Hauses in der Dunkelheit verschwand. Dorthin, wo auch ihr Geist zu sein schien.

Anna schreckte so hastig zurück, dass sie aus Versehen einer fremden jungen Frau auf die Füße trat. »Oh, verzeiht«, stammelte sie und beeilte sich, hinter der nächsten Ecke zu verschwinden, bevor der Burggreve, dieser abscheuliche Johann Rommerskirchen, sie entdeckte, als er soeben mit dem Pferdeknecht Hermann vor den Anbau trat, in dem Christopherus eingesperrt war.

Anna schlug das Herz bis zum Hals. Was hatte das zu bedeuten? Ging es ihrem Pferd wieder schlechter? War Christopherus gar gestorben? Sie hielt sich die Hand vor den Mund, um nicht am helllichten Tag und auf offener Straße laut aufzuschreien, und beugte sich vor. Vorsichtig lugte sie um die Häuserecke. Dann zog sie, so schnell sie konnte, den Kopf wieder zurück, raffte ihre Röcke und entfernte sich, ohne sich noch einmal umzuwenden, denn Johann Rommerskirchen hatte soeben die Straße überquert und kam unmittelbar auf sie zu.

Anna verschwand in einer dunklen Gasse und presste sich dort an die Mauer eines Hauses. Sie kämpfte gegen das Verlangen, die Augen zu schließen, an und wartete, bis die Gestalt des verhassten Burggreven mit wehendem Umhang an der Gasse vorbeigeeilt war. Erst dann atmete sie erleichtert aus. Er hatte sie nicht gesehen.

Anna vergewisserte sich, dass Rommerskirchen nicht zurückkam, und machte sich erneut auf den Weg zum Schafentor. Doch so lange sie dort auch leise gegen die schwere hölzerne Türe klopfte – weder wurde ihr geöffnet noch konnte sie auch nur das leiseste Geräusch im Inneren vernehmen. Den Tränen nahe gab Anna schließlich auf und entfernte sich in Richtung Osten. Sie wusste nicht, wohin es sie trieb. Sie wusste nur, dass sie jetzt noch nicht nach Hause zurückkehren konnte, wenn sie nicht in der Dunkelheit der Stube trübsinnig werden wollte. Die Sorge um Christopherus' Verbleib bohrte sich schmerzhaft in ihr Herz.

Ziellos irrte sie durch die Straßen und wurde dabei Zuschauerin eines absonderlichen Schauspiels: Etwa einhundert in schwarze Mäntel gekleidete Menschen bahnten sich schweigend einen Weg zu einem kleinen Friedhof, an dem Anna soeben vorbeigekommen war, und gaben einem Verstorbenen feierlich das letzte Geleit. Mit regungslosen Gesichtern folgten sie den Sargträgern. Offenbar handelte es sich bei dem Toten um einen wohlhabenden oder einflussreichen Bürger. Keiner sprach auch nur ein Wort. Es hätte eine beängstigende Stille geherrscht, wenn nicht ein Säugling auf den Armen seiner Mutter unablässig und in den hellsten Tönen sein Missfallen über die Lage, in der er sich befand, geäußert hätte, als müsse er allein die Verzweiflung und Trauer der Hinterbliebenen lauthals verkünden. Und Anna konnte sein Jammern durchaus verstehen. Es war ein bedrückendes, nahezu gespenstisches Szenario, das durch jenes kindliche Klagen nur noch eindringlicher wurde.

Wurde sie Gevatter Tod denn heute gar nicht mehr los?

Daniel bemühte sich um Heiterkeit, die heute jedoch nicht so recht aufkommen wollte. Sein Freund Thomas zog ihn bereits auf und nannte ihn scherzhaft einen Pfefferlecker, während die beiden Gesellen wieder einmal durch die nächtlichen Straßen der Stadt zogen.

»Was ist mit dir, mein Freund? Warum machst du so einen betrübten Eindruck?«

Doch Daniel zog nur schweigend die Schultern hoch. Er war sich nicht schlüssig, ob es klug war, den Freund in die Geschichte um Anna einzuweihen. Zu viele wussten bereits von den Anschuldigungen gegen die junge Frau und nicht jeder erwies sich als Verbündeter.

Doch Thomas ließ sich von dem Schweigen seines Freundes nicht entmutigen. »Schau mal«, fuhr er fort, stieß Daniel den Ellenbogen in die Seite und zeigte auf zwei hübsche Jungfern, die offenkundig ebenso wie sie nach Unterhaltung suchten. Die Mädchen auf der anderen Seite der Straße steckten augenblicklich die Köpfe zusammen und kicherten.

»Ach, lass doch«, winkte Daniel ab. »Das sind doch nur Pfaffenhuren.«

»Wie kommst du darauf?«, entgegnete sein Freund. »Ich kann keinen roten Schleier sehen.«

»Nein, so meine ich das auch nicht«, entgegnete Daniel missmutig. »Vielleicht sind sie nicht käuflich, aber anständig sind sie auch nicht, sonst wären sie zu so später Stunde nicht hier.«

Thomas lachte. »Na, zum Glück sind sie nicht anständig! Sonst wäre es ja auch langweilig.«

Doch Daniel ging bereits weiter und würdigte die Mädchen keines Blickes.

»He!« Thomas beeilte sich, mit seinem Freund Schritt zu halten. »Was ist nur los mit dir? Du bist doch sonst nicht so ein Spitzhut! Du sollst sie schließlich nicht heiraten!«

»Ich habe heute einfach kein Vergnügen daran«, erwiderte Daniel unwirsch.

Thomas blieb stehen und schüttelte verständnislos den Kopf. »Hast du Zwist mit Helena? Ist es das?«

Jetzt verharrte auch Daniel. Er seufzte. »Lass uns einfach etwas trinken gehen, ja?«

Thomas blickte seinen Freund einen Augenblick lang schweigend an. Dann zuckte er mit den Achseln. »Na gut, wie du willst. Komm mit, ich kenne ein empfehlenswertes Etablissement in der Nähe.«

Daniel zog zweifelnd die Augenbrauen hoch, folgte seinem Freund aber schweigend.

Um diese Uhrzeit waren die Straßen gewöhnlich leer. Hier und da zogen kleine Gruppen junger Männer lachend und schwatzend durch die dunklen Gassen. Wer jedoch Wert auf Sicherheit und ein unbescholtenes Leben legte, der blieb zu Hause und machte es sich, wenn möglich, im Lichtschein einer Kerze oder eines Kaminfeuers gemütlich.

Nach elf Uhr hatten anständige Bürger auf den Straßen nichts mehr verloren. Doch nicht jeder hielt sich an diese verordnete Nachtruhe. Und solange man nicht vom Nachtwächter in einer der bei Nacht abgesperrten Straßen erwischt wurde, hatte man nicht viel zu fürchten.

Daniel und Thomas jedenfalls fürchteten weder Tod noch Teufel und wollten sich amüsieren. Zumindest Thomas wollte das. Daniel dagegen folgte seinem Freund argwöhnisch und missmutig. Wenn Thomas, der Weiberheld, von einem empfehlenswerten Etablissement sprach, dann ahnte er nichts Gutes. Und tatsächlich bog Thomas schließlich in eine Gasse ein, die noch dunkler und schmutziger zu sein schien als die anderen in diesem Teil der Stadt, und steuerte auf die Tür einer Winkelwirtschaft zu, aus der den beiden jungen Männern bereits hitzige Wortfetzen und der Dunst von Schweiß, Wein, Met, billigem Essen, Unrat und Erbrochenem entgegenströmte.

Daniel zauderte und Thomas verlor allmählich die Geduld mit seinem Freund. »Was ist nur mit dir«, schimpfte er. »Du benimmst dich heute wie ein altes Waschweib.«

In diesem Moment wurde die Türe von innen aufgestoßen und ein Betrunkener flog ihnen vor die Füße, rappelte sich mühsam auf und suchte unter den Flüchen des Wirtes schnell das Weite.

Daniel wollte soeben zu einer Erwiderung ansetzen, als er den Atem anhielt, den Freund am Hemdsärmel packte und zu sich heranzog, den Finger auf die Lippen gelegt, um ihn zum Schweigen zu bringen, und sich gemeinsam mit ihm in den Schatten der Hauswand zwängte.

Thomas zweifelte nun tatsächlich am Verstand seines Begleiters, doch hielt er aus Freundschaft den Mund

und wartete ab, bis ein hochgewachsener Mann in einem Umhang aus feinem Tuch und einer tief ins Gesicht gezogenen Kopfbedeckung, der sich der Spelunke von der anderen Seite der Gasse aus genähert hatte, in dem Brauhaus verschwunden war.

»Hast du das gesehen?«, platzte Daniel mit unerwarteter Lebhaftigkeit hervor. »Das war doch Jakob von Langenberg, der Ratsherr!«

»Ich sah es nicht«, erwiderte Thomas ungerührt. »Jedoch, was kümmert's dich? Auch Ratsherren gehen gerne mal einen trinken.«

»Aber ...« Daniel stockte. »Er ist der *Turmmeister*!«

Thomas hob die Hände. »Haben Turmmeister keinen Durst auf Met oder Wein?«

»Doch, aber in so einer Destille?«

»Ich habe dir doch gesagt, es ist ein empfehlenswertes Etablissement.« Thomas grinste. »Offenbar ist es nicht nur mir als Ort der Freude und Erfüllung vielfältiger männlicher Bedürfnisse bekannt.«

Daniel musste widerwillig lachen. Doch nicht nur seine Laune besserte sich, auch seine Neugierde war nun geweckt: Was suchte ein Mitglied des inneren Rates in solch einem Brauhaus zweifelhaften Rufes? War er tatsächlich, wie Thomas behauptete, auf die Befriedigung seiner Triebe aus?

Immerhin erzählten böse Münder, das Haus *Sconevrowe* in der Schwalbengasse würde seinem Namen, *Schönfrau*, nicht gerecht. Und auch die Berlichshuren waren ja bekanntlich nicht gerade die reizvollsten. Überhaupt dachte der Rat immer wieder darüber nach, das offizielle Frauenhaus* zu schließen, da sich dort nur Gesindel und Abschaum herumtrieb und es immer wieder zu Scherereien kam. Kein Wunder, dass sich der Ratsherr dort nicht blicken lassen wollte. Zumal er, wie Daniel wusste, verheiratet war und Verheirateten der Besuch des Frauenhauses natürlich ohnehin nicht gestattet wurde. War das also der Grund, warum Jakob von Langenberg wie Thomas in dieser Winkelwirtschaft nach einer *sloephoern**, einer Schlupfhure, Ausschau hielt? Dachte er, hier würde er eher unerkannt bleiben? Nun, in diesem Fall hätte er die Rechnung ohne den Wirt gemacht. Beziehungsweise ohne Daniel.

»Kannst du nicht wenigstens drinnen weiter nachdenken?«, fragte Thomas. »Mir wird allmählich kalt.«

Daniel ließ sich nicht weiter bitten.

Ein Schwall heißer, stinkender Luft kam ihnen entgegen, als sie die Türe zum Schankraum öffneten. An den langen hölzernen Tischen saßen Dutzende rotgesichtiger, schwitzender, dickleibiger Männer, die aßen und tranken und sich unterhielten.

Thomas machte sich Daniel durch Gebärden verständlich, während sich die zwei jungen Männer einen Weg durch den Schankraum bahnten, um an dem letzten freien Tisch in einer der hinteren Ecken Platz zu nehmen. Denn in der Stube war es so laut, dass man unmittelbar nebeneinander sein musste, um sich unterhalten zu können.

Daniel verrenkte sich beinahe den Hals bei seiner Suche nach dem Turmmeister. Wo war er nur abgeblieben?

Thomas kannte seinen Freund gut genug, um ihn auch ohne Worte zu verstehen. Er stupste Daniel in die Seite und deutete mit einer Kopfbewegung auf einen Tisch in der Nähe der Türe. Tatsächlich. Dort hatte der

Turmmeister einen freien Platz gefunden und auf seinem Schoß saß eine bildhübsche und sehr junge Frau, die ihre Arme um seinen Hals gelegt hatte und ihm schöne Augen machte.

Hoffentlich hat er sein Säckel gut festgemacht, dachte Daniel, denn er wusste, dass es den Huren erlaubt war, verheiratete Männer, die ihre Dienste in Anspruch nahmen, zu bestehlen, ohne dass sie dafür mit Strafen rechnen mussten.

Überhaupt fiel Daniel erst jetzt auf, dass der Ratsherr nicht der einzige Mann in weiblicher Gesellschaft war. An mehren Tischen ließen sich edle und weniger edle Herren von jungen Frauen mit weiblichen Reizen umgarnen. Und Daniel musste zugeben, dass er selten so viele hübsche Mädchen auf einmal gesehen hatte. Der Wirt schien größten Wert darauf zu legen, dass seine weiblichen »Gäste« einen attraktiven Anblick boten. Da musste er Thomas zustimmen. Keine von ihnen trug einen roten Schleier, der sie offiziell als Hure gekennzeichnet hätte, und doch bestand kein Zweifel, dass diese Mädchen nicht zu ihrem privaten Vergnügen mit den Männern flirteten.

Nicht einmal jeder dritte Mann in dieser Stadt war verheiratet. Also oblag es dem Rat, dafür zu sorgen, dass anständige Frauen von fremden Männern unbehelligt leben konnten. Prostitution gehörte demzufolge zum Alltag. Natürlich – und das war an diesem Ort mehr als offensichtlich – waren es bei Weitem nicht nur die unverheirateten jungen Männer, die sich hier zu amüsieren suchten. Im Gegenteil. Fast schien es Daniel, als wären Thomas und er die einzigen männlichen Gäste unter 25.

Aber wen kümmerte das? Den Wirt jedenfalls nicht, der aus vollen Krügen Met und Wein zu völlig überzogenen Preisen ausschenkte.

Daniel warf Thomas einen Blick zu, doch der unterhielt sich bereits mit einem jungen Mädchen, das ein tief ausgeschnittenes Kleid trug und mit ihren nackten Schultern hin und her wackelte.

Jetzt kam auch auf Daniel ein Mädchen zu, das ihn anlächelte und sich neben ihn setzte, obwohl dort nicht einmal mehr Platz für eine Maus gewesen wäre. Ohne Zögern legte sie ihm eine Hand aufs Knie.

Das Mädchen war zweifellos ausgesprochen hübsch, mit kräftigem, glänzendem Haar, heller Haut und grünen Augen, wie Daniel es mochte, dennoch schob er ihre Hand energisch von sich.

»Bring mir ein Glas Wein«, bat er, aber das Mädchen hob nur die Augenbrauen und sah ihn beleidigt an.

»Dafür ist die zuständig«, antwortete sie schließlich im Aufstehen und deutete mit der linken Hand auf eine ältere und auffallend hagere Frau, die sich soeben am Nachbartisch vorbeizwängte.

Nach einem Blick auf das dunkle, aufgesteckte Haar und die zu schmal geratenen Augen blieb Daniel vor Überraschung der Mund offen stehen. Diese Frau kannte er doch: Es war Annas boshafte Nachbarin Maria Metz!

Denn Weisheit wird in dein Herz eingehen,
und Erkenntnis wird deiner Seele lieblich sein.
Sprüche Salomos 2.10

Wo auch immer Anna an diesem Sonntagmorgen auftauchte, verstummte augenblicklich das Getuschel und jeder starrte sie an. Anna fühlte sich, als hätte sie den Aussatz. Schon der Hinweg zur Kirche hatte ihr gezeigt, dass etwas geschehen sein musste: Alte Bekannte wechselten die Straßenseite oder blickten eifrig in die entgegengesetzte Richtung, wenn sie ihrer gewahr wurden.

Jetzt stand sie vor der Kirche und wartete wie die anderen auf den Beginn des Gottesdienstes. Doch während sich rechts und links von Anna, vor ihr und hinter ihr kleine Grüppchen bildeten, die sich gegenseitig den neuesten Klatsch und Tratsch berichteten, stand die junge Frau mutterseelenallein dort. Niemand schien ein Wort mit ihr wechseln zu wollen. Niemand wollte auch nur mit ihr zusammen gesehen werden! Man redete nicht mit ihr, sondern über sie!

Anna spürte beim Schlucken einen dicken Kloß im Hals. War dies das Werk von Maria, ihrer Nachbarin? Sie musste zugeben, dass sie verblüfft war. Niemals hätte sie geglaubt, dass Maria Metz eine solche Macht besaß.

Als in diesem Augenblick ihr alter Verehrer Heinrich, der Schellenknecht, den Kirchvorplatz betrat, huschte ein erleichtertes Lächeln über ihre Lippen.

»Heinrich!«, rief sie ihm freudig entgegen und eilte auf den Mann zu.

Es war ihr, als bohre jemand ein scharfes Messer in ihr Herz, als Heinrich ruckartig stehen blieb, sie entsetzt anblickte, sich hastig umwandte und wie vor einem wilden Tier fliehend zurückwich.

Anna starrte ihm mit offenem Mund hinterher. »Heinrich«, brach es aus ihr hervor. »Selbst Ihr?« Ihre Stimme war nur ein Wispern und in ihren Augen sammelten sich Tränen.

Das Gerede verstummte und alle Augenpaare auf dem kleinen Platz blickten gleichzeitig zu Anna.

Anna fühlte ihre Knie schwach werden, als ihr bewusst wurde, dass knapp zwei Dutzend Augenpaare feindselig auf ihr ruhten. Einen Moment lang spürte sie den Impuls sich umzuwenden und davonzulaufen. Weg von diesen Menschen, deren Verachtung sie mit jeder Faser ihres Körpers fühlen konnte. Doch dann atmete sie tief ein, streckte sich und ging hoch erhobenen Hauptes auf das Kirchentor zu. Sie würde sich nicht unterkriegen lassen. Nicht von Maria Metz und nicht von diesen Menschen. Sie lehnte sich gegen die kalte Kirchmauer und ihr Blick glitt in die Ferne.

»Heute Nacht war er wieder da!« Die Stimme klang zittrig.

Anna drehte sich um und erkannte die verrückte Elisabeth, die vertrauensvoll nach ihrer Linken griff.

»Ich verstehe nicht«, antwortete sie und entzog der Verrückten ihre Hand.

»Er war da!«, wiederholte Elisabeth eindringlich und rückte noch näher.

Anna konnte den schlechten Atem der anderen riechen und wich zurück. Doch vergebens.

»Seht ihr?« Elisabeth schob den Ärmel ihres Gewandes hoch und hielt Anna ihren Unterarm unter die Nase, der an mehreren Stellen tiefe Schnittwunden aufwies. Manche schienen bereits alt und vernarbt zu sein, andere waren frisch und bluteten zum Teil noch.

Anna riss entsetzt die Augen auf.

»Das war *er*!« Elisabeth riss ebenfalls die Augen auf und entblößte eine Reihe schlechter, gelber Zähne. Das graue, lockige Haar der Verrückten mochte einst schön gewesen sein, denn es war kräftig. Jetzt jedoch sah es aus, als hätte ein Vogel sein Nest darin gebaut: struppig, verknotet und ohne jeden Glanz.

»Ich ... ich weiß nicht, wovon Ihr sprecht.« Anna wurde immer unheimlicher zumute. War es jetzt schon so weit, dass die verrückte Elisabeth sie für eine Gleichgesinnte hielt?

Nun sah die ältere Frau Anna auch noch so an, als wäre sie diejenige, die sich sonderbar verhielt. »Ich spreche von *ihm*! Dem *Schnitzer*!«

»Welchem Schnitzer?«

»Pssst!« Die verrückte Elisabeth legte einen verschrumpelten, schmutzigen Zeigefinger auf ihre Lippen, um Anna zu bedeuten, dass sie leise sein sollte. Gleichzeitig wandte sie sich um, ob jemand lauschte.

Da braucht sie sich keine Sorgen zu machen, dachte Anna, die ebenfalls einen Blick in die Runde warf und feststellte, dass alle anderen sie mit ihrer neuen Freundin beobachteten, dabei aber auf einen möglichst großen räumlichen Abstand bedacht waren, als sei Wahnsinn ansteckend. Und vielleicht war er das ja auch?

»Er kommt immer wieder«, erzählte Elisabeth weiter, ohne dass Anna sie darum gebeten hatte. »Und vor ihm war diese leichte Person da.«

Anna schwieg. Vielleicht entfernte sich Elisabeth, wenn sie ihr nicht mehr antwortete?

Elisabeth lachte dreckig. »Dieses Frauenzimmer hat schon mehr Männer gehabt als das Jahr Tage zählt! Dabei ist sie gerade mal neunzehn!«

Anna spürte die Schamesröte in ihre Wangen schießen.

»Sie mag zwar liederlich sein, aber sie tut mir wenigstens nicht weh«, fuhr Elisabeth weinerlich fort, als spräche sie mit sich selbst. »Auch wenn ich ihren schmutzigen Schilderungen zuhören muss.« Sie schüttelte sich angewidert. »Aber dieser Schnitzer!« Jetzt sah sie Anna erneut an. »Zusammen kommen sie nie«, überlegte sie laut. »Obwohl sie einander zu kennen scheinen.«

Anna schaute fasziniert zu, wie Elisabeth plötzlich zu vibrieren schien. Ihr gesamter Körper wackelte, dann warf die Frau ruckartig ihren Kopf in den Nacken und stieß Laute aus, die Anna an das Höllenfeuer denken ließen. Erleichtert ließ sie die verrückte Elisabeth allein, als in diesem Moment die Kirchentüre von innen aufgeschlossen wurde und der Prediger seine Gemeinde willkommen hieß.

Daniel musterte den Rücken von Jakob von Langenberg und den Stiernacken seiner Frau, die vor ihm in der ersten Reihe der Kirche saßen. Ob Frau von Langenberg über das Treiben ihres Mannes Bescheid wusste? Nun, von ihm würde sie nichts darüber erfahren, und Daniel musste insgeheim zugeben, dass er, wenn er die Wahl gehabt hätte, sich auch für das Mädchen in der Wirtschaft entschieden hätte statt für die Frau des Turmmeisters, die in etwa so breit wie hoch war und ständig unangenehm die Nase hochzog.

Thomas, der links neben Daniel saß, schien die Gedanken seines Freundes zu erraten und blinzelte ihm verschwörerisch zu. Man erzählte sich in Ratsherrenkreisen, dass in der Familie von Langenberg die Hausfrau die Hosen trüge. Und obwohl dem Turmmeister von allen Respekt entgegengebracht wurde, so gab es unter den Männern auch solche, denen er leid tat oder die sich gar über ihn lustig machten.

Daniel spürte auch die Blicke Helenas in seinem Nacken. Und sein schlechtes Gewissen führte dazu, dass sich die Blicke brennend und vernichtend heiß anfühlten. Er hätte sich weniger Vorwürfe gemacht, wenn er am vergangenen Abend den Avancen des käuflichen Mädchens erlegen wäre. Doch seine Sehnsucht nach Anna, das spürte er, bedeutete mehr. Ein Vertrauensbruch, der nicht zu verzeihen war. Daniel atmete unwillkürlich so laut aus, dass sein Vater, der rechts von ihm saß, ihn missbilligend anblickte.

Daniel wendete den Blick ab. Er ertrug es nicht, seinen Vater zu enttäuschen, doch er spielte mit dem Gedanken, genau dies zu tun und ihm zu offenbaren, dass er sich gegen eine Ehe mit Helena entschieden hatte, dass er seinem Herz folgen wollte. Doch noch scheute er davor zurück. Hatte er sich wirklich alles reiflich überlegt?

Noch nie hatte Anna die Kirche nach einem Gottesdienst so schnell verlassen wie an diesem Sonntag. Sie floh. Sie floh vor der verrückten Elisabeth, um deren Kopf während der Messe, wie Anna mit Grauen bemerkte, eine Fliege kreiste; sie floh vor dem Prediger, vor Maria Metz, Heinrich und vor Gott. Mit all jenen wollte sie im Augenblick nichts mehr zu schaffen haben.

Bei diesem Gedanken erschrak sie. War es tatsächlich so weit, dass sie sich von Gott abwandte? Konnte man zum Ketzer werden, weil man zum Ketzer gemacht wurde?

Ihre Füße trugen sie wie von selbst zum Schafentor. Sie wollte nur eins: ihr Pferd sehen und wissen, dass es ihm gut ging. Seit dem vergangenen Nachmittag, als sie vergeblich zu Christopherus gegangen war, hatte sie sich jeglichen Gedanken an ihn untersagt, um nicht vor Sorge verrückt zu werden. Doch nun wollte sie Gewissheit. Und wenn sie ihren Hengst wiederum nicht antraf, dann würde sie all ihren Mut zusammennehmen und den Burggreven nach Christopherus' Verbleib befragen. Und sie würde nicht eher gehen, als bis er ihr geantwortet hatte!

Anna redete sich so in Rage, dass sie erst merkte, dass sie angekommen war, als sie bereits vor der Stadtmauer stand. Eine vierspännige Kutsche passierte soeben das Tor. Das Klappern der Pferdehufe und das Rollen der Räder hallten laut von den Steinmauern wider.

Anna wartete, bis das Fuhrwerk sich entfernt hatte, dann überquerte sie die Straße.

Sie hörte Christopherus' Schnauben bereits durch die geschlossene Tür und wollte soeben an das Holz klopfen, als sie eine Männerstimme vernahm. War das Hermann, der mit ihrem Pferd sprach? Sie hielt inne und lauschte. Jetzt hörte sie eine zweite Männerstimme antworten und erkannte den Pferdeknecht. Offenbar sprach Hermann mit jemandem. Annas Mut sank wieder. Sie hatte sich so nach Christopherus gesehnt, nach dem Geruch seiner Haut, der Weichheit seiner Ohren … Doch nun würde sie wieder heimkehren müssen, ohne ihn gesehen und berührt zu haben. Wer auch immer bei Hermann war – er durfte sie nicht sehen. Unter keinen Umständen.

Mit schwerem Herzen wandte Anna sich ab und schlich davon. Wenigstens wusste sie jetzt, dass es Christopherus gut ging, dass er nicht gestorben war.

Noch nicht.

Beinahe hätte Daniel Anna übersehen, als sie mit gesenktem Kopf und eiligen Schritten auf ihn zukam, in Gedanken immer noch bei ihrem Pferd, das sie nicht hatte besuchen können.

»Anna!« Daniel, der bereits auf dem Rückweg war, nachdem er Anna nicht zu Hause angetroffen hatte, eilte auf sie zu und ergriff stürmisch ihre Hände. Er hatte schon befürchtet, den langen Weg an den Stadtrand vergebens gemacht zu haben. Es waren nicht etwa schmerzende Füße, die ihn verdrießlich stimmten, vielmehr musste er zugeben, dass der Schmutz, der Gestank in den Gassen und der Anblick der vielen armen Menschen, die ihrerseits ihn anstarrten wie ein Tier aus fernen Ländern, ihm zu schaffen machten. Er hasste es, sich gegen bettelnde Kinder und frei herumlaufende Schweine zur Wehr zu setzen, und tastete ständig nach seinem Säckel, ob es noch da oder bereits einem Säckelschneider* zum Opfer gefallen war.

Anna konnte ihre Freude über das Treffen mit Daniel nicht verbergen. Erst als ein fremder Herr sie missbilligend und kopfschüttelnd betrachtete, weil sie einander am helllichten Tage und auf offener Straße an den Händen hielten, rückten sie voneinander ab.

»Ich muss dich sprechen«, sagte Daniel eindringlich und zog Anna an den Rand der Straße, wo sie niemanden störten und ein wenig mehr Ruhe hatten. »Du wirst mir nicht glauben, wenn ich dir erzähle, wen ich gestern Abend in einer zwielichtigen Wirtschaft gesehen habe.«

Anna zog die Augenbrauen hoch, sagte jedoch nichts. Es stand ihr auch in keiner Weise zu, Daniel zu fragen, wie er selbst in eine zwielichtige Wirtschaft geraten war. Selbst wenn er mehr gewesen wäre als ein Freund aus Kindertagen, so hätte ein Weib wie sie doch kein Recht gehabt, ihn darüber zu befragen.

Dennoch schien Daniel sich durch ihren Gesichtsausdruck offenbar zu einer Erklärung genötigt: »Ich begleitete meinen alten Freund Thomas, einen Junggesellen, der sich gerne mal einen lustigen Abend macht. Er war es, der das Brauhaus für uns auswählte.«

Anna bemühte sich um ein freundliches Lächeln. Daniel sollte nicht denken, dass sie ihm irgendetwas übel nahm oder eine Rolle für sich beanspruchte, die ihr einfach nicht zustand. Auch wenn diese Erklärung nicht eben dazu taugte, ihre Eifersucht, die sie zweifelsohne empfand, zu zerstreuen.

»Zunächst wollte ich auch nicht«, beteuerte Daniel, »ich bat Thomas, uns in ein anderes Etablissement zu führen.« Das entsprach zwar nur ungefähr dem tatsächlichen Verlauf der Unterhaltung, aber Daniel erschien es ratsam, nicht zu sehr ins Detail zu gehen. »Doch dann sah ich den Turmmeister Jakob von Langenberg, der deinem Verhör vorsaß, die Winkelwirtschaft betreten! Und er ist alles andere als ein Junggeselle!«

Anna hörte zum ersten Mal den Namen des Ratsherrn, dem sie hatte Rede und Antwort stehen müssen. Schließlich hatte sich ihr der hohe Herr nicht vorgestellt.

»Nun war meine Neugier geweckt«, fuhr Daniel fort. Er sah sich sorgfältig nach allen Seiten um, bevor er leiser hinzufügte: »Nachdem wir den Schankraum betreten hatten, suchte ich nach seinem Verbleib und entdeckte ihn ...«, jetzt senkte er seine Stimme noch weiter, »... mit einem jungen Mädchen auf dem Schoß.«

Anna hörte Daniels Schilderungen regungslos zu. Einerseits war sie nicht verwundert zu erfahren, dass auch ein Ratsherr nicht ohne fleischliche Gelüste lebte. Dennoch horchte sie auf. Auf unbestimmte Weise erschien ihr diese Neuigkeit wichtig. Als hinge davon etwas für sie ab. Aber was?

»Doch das ist noch nicht alles.« Daniels Gesichtsausdruck verriet, dass er sich die größte Überraschung bis zum Schluss aufbewahrt hatte. »Du wirst kaum glauben, wen ich noch in dieser Wirtschaft gesehen habe.«

Anna hing an Daniels Lippen.

»Die Bedienung in dieser zwielichtigen Wirtschaft ist niemand anderes als deine Nachbarin ... Wie heißt sie noch? Maria?«

»Maria?« Jetzt huschte ein Lächeln über Annas Gesicht. »Ach, nun weiß ich, von welcher Wirtschaft du sprichst.« Das Mädchen lachte leise.

»Was amüsiert dich daran so?« Daniel war ob Annas Reaktion ein wenig pikiert. Er hatte nicht erwartet, dass sie seinen Bericht vergnüglich finden würde.

»Es war nicht Maria, die du an diesem Ort der Kuppelei gesehen hast, sondern ihre Schwester Eva. Die beiden sehen einander zum Verwechseln ähnlich, und doch ist Maria zwei Jahre älter als ihre Schwester.« Anna lachte immer noch. »Ich weiß, dass Eva dem Wirt der ›Glucke‹ hin und wieder zur Hand geht. Schließlich ist dort immer eine Menge los, seit das Frauenhaus auf dem Berlich in Verruf geraten ist und das Geschäft der Schlupfhuren so gut geht wie nie zuvor.«

Daniel blickte die junge Frau vor sich sprachlos an. Er hatte nicht erwartet, sie so gut unterrichtet zu sehen.

»Und doch …« Plötzlich verschwand das zarte Lächeln aus Annas Gesicht. »Nun wird mir etwas klar«, fuhr sie fort und Daniel konnte sehen, wie ihre Wangen bei der Erkenntnis blass wurden. »Der Turmmeister und Eva …« Ihr Blick glitt in die Ferne. »Jetzt verstehe ich!« Sie sah Daniel wieder an und die Farbe kehrte in ihr Gesicht zurück. »Während des Verhörs fiel mir etwas auf. Der Turmmeister musste sich jeden Namen vom Turmschreiber vorsagen lassen oder ihn von einem Blatt ablesen. Selbst der Burggreve des Schafentors war ihm nicht namentlich bekannt. Lediglich der Name einer einzigen Zeugin ging ihm wie von selbst über die Lippen: Maria Metz!«

»Du meinst …« Daniel schaute zunächst verwirrt, dann klärte sich sein Blick. »Jesus, Maria und Josef«, stammelte er. »Wenn das wahr ist … dann bedeutet das …«

»Maria Metz hat den Turmmeister in der Hand. Sie weiß etwas über ihn, das zu seinem Schaden gereichte, wenn sie es nicht für sich behielte.« Anna spürte ihr Herz bis zum Halse schlagen, als ihr in diesem Augenblick die Zusammenhänge klar wurden.

Daniel sah seine Freundin mit einem bedauernden Blick an. Wenn das alles stimmte, dann gab es für Anna und ihr Pferd wenig Hoffnung.

Deshalb lasst auch ihr euch warnen:
Was ihr in der Dunkelheit gesagt habt,
werden alle am hellen Tag zu hören bekommen.
Was ihr jemand hinter verschlossener Tür
ins Ohr geflüstert habt,
wird laut in der Öffentlichkeit ausgerufen werden.
Lukasevangelium 12.3

Großmutter machte einen aufgewühlten Eindruck, als Anna endlich über die Schwelle des Hauses trat, und eilte ihrer Enkeltochter entgegen. »Gütiger Gott«, stieß sie hervor. »Dem Himmel sei Dank, dass du wieder da bist!«

»Was ist denn geschehen, Großmutter?« Anna legte ihren Mantel ab, während sie die alte Frau sorgenvoll musterte, die sich am Morgen zu schwach gefühlt hatte, um sie zur Kirche zu begleiten. »Wieso bist du so aufgebracht? Du wusstest doch, dass ich zum Gottesdienst gehe!«

»Ja, ja …« Trine Moisselhenne wedelte ungeduldig mit der Hand. »Darum geht es nicht.« Sie setzte sich schwerfällig auf den einen der zwei vorhandenen Stühle und bedeutete Anna, sie möge sich auf den anderen setzen. Anna tat, wie ihr geheißen. »Dein Verehrer war hier, der junge Daniel.«

Annas Wangen röteten sich. »Er ist nicht mein Verehrer, Großmutter, was redest du für wirres Zeug! Sein Vater ist Ratsmitglied und …«

»Pah!«, machte die Alte. »Die Liebe weiß nichts von derlei Dingen. Aber das ist es nicht.« Sie schüttelte den

Kopf. »Er brachte mir Neuigkeiten, die so schrecklich sind …« Sie hielt sich die Hand vor den Mund, während sie um Fassung rang.

»Was ist denn bloß geschehen?« Anna beugte sich vor und ergriff voller Mitgefühl die Hände der alten Frau, die vor Aufregung zitterten.

»Er hat gesagt … er erzählte … meine alte Freundin … Jenna … die Herren hätten sie … sie auf den Scheiterhaufen geschickt!« Ihre Stimme zitterte und verebbte schließlich.

Anna, die die Luft angehalten hatte, atmete aus. Es nutzte nichts, Großmutter darauf hinzuweisen, dass diese Neuigkeit nicht so neu war. Für Großmutter war sie es. Die alte Frau war, während Anna den Gottesdienst besucht hatte, von ihrer Reise ins Land des Vergessens zurückgekehrt.

»Das stimmt, Großmutter«, sagte Anna leise und schluckte schwer. »Jenna Blankenheim wurde als Hexe verbrannt.«

»Aber warum hast du mir nichts davon gesagt? Wolltest du mich schützen?« In den Augen der Alten schimmerten Tränen.

Anna seufzte. »Ich habe versucht, es dir zu sagen, aber …«

»Aber?«

»Du wolltest nichts davon wissen.«

Großmutter nickte stumm und wieder einmal merkte Anna, dass ihre Ahnfrau durchaus wusste, wie es um ihren Geist bestellt war. Sie wusste, dass sie nicht mehr alles mitbekam, und das machte es manchmal umso schmerzhafter.

»So ist ihre Asche im Winde verweht«, schlussfolgerte Trine Moisselhenne, »und es gibt nicht einmal einen Ort, an dem ich Abschied nehmen kann.«

Anna blieb stumm. Ihr fielen keine Worte des Trostes ein. Jenna Blankenheims Asche war verstreut worden, denn nichts durfte von einer Hexe auf Erden zurückbleiben, nachdem die läuternde Kraft des Feuers gewirkt hatte.

An diesem Abend lag Anna lange mit offenen Augen auf ihrer Bettstatt und starrte in die Dunkelheit. Ihr Leben entglitt ihren Händen und sie konnte nichts dagegen tun. Seit mehr als einer Woche lag das Feld vor den Toren der Stadt nun brach. Ohne Christopherus konnte sie die nötigen Arbeiten nicht verrichten. Und sie wollte es auch nicht. Inzwischen hatte sie regelrecht Angst davor, auf dem kleinen Stück Land nach dem Rechten zu sehen. Trotzdem musste sie sich morgen in aller Frühe auf den Weg machen und schauen, was sie alleine auf den Markt bringen und verkaufen konnte, um das Nötigste wie Kerzen, Brot und ein wenig Feuerholz zu besorgen.

Noch waren die Nächte recht mild, bald jedoch würde der Winter mit seinen eiskalten Klauen nach ihnen greifen und vor allem bei Großmutter hatte er leichtes Spiel, wenn Anna bis dahin nicht für genügend Brennholz gesorgt hatte. Bei diesem Gedanken kam das Herz des Mädchens aus dem Takt. Wie sollte sie jemals ausreichend Holz herbeischaffen, wenn sie nicht einmal ein Pferd hatte, das den schweren Karren ziehen konnte? Sollte sie die Scheite einzeln tragen?

Das erste Klopfen hielt Anna noch für das Schlagen ihres Herzens. Doch dann wurde es mit einem Mal so laut, dass die Türe der vehementen Forderung nach Einlass nur mit Mühe standhielt. Mit einem Satz sprang Anna von ihrem Strohsack hoch. Gleichzeitig erschien das blasse Gesicht der Großmutter hinter dem dünnen Vorhang, der die Schlafstätten der beiden Frauen voneinander trennte.

»Aufmachen! Anna Meutin, öffne sie die Tür!«

Anna beeilte sich der Aufforderung nachzukommen, bevor alle Nachbarn aus ihren Betten gefallen waren.

Sie hatte die Türe noch nicht ganz entriegelt, als sie bereits mit so viel Schwung von außen aufgestoßen wurde, dass die Scharniere quietschten und die Türe gegen die dünne Holzwand knallte.

Der Gewaltrichter stürmte in den Raum und rannte beinahe gegen Anna, die schützend ihre Arme vor der Brust verschränkte.

»Anna Meutin. Ich habe die Aufgabe, Euch unverzüglich zum Frankenturm zu bringen.«

»Jetzt?« Anna wurde blass. »Hat das nicht bis morgen früh Zeit?

»Bitte zieht Euch etwas über«, forderte der Gewaltrichter sie auf, nutzte aber noch schnell die Gelegenheit, einige verstohlene Blicke auf Annas Körper zu werfen, der von dem dünnen Nachthemd nur wenig verdeckt wurde.

»Was hat das zu bedeuten?« Trine Moisselhenne trat erstaunlich energischen Schrittes vor, um ihre Enkeltochter zu beschützen. »Was wird meiner Enkelin vorgeworfen, dass Ihr sie wie einen Schelm oder einen Dieb bei Nacht aus unserem Hause holt, um sie zum Turm zu bringen?«

Angesichts der alten, zerbrechlich wirkenden Frau,

die die Hände in die Hüften stemmte und sich mutig vor dem groß gewachsenen Gerichtsdiener aufbaute, den Kopf in den Nacken gelegt, um ihm in die Augen blicken zu können, fiel die Antwort des Hünen erstaunlich kleinlaut aus: »Anna Meutin wird der Hexerei und der Schadenszauberei bezichtigt und soll vor dem Rat zu diesen Vorwürfen Stellung beziehen.«

Die Großmutter taumelte zurück und hielt sich beide Hände vor das Gesicht. »Hexerei?«, nuschelte sie und Anna eilte herbei, um die alte Frau zu stützen, die angesichts dieser Antwort den festen Boden unter ihren Füßen zu verlieren drohte.

»Reg dich nicht auf, Großmutter«, beschwichtigte Anna sie, obwohl sie selbst um Gelassenheit ringen musste. »Es kann sich doch nur um einen Irrtum handeln. Du wirst sehen, schon vor dem Morgengrauen bin ich wieder zurück.«

Der Gewaltrichter zog zweifelnd die Augenbrauen hoch, doch das konnten Anna und ihre Großmutter in der Dunkelheit nicht sehen.

Unter den Augen des fremden Mannes musste Anna sich ihr Kleid und ihren Mantel überziehen und dies allein empfand das Mädchen bereits als Schmach. Schlimmer jedoch wurde es, als der Gewaltrichter sie schließlich am Arm aus dem Haus und an den Nachbarn vorbeiführte, die sich auf der Straße versammelt hatten und Spalier standen, während Anna wie eine Verbrecherin vor den Turmmeister gebracht wurde.

Der Gewaltrichter hielt ein kleines Öllämpchen hoch, das ihnen den Weg leuchtete. Und trotzdem stolperte Anna hinter dem Mann her. Sie wunderte sich, wie leer die Stadt um diese Zeit war. Straßen und Plätze, an denen tagsüber Trubel herrschte, lagen nun still und verlassen in der Dunkelheit vor ihr. Hier und da huschten finstere Gestalten in kleinen Gruppen an ihnen vorbei, manche warfen Anna neugierige Blicke zu, andere verschwanden beim Anblick des Gewaltrichters hastig in irgendwelchen Gassen und Winkeln. Der Heimlichkeitsfeger* reinigte eine verstopfte Abwasserrinne und Anna rümpfte bei dem aufsteigenden Geruch die Nase.

Als Frau hatte Anna noch nie die Gelegenheit gehabt zu so später Stunde unterwegs zu sein. Und trotz ihrer Angst, was mit ihr geschehen würde, fand sie es aufregend, einmal die nächtliche Stadt kennenzulernen.

»Wohin bringt Ihr mich?«, fragte sie den Gewaltrichter, »Ihr scheint mir weder die Weyerpforte noch das Schafentor, die beiden nächstgelegenen Türme, anzustreben?« Anna meinte ein Zucken des Mannes bei der Erwähnung des Schafentores bemerkt zu haben. Aber vielleicht bildete sie sich das auch nur ein.

Der Gewaltrichter brummte nicht einmal zur Antwort.

»Wer ist es denn, der mich der Hexerei bezichtigt?«, versuchte Anna es mit einer zweiten Frage. Sie war ein wenig atemlos. Es fiel ihr schwer, mit dem erheblich größeren Mann, der hurtig voranschritt, mitzuhalten. Zwischendurch musste sie immer wieder ein Stück rennen. Aber auch ihre zweite Frage gedachte der Hüne nicht zu beantworten und Anna fügte sich in ihr Schicksal.

An der nächsten Ecke stieß der Gewaltrichter beinahe gegen eine Gestalt, die eiligen Schrittes und mit einem tief ins Gesicht gezogenen Kapuzenmantel die Straße entlangeilte.

»Haltet ein!«, fuhr der Gewaltrichter die Person an. »Wer seid Ihr? Und was tut Ihr zu dieser späten Stunde hier?«

Die Person zog ihre Kapuze hinunter und nun konnte auch Anna sehen, dass es sich bei dem Fremden um ein Weib handelte.

»Man hat mich zu einer Frau gerufen, die in den Wehen liegt, hoher Herr«, antwortete die Fremde und deutete auf eine Tasche, die sie bei sich trug.

Der Gewaltrichter nickte verstehend. »Gut«, murmelte er und scheuchte die Hebamme mit einer Handbewegung weiter. Die weise Frau ließ sich nicht lange bitten, zog ihre Kapuze wieder über den Kopf und verschwand eilig in der Dunkelheit. Bereits nach wenigen Schritten hatte die Nacht sie verschluckt.

Von weiteren Zwischenfällen verschont, erreichten Anna und der Gewaltrichter kurze Zeit später die Trankgasse und liefen auf den Frankenturm zu. Und so beantwortete sich wenigstens eine von Annas Fragen von selbst.

Erst nachdem der Gewaltrichter den schweren metallenen Schlegel zum wiederholten Mal gegen das Holz der Türe knallen ließ, wurde ihnen von innen geöffnet. Der Gewaltrichter fluchte leise und schubste Anna über die Schwelle.

Hatte Anna in der kühlen Nachtluft bereits gefroren, so zitterte sie nun so, dass ihre Zähne aufeinanderschlugen.

Man befehligte sie eine steile Treppe hinauf, vorbei

an dem Raum, in dem die Verhöre stattgefunden hatten; doch der Gewaltrichterdiener, dem sie übergeben worden war, führte sie weiter bis unter das Dach. Hier öffnete er eine Türe, die so niedrig war, dass selbst Anna den Kopf einziehen musste, um hindurchzupassen. Mit gesenktem Kopf, gleich einer Sünderin, betrat sie das dunkle Verlies. Der Lichtschein der Öllampe in den Händen des Mannes, der sie bis hierhin geleitet hatte, erhellte für einen kurzen Moment die gemauerten fensterlosen Wände, von denen die Feuchtigkeit auf den steinernen Boden tropfte, dann fiel die Türe ins Schloss und Anna stand allein inmitten eines schwarzen Nichts.

Es dauerte eine Weile, bis sich Anna mit behutsamen kleinen Schritten und vor sich ausgestreckten Händen bis zu einer Wand vorangetastet hatte. Sie lehnte sich schaudernd mit dem Rücken dagegen und ließ sich daran entlang nach unten gleiten. Zitternd umschloss sie mit den Armen ihre Knie, die sie bis an die Brust herangezogen hatte, und lauschte dem regelmäßigen Laut der zu Boden fallenden Wassertropfen. Es war das einzige Geräusch, das Anna vernahm. Sie hörte nichts, sie sah nichts, nicht einmal ihre Hände vor Augen, und betete zu Gott, er möge sie an diesem finsteren Ort nicht vergessen. Er möge für sie und für Christopherus sorgen, sodass sie bald wieder zusammensein konnten. Sie wollte nichts weiter, als ihr altes, arbeitsames, anständiges Leben wieder aufzunehmen.

Bei dem Gedanken an Christopherus zog sich Annas Herz schmerzend zusammen. Wie mochte es ihrem Hengst wohl gehen, der bereits seit über einer Woche unter solchen Umständen gefangen gehalten wurde?

Anna spürte, wie die Kälte, die Feuchtigkeit und die Einsamkeit schon jetzt an ihrer Gesundheit und an ihrem Lebenswillen zehrten.

Ob Christopherus ähnlich empfand?

Der schwarze Hengst schnaubte. Tatsächlich hatten die brennenden Schmerzen in seinen Gedärmen ein wenig nachgelassen, doch umso quälender erschien ihm nun die Einsamkeit. Er hatte kaum genug Kraft, um auf seinen Läufen zu stehen, doch der steinerne Boden war so kalt, dass er sich auch nicht hinlegen mochte.

Christopherus wieherte leise und lauschte auf eine Antwort. Doch da war nichts. Nicht einmal das Rascheln einer aufgescheuchten Ratte. Auch als er mit einem Huf über den Boden scharrte, rührte sich nichts.

Der Rappe dachte an das Mädchen, das früher für ihn gesorgt hatte. Er erinnerte sich gut und vermisste es. Er vermisste sein ganzes früheres Leben. Er vermisste es, den Pflug über die Erde oder den Karren durch die Straßen zu ziehen. Denn dann war er stets bei *ihr* gewesen. Er hatte ihre Liebe zu ihm und ihren Stolz gespürt. Und dies war sein Lebenselixier. Ohne das Mädchen konnte Christopherus seinem Leben nichts mehr abgewinnen.

Hin und wieder kam der junge Mann. Er gab ihm Futter, striegelte sein Fell oder rieb ihn mit irgendeiner Flüssigkeit ein. Einmal, als Christopherus sich ähnlich lebensmüde gefühlt hatte wie jetzt, hatte er ihn sogar ein wenig am Strick auf eine Wiese geführt und Christopherus hatte wieder Mut gefasst. Doch das schien schon eine Ewigkeit her zu sein. Endlos zog sich die Zeit in die Länge. Tagein, tagaus dieselbe Wand vor Augen. Christopherus hatte ein oder zwei Mal von dem Mädchen geträumt, dann hatte er ihren Geruch in den Nüstern gehabt und geglaubt, sie wäre in seiner Nähe. Doch niemals kam sie wirklich. Sie war ganz einfach verschwunden, hatte ihn alleingelassen.

Der Hengst schnaubte. Er ließ den Kopf hängen und schloss die Lider. Sein Herzschlag verlangsamte sich.

Anna schreckte auf, als sie ein Klappern an der Türe hörte. Sie blinzelte mit den Augen, als plötzlich ein Lichtschein die Dunkelheit durchbrach.

»Hier«, sagte eine Stimme. Doch Anna konnte gegen das Licht nichts sehen. Dann erkannte sie einen Kanten Brot und einen Becher mit faulig riechendem Wasser, der ihr von unbekannter Hand gereicht wurde.

»Iss«, fuhr die Stimme fort. »Bald kommen die Herren zum Verhör.«

Anna nahm Brot und Wasser entgegen, dann wurde die Türe wieder verschlossen und sie blieb erneut allein in der Dunkelheit zurück.

Es dauerte eine Weile, bis ihr alles wieder einfiel. Offenbar hatte sie sogar in ihrer misslichen Situation in den Schlaf gefunden. Schemenhaft huschten die letzten Traumbilder durch ihren Kopf, die irgendetwas mit Christopherus zu tun gehabt hatten.

Misstrauisch schnupperte Anna an dem Brot, das man ihr gebracht hatte. War es vielleicht wie das Wasser ebenfalls faulig? Doch sie konnte nichts Verdächtiges riechen und einer Sichtprobe vermochte sie es unter den gegebenen Umständen nicht zu unterziehen. Also biss sie vorsichtig hinein und stellte fest, dass es sogar noch recht frisch zu sein schien.

Was hatte die Stimme gesagt? Die hohen Herren kamen bald zum Verhör? Unwillkürlich strich sich Anna über ihr Gewand. Welchen Eindruck würde sie wohl in diesem Aufzug vor den Ratsherren machen? Sie trug noch ihr Nachthemd, darüber ihr Kleid und den Mantel, die langen Haare nur lose zu einem Zopf zusammengebunden.

Anna seufzte bei dem Gedanken daran, welches Schicksal ihr noch bevorstand.

»Wo und wie oft hat sie an Hexentänzen teilgenommen?« Der Turmmeister sah Anna nicht einmal an, während er ihr diese Frage stellte, sondern starrte unverwandt auf das Papier, das vor ihm auf dem Tisch lag.

Anna hatte die Finger ineinander verschränkt und den Blick auf den Boden gerichtet. Sie fühlte sich unwohl. Als stünde sie nackt vor den hohen Herren. Obwohl das natürlich nicht stimmte, sie trug ja ihr Kleid, doch darunter blitzte der Saum ihres Nachthemdes hervor, ihre Haare hingen wirr herab und sie hatte sich nicht einmal das Gesicht waschen können.

Unwirsch hatte der Gerichtsdiener sie aus ihrem Gefängnis die Treppe des Turmes hinunter in das Verhörzimmer geführt, ohne ein Wort mit ihr zu wechseln, sich nur mit Knurren und Kopfnicken verständlich gemacht. Als wäre jedes Wort zu viel für eine wie sie.

Als Anna immer noch nicht antwortete, blickte der Turmmeister endlich auf und sah das Mädchen, das vor seinem Tisch stand, an. »Nun?«

»Nie«, antwortete Anna. »Ich habe niemals an Hexentänzen teilgenommen. Und daher weiß ich auch nicht, wo welche stattfinden.«

Das war natürlich gelogen. Jeder wusste, dass der

Neumarkt und die Sternengasse Hexentanzplätze waren. Zumindest dem Hörensagen zufolge. Manche hatte Anna auch schon vom Domhof munkeln hören, wobei sie sich nicht vorstellen konnte, wie die Hexen an einem so belebten Ort ihre Treffen abhalten sollten.

»Und wie ist das Essen dort gewesen?«

»Bitte?« Anna sah den Turmmeister verwundert an. Hatte er ihre Antwort nicht verstanden?

»Wie das Essen dort gewesen ist«, wiederholte der Vorsitzende.

»Da ich niemals an einem Hexentanz teilgenommen habe«, antwortete Anna, um Ruhe bemüht, »kann ich Euch auch nicht berichten, wie das Essen dort gewesen sein mag, da ich nicht davon kostete.«

»Wie kam es, dass sie Gott abgeschworen und sich dem Teufel verschrieben hat?« Der Turmmeister schien die Fragen von dem Blatt auf seinem Tisch abzulesen, ohne auf Annas Antworten zu hören.

Anna seufzte. Dies trug ihr die mahnenden Blicke des Turmschreibers und des Burggreven ein, die links und rechts vom Turmmeister saßen.

»Nun?«, wiederholte der Turmmeister erneut.

»Weder ich noch mein Pferd«, Anna sah die hohen Herren unverwandt an, »haben uns dem Teufel verschrieben.« Sie sah die Ratsherren die Augenbrauen heben. Offenbar rechneten sie schon längst damit, dass Anna zusammenbrach, und wunderten sich über ihr anhaltendes Selbstbewusstsein.

»Und ich glaube an Gott, den Allmächtigen. ER weiß, dass ich unschuldig bin. Überhaupt verlange ich zu wissen, wer mich der Hexerei beschuldigt hat! Wo ist der Kläger?« Sie sah sich um, als würde sie jemanden suchen. »Ist es nicht mein Recht, das zu erfahren? Und wenn man mich entehrt und zum Turm bringt vor allen Leuten, dann erwarte ich, dass auch der Kläger zum Turm gebracht wird, wie es sich ziemt.« Anna hielt sich betont aufrecht und blickte die hohen Herren vor sich so geradeheraus an, wie es ihr in ihrem Aufzug möglich war.

»Ist sie im Besitze von Zaubermitteln?«

Anna sackte in sich zusammen und ließ die Schultern hängen. Mit einem Mal fühlte sie sich dem Zusammenbruch nahe. Sie schluckte, um die Tränen daran zu hindern, bis zu ihren Augenrändern hochzusteigen. Keinesfalls wollte sie den Männern vor sich die Genugtuung verschaffen, sie weinen zu sehen. Niemals!

»Etwa solcher, mit denen man jemandem Schaden zufügen könnte?«

Offensichtlich legte der Turmmeister Annas Schweigen als Zugeständnis aus. Auf jeden Fall spürte er, dass sie kurz davor war aufzugeben, und setzte unverzüglich nach wie ein Raubtier seiner Beute.

»Hat sie bereits einmal jemandem Schaden zugefügt?«

Anna dachte an das Silbergefäß und die Kräuter, die die alte Jenne ihr für Christopherus mitgegeben hatte. Sie war froh, beides nicht mehr bei sich zu haben, und hoffte, dass Hermann klug genug war, die Dinge versteckt aufzubewahren. Was würde geschehen, wenn er jemandem erzählte, von wem er sie hatte?

»Hat sie bereits einmal jemandem Schaden zugefügt?«

»Nein«, antwortete Anna leise.

»Ich kann sie nicht verstehen.«

»Nein!«, wiederholte Anna lauter. »Weder bin ich im Besitz von Zaubermitteln noch habe ich jemals jemandem einen Schaden zugefügt.«

»Sie hat also niemals jemandem einen Schaden zugefügt?«

»Nein«, wiederholte Anna und wunderte sich, wie oft sie diese Frage noch beantworten sollte.

»Dem Rat liegt die Aussage einer gewissen Maria Metz vor, derzufolge Anna Meutin ihr in der Nacht von Freitag auf Samstag das Gliederziehen angehext hat, als Frau Metz sie bei einem Stelldichein zur Hexenstunde überraschte. Und da behauptet sie ...«, der Turmmeister beugte sich drohend zu Anna vor, » ... sie habe niemals jemandem einen Schaden zugefügt?«

Annas Gesicht blieb regungslos. Es war schließlich keine Überraschung, dass ihre Nachbarin hinter der Anklage steckte.

»Woher weiß Maria, dass es Hexenstunde war?«, fragte Anna, die mit einem Mal wieder Mut und Kraft zum Kämpfen spürte. »Und wo war sie, dass sie mich gesehen hat?«

Doch der Turmmeister überhörte ihre Einwände geflissentlich. »Wer war der Mann? Will sie ihn nennen, so könnte das von Vorteil für sie sein.«

Anna stockte der Atem. Was sollte sie auf diese Frage antworten? Um nichts in der Welt durfte sie Daniel in diese Angelegenheit mit hineinziehen!

»Was ist nun?«, fuhr der Turmmeister fort. »Ist sie eine Hexe oder eine ehebrecher'sche Hure?«

Anna sah den Mann vor sich mit großen Augen an und konnte ein Zucken ihres Mundwinkels nicht verhindern. Wie konnte er nur so unverfroren sein und sie mit derlei Schimpfworten bedenken, während er selbst die Freizügigkeit der freien Töchter genoss? Aber Anna konnte sich die Antwort auf diese Frage selbst geben: Er war ein Mann, und ein mächtiger noch dazu, ein Ratsherr! Von den knapp 40 000 Einwohnern, die diese Stadt zählte, waren gerade 2000 ratsfähig! Schließlich musste man nicht nur männlichen Geschlechts und katholisch sein, nein, man musste auch seit mindestens zehn Jahren in der Stadt wohnen! Und vor allem natürlich den entsprechenden Einfluss haben.

Irgendetwas schien in Annas Blick zu liegen, das den Turmmeister für einen kurzen Moment verunsicherte. Als sähe er in ihren Augen, dass sie etwas wusste, was sie nicht hätte wissen dürfen. Seine Wangen schimmerten einen Augenblick rötlich – dann hatte er sich wieder gefangen.

»Ich warte auf eine Antwort«, fuhr er fort, »mit wem hat sie sich zum Hexentanz verabredet?«

Anna schwieg.

»Also gut«, sagte der Turmmeister und nickte dem Gerichtsdiener zu. »Ist die Zeugin inzwischen eingetroffen?«

Der Gerichtsdiener nickte stumm.

»Dann führt sie hinein.«

Die Türe wurde geöffnet und herein kam selbstsicheren Schrittes Maria Metz, die Anna von oben bis unten musterte und sich bei ihrem Anblick bekreuzigte.

»Maria Metz«, wandte sich der Turmmeister an die Zeugin.

»Ja, hoher Herr«, antwortete Maria und lächelte den Ratsherren freundlich an.

»Nun erzählt den anwesenden Ratsherren in Euren

eigenen Worten, was sich in der besagten Nacht zugetragen hat.«

»Ich hörte Stimmen vor meinem Haus«, begann Maria, »und wollte nach dem Rechten sehen, da erkannte ich die Hexe ...«, sie warf Anna einen bösen Blick zu, »... die sich mit einem jungen Mann vergnügte. Die beiden hielten einander bei der Hand und flüsterten sich schmutzige Dinge zu, die mir die Ohren heiß werden ließen.«

Anna schüttelte stumm den Kopf.

»Ich habe genau gehört«, behauptete Maria Metz, »wie sie den Mann überreden wollte, mit ihr zum Hexentanz zu gehen. Als die beiden mich sahen, schrie der Mann mich an, ich solle verschwinden ... vor meinem eigenen Haus ...«, sie kämpfte sichtlich mit Tränen der Empörung, »... wenn ich nicht augenblicklich verschwände, dann würde die Hexe einen Schadenszauber über mich sprechen. Ich habe noch schnell drei Mal vor ihr ausgespuckt, doch es war bereits zu spät. Sie hat irgendwelche Zaubersprüche gemurmelt und da war es auch schon geschehen.« Wie zur Bestätigung legte sich Maria die Hand auf den Rücken und hielt sich mit einem Mal krumm, als täte ihr das Kreuz weh.

»Und kann es nicht sein, dass es der Mann war, der sie zum Hexentanz führen wollte?«, fragte der Stimmmeister. »Wie sah er denn aus?«

Anna konnte sehen, wie es in Marias Kopf arbeitete.

»Ich kann mich nicht mehr genau erinnern«, antwortete sie schließlich.

»Hatte er irgendetwas Auffälliges an sich?«, beharrte der Stimmmeister.

Einen Pferdefuß oder Hörner?, erklang es in Annas Kopf.

Doch Maria Metz zuckte mit den Achseln.

Anna war sich sicher, dass ihre Nachbarin lediglich nicht verstand, was der Stimmmeister von ihr hören wollte. Sonst hätte sie diese Gelegenheit, Anna auf den Scheiterhaufen zu bringen, weil sie angeblich mit dem Teufel gebuhlt hatte, gewiss nicht ungenutzt verstreichen lassen.

Du sollst nicht stehlen.

Zweites Buch Moses 20.15

Trine Moisselhenne blieb nicht genügend Zeit zurückzuweichen und sich in Sicherheit zu bringen, als der Gewaltmeister* mit seinen Männern in ihr kleines Heim eindrang. Die Türe traf sie hart am Kopf, der Schmerz trieb ihr die Tränen in die Augen und augenblicklich entwuchs der Stirn der alten Frau eine hühnereigroße Beule.

»Geh zur Seite, Alte«, forderte der Gewaltrichterbote* Trine Moisselhenne auf. Zu spät.

Die drei Männer zögerten nicht.

Annas Großmutter lehnte mit dem Rücken an der Wand, die Hände vors Gesicht gepresst, und sah der Verwüstung ihres Heims ohnmächtig zu.

Die Büttel schlitzten die Strohsäcke auf und entleerten sie auf dem Boden aus festgetretener Erde. Sie räumten die Truhe leer und warfen alle Tücher und Gewänder, die sie darin fanden, achtlos durcheinander, sodass sie schmutzig wurden, und ein Kleid mit seinem Saum gar in die noch heiße Asche der Kochstelle geriet und Brandflecken bekam. Sie warfen den Schrank, in dem Anna und ihre Ahnfrau ihr gesamtes Hab und Gut verwahrten, um, sodass er scheppernd auf den Boden fiel. Die tönernen Schüsseln zerbarsten, das Futteral mit Annas bronzener Nähnadel rollte vor die Füße des Gewaltmeisters und blieb dort liegen. Der Mann bückte sich, hob das lederne Etui auf und begutachtete den Inhalt, bevor er es in seiner Gürteltasche verschwinden ließ.

Derweil schnupperten die Gewaltrichterboten an den wenigen Lebensmitteln, die Anna und ihre Großmutter besaßen, und ließen sie anschließend achtlos in den Schmutz fallen. Sie stießen den Stapel Holzscheite an der Wand neben der Kochstelle um und suchten darunter und dazwischen nach verdächtigem Gerät.

In einem letzten Akt der Zerstörung zerstach einer der Männer das in Wachs getränkte Tuch, das zum Schutz vor Kälte und Regen das Fenster verschloss, und schließlich befand sich in der Stube nichts mehr an seinem Platz.

»Und?«, erkundigte sich der Gewaltmeister gelangweilt bei seinen Männern.

»Nichts.«

»Nicht das Geringste.«

Der Gewaltmeister grunzte grimmig. »Gut«, sagte er dann. »Verschwinden wir.«

Ohne Trine Moisselhenne, die immer noch an der Wand hinter der Tür lehnte, eines Blickes zu würdigen, verließen die drei das verwüstete Haus und schlossen nicht einmal die Türe hinter sich. Hier gab es nichts, was sich zu holen gelohnt hätte. Dessen waren sie nun sicher.

»Will sie uns jetzt endlich sagen, wer der Mann war, mit dem sie sich traf?«

Anna hielt den Blick gesenkt und schwieg. Seit die Zeugin Maria Metz entlassen worden war, hatte Anna keinen Ton mehr von sich gegeben.

»Vielleicht bringt uns eine peinliche Befragung weiter?« Der Stimmmeister hatte sich mit seinem Vorschlag an den Turmmeister gewandt, dabei jedoch so laut gesprochen, dass Anna ihn gut verstehen konnte. Und das war sicher kein Versehen gewesen.

Anna stockte der Atem. Die peinliche Befragung bedeutete nichts anderes als Folter. Was würde man mit ihr machen? Sie hatte von den schlimmsten Dingen gehört: Menschen wurde ausgepeitscht, beim Pfahlhängen wurde der Delinquent an den zusammengebundenen Armen mittels einer Seilwinde in die Höhe gezogen. Oder würde man sie zu einem Hexenbad zwingen?

Auch der Stimmmeister dachte in diesem Augenblick über den möglichen Einsatz der Wasserprobe nach, bei der man der vermeintlichen Hexe Hände und Füße zusammenband und sie anschließend in den Fluss warf. Ging sie unter, so war sie unschuldig. Schwamm sie jedoch oben, so war sie schuldig, denn Hexen waren bekanntlich leichter als Wasser. Wollte man ganz sicher gehen, so konnte man das Wasser zuvor noch segnen, dann würde es das Teufelsweib erst recht wieder ausspucken.

Gerne hätte der Stimmmeister diese Probe an Anna durchgeführt. Bereits bei dem Gedanken daran verspürte er eine gewisse Erregung. Er hätte sich ohne Zögern bereit erklärt, die Hexe zu entkleiden und zu fesseln, erinnerte er sich doch noch zu gut an seine erste Begegnung mit ihr, als der Pöbel sie vor sein Haus geschleppt hatte. Auch damals hatte er ihren starken Willen bewundert und ein gewisses Begehren empfunden. Ja, es hätte ihm gefallen, den Willen dieser jungen Frau zu brechen.

Aber zum Bedauern des Mannes entschied der Turmmeister in diesem Augenblick anders: »Bringt sie zurück in den Turm, bis sie zur Vernunft kommt!«

Anna stieß erleichtert die Luft aus.

Jakob von Langenberg winkte einen der Gerichtsdiener zu sich heran und flüsterte ihm etwas ins Ohr. Der Mann nickte, kam auf Anna zu, ergriff sie am Arm und führte sie mit sich.

Anna wusste nicht, was jetzt mit ihr geschehen würde. Welche Anordnung hatte der Turmmeister dem Gerichtsdiener gegeben? Wurde sie nun doch gepeinigt?

»Um Gottes Willen, Neffe! Wo wolltest du mich da bloß hineinziehen! Das Verfahren gegen die Hexe und ihr Teufelspferd ist in aller Munde! Fast jeder in der Stadt spricht davon, dass eine Hexenplage ausgebrochen sei. Ich schlage jeden Tag drei Kreuze, dass unsere Verabredung in der Sternengasse nicht glückte. Wer weiß, was mit uns allen geschehen wäre.«

Daniel spürte sein Blut in Wallung geraten. Schließlich war nicht er es gewesen, der damals den Treffpunkt vorgeschlagen hatte, sondern sein Oheim, der einen Hang zu derlei Späßen hatte. »Ihr habt mir Eure Hilfe zugesagt«, erinnerte er den alten Mann mit dem auffallend weißen Haar jetzt. »Entsinnt Ihr Euch nicht mehr?«

Der Alte schüttelte den Kopf. »Das war, bevor dir die

Geschichte aus den Händen glitt. Ich habe nicht so viel Macht, wie du vielleicht glaubst. Nicht mehr.«

Daniel schnaubte. Vielleicht hatte der alte Mann sogar recht. Schließlich war er nicht einmal mehr Mitglied des Rates. Aber wen, wenn nicht seinen Oheim, sollte er sonst um Hilfe bitten? Seinen Vater etwa? Er wusste, dass er sich diese Mühe sparen konnte.

»Halte dich von dem Mädchen fern, wenn dir dein Kopf lieb ist«, mahnte der Alte Daniel. »Wenn du mich fragst, so ist es ohnehin bereits verloren. Also verliere du nicht auch noch deinen Kopf.« Er zwinkerte Daniel zu, stolz auf sein Wortspiel.

Der Gerichtsdiener führte Anna die steile Treppe hinauf, blieb jedoch unerwartet in einem anderen Stockwerk des Turmes stehen und schloss mit einem großen Schlüssel die Türe zu einem Raum auf, den Anna noch nicht kannte. Sie sah sofort, dass dieser Raum größer war als ihr Kämmerchen unmittelbar unter dem Dach und sogar ein kleines Fenster zum Fluss hinaus hatte, durch das ein wenig Licht hineinfiel, das aber ebenso gut Regen und Wind ungehinderten Zugang bot. Ohne ein Wort schubste der Mann Anna in die Dunkelheit und knallte die Türe hinter ihr zu.

Regungslos blieb Anna in der Mitte des Raumes stehen und begann zu weinen. Ihr Herz fühlte sich an, als wollte es zerspringen, und wenn das Fenster groß genug gewesen wäre, um sie hindurchzulassen, so hätte Anna nicht länger gezögert und sich in die Tiefe gestürzt, um ihrem Elend ein Ende zu machen.

»Warum weint Ihr?« Die Stimme klang hell und unbedarft.

Anna fuhr zusammen und wandte sich um. Sie kniff die Augen zusammen, um in dem Dämmerlicht etwas zu sehen.

Auf dem Boden, direkt in dem schmalen Lichtschein, der durch das Fenster nach unten hereinfiel, saß ein kleines Mädchen, kaum älter als vielleicht neun oder zehn Jahre.

»Ich?« Anna schniefte, fuhr sich mit dem Handrücken über die Wangen, um die Tränen abzuwischen, und räusperte sich, in dem Bewusstsein, dass sich die Augen des Mädchens längst an die Dunkelheit gewöhnt hatten und sie in allen Einzelheiten wahrnehmen konnten, während sie selbst noch nahezu blind war. »Ich …« Sie zuckte mit den Schultern. Es war nicht so einfach einem fremden Mädchen zu erzählen, was sie zum Weinen brachte.

»Kommt«, sagte die Kleine zutraulich und rückte ein Stück zur Seite. »Setzt Euch zu mir, Ihr werdet kaum glauben, wie warm die Steine sind, die von der Sonne beschienen werden.«

Anna musste lächeln und ließ sich neben dem Mädchen auf den Boden nieder.

»Und?«

»O ja«, bestätigte Anna, obwohl sie den Steinboden und die dicken Wände immer noch kalt fand. Aber vielleicht nicht mehr ganz so kalt.

»Wer bist du?«, fragte Anna und sah das Geschöpf neben sich an. Nun war sie ihm so nah, dass sie ebenfalls alle Einzelheiten erkennen konnte. Trotz der Dunkelheit. Es hatte einst sicher einmal schönes blondes Haar gehabt, das jetzt jedoch so verdreckt und verknotet war, dass man die ursprüngliche Farbe nunmehr erraten musste. Gleiches galt für das zarte Gesicht mit den aufmerksamen blauen Augen und dem hübschen Näschen: Die Wangen waren derart schmutzig, dass sie alle Aufmerksamkeit des Betrachters auf sich zogen. Die Kleider des Kindes waren nicht minder unrein und obendrein zerrissen. Den schlimmsten Anblick jedoch boten die nackten Füße des Mädchens. Erst beim zweiten Hinsehen erkannte Anna, das sie nicht in dunklen Schuhen steckten, sondern so schwarz waren, als wäre das Kind damit durch Kohlen gelaufen.

»Die Leute nennen mich Lenchen«, antwortete das Geschöpf mit glockenklarer Stimme, die so gar nicht zu seiner restlichen Erscheinung passen wollte.

»Und wieso hat man dich in den Turm gesperrt, Lenchen?«

Lenchens Augen wurden noch runder und Anna konnte sich nicht vorstellen, dass sie irgendetwas getan haben mochte, das ihre Festnahme rechtfertigte.

»Ich habe den Opferstock in der Kirche St. Kunibert geplündert.«

»Oh«, entfuhr es Anna.

»Mit Fischgräten kann man die Münzen gut herausangeln, wisst Ihr.«

»Oh.«

»Und wieso seid Ihr hier?«

Anna überlegte, was sie antworten sollte. Nicht, dass sich das Kind vor ihr fürchtete, wenn sie ihm sagte, dass sie der Hexerei verdächtigt wurde! Doch so schnell fiel ihr nichts ein. Sie war das Schwindeln einfach nicht gewöhnt.

»Nun?«, fragte Lenchen bereits ungeduldig.

»Angefangen hat alles damit, dass man behauptete,

mein Pferd sei vom Teufel besessen«, sagte Anna langsam.

»Und?«, wollte Lenchen wissen, »ist es das?«

»Nein!«, empörte sich Anna und warf dem Kind neben sich einen überraschten Blick zu. Mit welcher Selbstverständlichkeit das Mädchen eine Teufelsbesessenheit für möglich hielt, überraschte sie.

»Und warum seid *Ihr* dann hier?«

Anna seufzte. »Ich ... ich ... man glaubt, ich hätte einer Frau das Gliederziehen angehext«, sagte Anna schließlich die Wahrheit und beobachtete Lenchen. Würde das Kind nun von ihr, der vermeintlichen Hexe, abrücken?

Doch Lenchen nickte lediglich verstehend. »Ja, ja«, sagte sie, wie Annas Großmutter es hin und wieder zu tun pflegte. »Nachdem man meine Mutter als Hexe verurteilt hatte, wollte man auch mich brennen sehen.«

»Man wollte dich brennen sehen?« Anna glaubte, sich verhört zu haben.

Doch Lenchen nickte. »Das war in meiner Heimatstadt Nürnberg.«

»Du kommst aus Nürnberg?«

Lenchen nickte wieder, blieb jedoch stumm.

»Das ist ein weiter Weg!«

»Das ist es wohl«, bestätigte Lenchen.

»Und wieso hat man dich freigelassen?«

»Hat man nicht«, antwortete Lenchen. »Aber ich konnte entkommen.«

Anna stand der Mund offen, mit welcher Selbstverständlichkeit Lenchen aus ihrem beklemmenden Leben berichtete.

»Ich kann Hasen zaubern«, behauptete Lenchen plötzlich mit einem gewissen Stolz in der Stimme.

»Hasen zaubern?«

»Ja, Hasen, *konein*. Dazu werfe ich ein Fell in die Luft und rufe: ›Nun laufe, in des Teufels Namen!‹ Und schon springt der Has' davon.«

Anna blickte ängstlich zur Tür, denn Lenchen hatte recht laut gesprochen.

»Ein, zwei Mal habe ich auch Wetter gemacht«, fuhr Lenchen fort, von ihrer Hexenkunst zu berichten, und allmählich brach bei Anna der Angstschweiß aus, während sie den Geschichten des Mädchens lauschte. War das kindliche Fantasie oder glaubte das Mädchen selbst, was es sagte? Sie konnte nur hoffen, dass Lenchen nicht jedem so bereitwillig von ihren Künsten erzählte, sonst wäre es bald um sie geschehen.

»Lenchen«, sagte Anna mitleidvoll, »bei wem wohnst du denn, wenn deine Mutter in Nürnberg starb?«

»Och, ich wohn' mal hier, mal da«, antwortete Lenchen und spielte dabei mit einer hübschen blauen Schleife mit goldfarbenem Rand, die es im Haar trug. Die Haarschleife war umso auffallender, als sie im Gegensatz zur restlichen Kleidung des Kindes keinerlei Verschmutzungen aufwies und fast wie neu wirkte. »Im Augenblick wohne ich hier.«

»Hier?«

»Ja, hier! Ich bin hier seit ...«, das Mädchen kratzte sich am Kopf, »... als man mich hierher brachte, lag Schnee, wie lange ist das her?« Sie sah Anna fragend an.

»Es lag Schnee?« Anna spürte wachsende Verzweiflung in sich aufsteigen. Viele Kinder wohnten auf der

Straße und waren aufs Betteln oder Stehlen angewiesen. Das war gewiss nichts Besonderes. Auch in dem Viertel, in dem Anna wohnte, trieben sich Kinder bei Tag und bei Nacht herum und störten die Anwohner durch ihren Lärm. Dennoch ging Lenchens Geschichte der jungen Frau zu Herzen und sie vergaß fast zu antworten. »Der letzte Schnee«, sagte sie endlich, »das war im Februar, also vor mehr als sieben Monaten!«

»Seitdem wohne ich also hier«, sagte Lenchen unberührt. »Es ist gar nicht so schlecht hier«, fuhr sie fort, als sie Annas entsetztes Gesicht bemerkte. »Immerhin habe ich hier meine eigene Kemenate.« Sie strecke die Arme von sich, die Handflächen nach oben zeigend, als präsentiere sie Anna ihr vorzügliches Heim.

Anna lächelte.

»Im Winter davor sind mir zwei Zehen erfroren«, berichtete Lenchen munter weiter und wackelte mit ihrem linken Fuß, an dem zwei der Gliedmaßen fehlten. »Deshalb hoffe ich, man lässt mich diesen Winter noch hierbleiben und die Frau des Burggreven gibt mir wieder ein paar Decken, wenn es zu kalt wird.«

Anna wusste nicht, was sie sagen sollte.

»Manchmal holt mich die Frau des Burggreven zu sich in die Stube, wenn ihr Mann nicht da ist. Dann darf ich ihr ein wenig helfen und sie gibt mir etwas Warmes zu essen. Sie macht eine gar köstliche Hühnerpastete!« Das Mädchen rieb sich mit der Hand über seinen flachen Bauch.

Anna hatte gar nicht gewusst, dass der Greve des Frankenturms verheiratet war. »Und wie lange ist das her? Das mit deiner Mutter und dass du aus Nürnberg gekommen bist, meine ich.«

»Och«, machte Lenchen wieder. »Der letzte Winter war der erste, den ich in dieser Stadt verbrachte. Im Sommer davor bin ich mit einigen anderen zusammen hierher gekommen.«

»Wie alt bist du denn, Lenchen?«, wollte Anna jetzt wissen.

Zuerst zuckte Lenchen die Achseln. Doch dann fiel ihr die Antwort ein: »So neun. Als die Katze das Haus niederbrannte, war ich sieben. Ja, und das ist zwei Winter her.«

»Welche Katze?«

»Na, wegen der Katze hat man meine Mutter doch auf den Scheiterhaufen geschickt!«, sagte Lenchen, als müsse Anna das wissen. Das Mädchen seufzte über so viel Dummheit. Doch dann erbarmte sie sich. »Also, das war so: Die Katze hatte im Ofen gelegen, auf den letzten warmen Kohlen, und als ich die Stube betrat, erschrak sie und rannte davon, ins Haus nebenan. Offenbar hatte sie noch etwas Glut im Fell, auf jeden Fall entflammte dort das Stroh und die Leute sagten, meine Mutter hätte einen Feuerzauber gesprochen, weil sie doch mit unseren Nachbarn seit Jahr und Tag Streit gehabt hatte.«

»Warum hast du ihnen nicht gesagt, dass es die Katze war?«

»Hab ich doch!«, sagte Lenchen empört. »Aber man hat mir nicht geglaubt. Sie dachten, ich wolle meine Mutter schützen.«

Anna schüttelte den Kopf. Eine so schreckliche Geschichte hatte sie noch nie gehört.

»Zuerst haben sie mich aus dem Haus geworfen, weil die Nachbarn unser Haus haben sollten als Ersatz für ihr niedergebranntes«, erzählte Lene weiter. »Und dann haben sie mich lauter Sachen gefragt: Ob ich mit meiner Mutter auf dem Hexensabbat gewesen sei und ob sie mir das Hexen beigebracht habe ...«

»Und?«, unterbrach Anna das Mädchen und ahnte bereits Böses. »Was hast du ihnen geantwortet?«

»Natürlich die Wahrheit«, behauptete Lenchen ernst, »dass mir meine Mutter alles beigebracht hat, was ich weiß, und dass sie mich überallhin mitgenommen hat, nachdem Vater in die schwarze Erde gefahren war.«

»Dein Vater ist ebenfalls tot?«, fragte Anna und schluckte. Viele Kinder wuchsen ohne Mutter oder Vater auf. Der Schwarze Tod schlug überall und ohne Vorwarnung immer wieder zu. Und selbst wenn man ihm widerstand, dann gab es anderes, was einen das Leben kosten konnte. Das wusste Anna aus leidvoller eigener Erfahrung. Dennoch erschien ihr Lenchen besonders arg vom Schicksal gebeutelt.

Lenchen nickte und bestätigte Annas Verdacht: »Zuerst bekam er viele Beulen und schwarze Flecken und als er hustete, kam Blut. Es hat nicht lange gedauert.« Zum ersten Mal wirkte auch Lenchen betroffen. Sie schwieg einen Moment und ihr Blick glitt in eine nicht vorhandene Ferne.

Auch Anna schwieg und wartete, bis Lenchen von sich aus weitersprach.

»Dann wollten die hohen Herren noch wissen, ob ich beim Teufel geschlafen habe«, fuhr Lenchen auch tatsächlich nach einer Weile mit ihrem Bericht fort. »Das habe ich aber nicht. Daraufhin übergab man mich den Nonnen. Ich war noch gar nicht lange dort, als die Äbtissin mir ein geschnürtes Bündel überreichte und mich aufforderte, sofort zu gehen. Man hatte ihr zugetragen, dass man mich abholen und vor Gericht stellen wolle.« Zum ersten Mal schimmerten Tränen in Lenchens Augen. »Ich wollte nicht fort. Die Nonnen waren gut zu mir und mir mangelte es an nichts, ich bat unter Tränen darum bleiben zu dürfen, aber die Äbtissin meinte, wenn mir mein Leben lieb wäre, so müsse ich augenblicklich verschwinden.« Bei dieser Erinnerung konnte das Mädchen nicht weitersprechen. Alles hatte Lenchen ertragen: Den Tod des Vaters, den Tod der Mutter, den sie sich womöglich sogar selbst zuschrieb, überlegte Anna, denn ihretwegen hatte sich die Katze erschreckt und war geflohen, den Verlust des Heimes und die Befragung durch die hohen Herren. Aber als sie sich dann endlich an einem neuen Ort zu Hause und in Sicherheit wähnte, hatte man sie wiederum verfolgt und vertrieben.

»O, das ist aber schön!« Mit einem Mal schien Lenchen wie ausgewechselt. Ihre Augen strahlten, als wäre ihr in ihrem ganzen Leben nichts Böses widerfahren, und sie kniete sich vor Anna hin. »Darf ich das mal sehen?«

Anna musste einen Augenblick überlegen, was Lenchen meinte, dann erst bemerkte sie, dass sie in Gedanken mit ihrem Amulett gespielt hatte.

»Du meinst dies?«, fragte sie das Mädchen und hielt ihr das Amulett an der langen Kette entgegen.

Lenchen nickte eifrig.

Anna lächelte und zog sich die Kette über den Kopf. »Hier«, sagte sie, »aber du musst vorsichtig damit sein, es bedeutet mir sehr viel.«

»Das ist wunderschön«, sagte Lenchen verträumt

und betrachtete ausgiebig den runden silbernen Anhänger mit der kleinen schimmernden Perle in der leicht erhobenen Mitte. »Ist es sehr wertvoll?«

Anna lachte. »Nun, für eine feine Dame vielleicht nicht, aber für mich schon«, antwortete sie. »Es ist das Werk eines Goldschmiedes aus einem fernen Land, in dem es eine Stadt gibt, die im Wasser gebaut wurde. Die Menschen in dieser Stadt fahren nicht mit Pferdefuhrwerken auf Straßen, sondern müssen mit Booten über Flüsse fahren!«

Lenchen sah sie mit offenem Mund und großen Augen ungläubig an und Anna lächelte. Ähnlich musste sie ihre Großmutter angesehen haben, als ihre Ahnfrau ihr die Geschichte der Kette zum ersten Mal erzählte. Damals war sie so alt gewesen wie Lene jetzt und sie hatte die Kette in einer Schatulle gefunden. Seit diesem Tag hatte sie sie, außer um sich zu waschen, nie wieder abgelegt.

»Außerdem leben in dieser Stadt viermal so viele Menschen wie in unserer!«

Lenes Augen wurden noch größer. Bereits Coellen war ihr bei ihrer Ankunft unüberschaubar groß vorgekommen, obwohl sie selbst aus einer der größten Städte des Landes kam. Aber eine Stadt, die viermal so groß war wie diese und dazu noch im Wasser gebaut worden war? Wie sollte das gehen? Das war unvorstellbar!

Anna deutete auf den Anhänger in Lenes kleiner schmutziger Hand. »Sieh mal, das hier ist Silber und dies eine kleine Perle«, sie tippte mit dem Zeigefinger auf das Geschmeide. »Aber das Wertvollste daran ist für mich, dass diese Kette früher einmal meiner Mutter gehörte.«

»Früher?«, fragte Lenchen.

Anna nickte. »Ja«, antwortete sie mit trauriger Stimme. »Auch meine Mutter ist tot«, erzählte sie dem Kind. »Sie starb kurz nach meiner Geburt.«

»Dann habt Ihr sie nie kennengelernt?«

Anna schüttelte den Kopf. »Nein.«

»Und Euer Vater?«

Anna atmete tief ein, bevor sie antwortete. »Auch er ist tot«, antwortete sie tonlos.

Lenchen schwieg und lehnte sich wieder neben Anna an die Wand, nachdem sie ihr die Kette zurückgegeben hatte.

So saßen sie stumm nebeneinander und blickten sehnsuchtsvoll zurück in eine längst vergangene Zeit. Würde das, was vor ihnen lag, besser werden?

Es ist für einen Dieb nicht so schmachvoll, wenn er stiehlt, um seine Gier zu stillen, weil ihn hungert.

Sprüche Salomos 6, 30

Ich flehe Euch an, Vater!« Daniel faltete die Hände vor seiner Brust und sprach eindringlich. »Ihr könnt sie doch nicht im Turm verrotten lassen!«

»Halte dich da raus, Junge«, entgegnete Konstantin Liskirchner. »Du hast uns schon genug Schwierigkeiten gemacht.« Er brauchte nur an sein letztes Gespräch mit von Münzenberg, Helenas Vater, zurückzudenken und schon hatte er Bauchgrimmen.

»Aber Anna ist unschuldig! Ihr habt selbst gesagt, es seien die beiden Neuen, Blank und Schmor, die zur Hexenjagd geblasen hätten.«

Liskirchner sprang alarmiert von seinem Sessel hoch. »Wirst du wohl still sein, Junge! Gib Acht auf deine Zunge, du machst uns sonst alle noch einen Kopf kürzer mit deinem Gerede.«

»Wenn Ihr wollt, dass ich still bin, dann helft Anna«, fuhr Daniel fort und bemühte sich, dem Blick seines Vaters standzuhalten, der ihn ansah, als wolle er ihm einen Dolch mitten durchs Herz bohren.

Die Stimme des Kaufmannes war ohne jede erkennbare Gefühlsregung, als er antwortete: »Ich lasse mich nicht nötigen. Nicht von meinem eigenen Sohn und auch von sonst niemandem. Merke er sich das.« Damit wandte er sich von Daniel ab und blickte starr aus dem Fenster.

Daniel zauderte. »Es war nicht meine Absicht, Euch zu nötigen, Vater«, sagte er schließlich. »Ich verkünde Euch lediglich, was ich zu tun gedenke. Und ich werde nicht zusehen, wie man Anna verbrennt. Was auch immer Ihr dazu zu sagen habt.«

Der Vater hatte offenbar nichts dazu zu sagen. Er sah unverwandt dem Treiben auf der Straße vor seinem Haus zu.

Daniel seufzte. »Ich weiß, dass es Euch lieb wäre, man würde Anna auf den Scheiterhaufen schicken. Dann wäret Ihr sie los. Sie, die Euch Euren Sohn abtrünnig macht und ihn widerspenstig gegen Eure Pläne werden lässt.«

Der Rücken des Vaters zuckte.

»Doch ich habe meine Entscheidung bereits getroffen«, fuhr Daniel fort und sammelte seinen ganzen Mut zusammen. »Ich werde Helena von Münzenberg nicht ehelichen.«

»Ich glaube wirklich nicht, dass das nötig ist«, beteuerte Hermann. »Es geht ihm schon viel besser!«

»Das sehe ich«, antwortete der Stallmeister. »Und nachdem wir ihm die Fontanelle gesetzt haben, wird er schnell wieder vollständig gesunden.«

Hermann seufzte. Es wäre ihm lieber gewesen, der Stallmeister hätte der Genesung mehr Zeit eingeräumt. Jedoch konnte er dem älteren Mann nichts von den Kräutern und dem Heilwasser verraten, die er Christopherus täglich mit Erfolg verabreichte. Obwohl die junge Besitzerin Anna sich entgegen ihren Versprechungen nicht noch einmal hatte blicken lassen, was Hermann aus verschiedenen Gründen zutiefst bedauerte.

Der Stallmeister zog an der Haut an Christopherus' Brust und ritzte sie ohne zu zögern mit einem scharfen Messer ein.

Das Pferd schrie vor Schreck und Schmerz und versuchte aufzustehen. Doch Hermann war darauf vorbereitet und stützte sich mit seinem gesamten Gewicht auf Christopherus' Hals und Schulter. Zudem hatte man dem ohnehin geschwächten Hengst die Läufe zusammengebunden, sodass er sich kaum wehren konnte. Er lag schnaufend und zitternd auf dem kalten Boden. Schaum tropfte aus seinem Maul. Trotz des Bilsenkrauts, das man ihm verabreicht hatte, bereitete die Prozedur dem Tier sichtlich Schmerzen.

»So«, sagte der Stallmeister, nachdem er ein münzgroßes Stück in Öl getränktes Leder unter die Haut des Pferdes geschoben hatte.

Sie lösten die Seile von Christopherus' Fesseln und brachten sich durch ausreichenden Abstand in Sicherheit, als das Pferd aufsprang.

»Beobachte die Stelle«, riet der Stallmeister dem Knecht, »sobald sie eitert, rufst du mich und ich zeige dir, wie du sie mit warmem Wasser auswäschst.«

Hermann rieb sich den Schweiß von der Stirn. Er war ein kräftiger Bursche und Christopherus ein krankes und zudem recht zierliches Pferd. Dennoch hatte die körperliche Anstrengung ihn erschöpft. Er zitterte ebenso wie der Hengst und war froh, als der Stallmeister ging und ihn mit dem Pferd allein ließ.

Hermann hob die Hand und wollte Christopherus über die Stirn streicheln, doch der Rappe wich ängstlich vor ihm zurück.

Der Pferdeknecht seufzte bedauernd.

»Anna Meutin!« Die Stimme drang aus weiter Ferne an Annas Ohr. Doch das Rütteln an ihrer Schulter war recht nah. Mühsam öffnete Anna die Augen und sofort spürte sie die eisige Kälte, die ihre Glieder lähmte.

»Los, steht auf«, raunte die Stimme der jungen Frau zu. Anna blickte hoch und erkannte das Gesicht eines jungen Mannes, der sich über sie beugte und gegen ihre Schulter stieß.

»Ihr seid frei, Ihr könnt gehen«, sagte der Knappe des Burggreven.

»Frei? Gehen?« Anna runzelte die Stirn.

»Es wurde ein Pfand für Euch hinterlegt«, erklärte der Bursche. »Ihr dürft vorerst den Turm verlassen, müsst Euch aber dem Rat zur Verfügung halten.«

Annas Geist arbeitete langsam. Vielleicht war auch ihm die Kälte nicht bekommen.

»Los jetzt«, drängelte der junge Mann und packte Anna am Arm, um ihr aufzuhelfen.

Anna erhob sich und schüttelte die zudringliche Hand des Mannes ab.

»Wartet einen Augenblick«, verlangte Anna und beugte sich über das kleine Geschöpf, das zusammengekauert in einer Ecke des Raumes lag. Im Schlaf hatte Lenchen die Beine dicht an ihren Oberkörper gezogen, ihr Haar hing wirr in ihr Gesicht hinein.

»Lenchen«, flüsterte Anna. »Lenchen, wach auf, ich möchte dir Lebewohl sagen.«

Lenchen rührte sich nicht.

Zärtlich strich Anna dem Kind übers Haar und seufzte. Sie hatte das Mädchen in der kurzen Zeit in ihr Herz geschlossen. Sie waren einander so nah gekommen, hatten sich so viel erzählt, dass die junge Frau meinte, Lenchen schon lange zu kennen.

»Lebe wohl, Lenchen«, sagte Anna leise zu dem schlafenden Kind, denn das Mädchen schien schier unerweckbar. »Ich wünsche dir viel Glück.« Sie strich dem zarten Wesen ein letztes Mal übers Haar und folgte dem jungen Mann, der bereits ungeduldig mit dem großen Schlüssel klimperte.

Anna sah zu, wie der Gehilfe des Burggreven den Gefängnisraum wieder sorgfältig verschloss, nachdem sie ihn verlassen hatte.

Ach, wenn sie dem armen Kind hinter dieser verriegelten Türe doch nur irgendwie hätte helfen können!

»Folgt mir«, herrschte der Mann Anna an und stieg vor ihr die Treppe hinunter. Anna riss den Blick von der verschlossenen Türe los und tat, wie ihr geheißen.

Hinter der Türe schlug Lenchen die Augen auf und lauschte bewegungslos auf die sich entfernenden Schritte. Eine Träne rann aus ihrem Augenwinkel. Das Mädchen ließ es geschehen.

Nach einem Tag und einer Nacht im Turm erschien Anna alles um sie herum grell und laut. Und so wählte sie den etwas ruhigeren Weg am Flussufer. Dabei kam sie am Neugassentor entlang, über den Fischmarkt und an der großen Kirche St. Martin vorbei, deren Glocken soeben zur Terz* schlugen. Bei ihrem Anblick entsann sie sich ihres letzten Gesprächs mit Lene.

»Was gedenkt Ihr zu tun, um Euer Pferd zu retten?«, hatte Lenchen wissen wollen.

Anna zuckte mit den Schultern. »Wenn ich das nur wüsste. Mir rinnt die Zeit davon wie der Sand durch die Sanduhr, aber mir fällt nichts Gescheites ein.«

Lenchen kicherte unerwartet. »Eine der Nonnen, bei denen ich wohnte, hat mir einmal eine lustige Geschichte erzählt«, sagte sie. »Sie fällt mir beim Gedanken an Euer Pferd wieder ein. Soll ich sie Euch erzählen?« Lenchen wartete Annas Antwort nicht ab, sondern sprach direkt weiter: »Margarethe, so hieß die Nonne, ist nämlich einmal bis nach Frankreich gepilgert.« Lenchen sah Anna mit ihren großen Augen an. »Kennt Ihr Frankreich?«

Anna schüttelte den Kopf. »Nein«, antwortete sie. »Du bist mehr in der Welt herumgekommen als ich, wenn du den weiten Weg von Nürnberg hierher gemacht hast.«

»Wirklich?«, fragte Lenchen stolz und fuhr anschließend fort: »Nun, Margarethe jedenfalls war noch weiter gereist. Damals wollte sie zu irgendeiner Verwandten, genau weiß ich es nicht mehr, die in einem kleinen Dorf in Frankreich lebte. Und dort wurde sie Zeugin eines sehr merkwürdigen Prozesses, der das Gericht einige Zeit in Anspruch nahm.

Die Einwohner des Ortes ersuchten um ein Urteil in einer Missetat, bei der es um einen verbrecherischen Übergriff ging, der Schmach und Schande über den ganzen Ort gebracht hatte. Sie forderten, die Übeltäter schleunigst des Dorfes zu verweisen.«

»Was hatten die bösen Buben denn verbrochen?«, wollte Anna wissen.

Lenchen lachte wieder. »Geduld«, forderte sie, »ich erzähle es Euch ja. So, wie Margarethe es mir erzählte. Also.« Lenchen setzte sich aufrecht hin. »Es geschah am zweiundzwanzigsten Tage des Monats April im Jahre des Herrn 1531.« Lenchen kratzte sich am Kopf. »Damals muss Schwester Margarethe aber wirklich sehr jung gewesen sein. Jetzt ist sie allerdings mindestens hundert.«

Anna zog zweifelnd die Augenbrauen hoch, verzichtete jedoch darauf, das Kind zu fragen, für wie alt es denn sie hielte. Vermutlich fiele die Antwort nicht eben nach ihrem Geschmack aus.

»Nun, an jenem Tage wurde der Bischof, wie in jedem Jahr einmal, in dem kleinen französischen Dorf als Gast erwartet. Zu diesem Anlass wurden der Ort und die Kirche aufs Feinste geschmückt. Eigens für den Bischof gab es einen Stuhl, der das gesamte Jahr über am Dachsparren der Kirche angebunden war, sodass er nicht durch ein Kind oder einen anderen Unwürdigen beschmutzt werden konnte. Dieser Stuhl wurde nun zu dem geschmückten Altar herabgelassen, damit der Bischof darauf vortrefflich Platz fände. Und so geschah es, dass der Bischof unter den Augen der Würdenträger des Ortes und unter den Augen von Margarethe, die Treppe zum Altar emporstieg, sich der Gemeinde zuwandte und sich auf seinem Throne niederließ.

Doch kaum hatte des Bischofs Hintern den eigens für ihn hergerichteten Holzstuhl berührt, so gab der unter seiner Last nach, zerbrach und der Bischof stürzte mit dem Haupt voran auf die Altarstufen.«

Anna bezweifelte zwar, dass die altehrwürdige Nonne aus Nürnberg vom Hintern des hohen Geistlichen gesprochen hatte, war aber ansonsten von Lenchens Geschichte sehr angetan und freute sich, als das Mädchen fortfuhr:

»Eine Untersuchung des Stuhles ergab, dass der schändliche Holzwurm sein teuflisches Werk verrichtet hatte, das den Bischof aus dem Himmel des Lichtes in die Finsternis der Blödigkeit stürzte, aus der er sich fortan nie mehr erheben sollte. Um nun dem Zorn Gottes zu entgehen, baten die Dorfbewohner das Gericht, die Tiere aufzufordern, ihre Wohnstatt zu verlassen und sich hinweg zu begeben aus dem Hause Gottes.«

Anna lachte. »Und kam das Gericht der Bitte nach, indem es die Holzwürmer verbannte?«

»Schwester Margarethe erzählte, zunächst sei es wochenlang hin und her gegangen. Der Verteidiger beanstandete die Vorladung, aus der nicht zweifelsfrei hervorgegangen sei, ob sie sich an einen einzelnen oder an eine Gruppe der Holzwürmer richtete, oder ob etwa die gesamte Gemeinschaft zum Verhör geladen werden sollte, bloß, weil eine niederträchtige Bande von ihnen ihr Unwesen treibe. Er entschuldigte das Nichterscheinen seiner Mündel damit, dass die Reise zu gefährlich für sie wäre. Schließlich würde man auch einer Ratte zugestehen, dass sie keine Wegstrecke passiere, die voller Katzen sei. Und er bezeichnete die Angeklagten als Geschöpfe Gottes, die nichts Böseres getan hätten, als das zu fressen, was Gott als Speise für sie vorgesehen habe. Dafür seien sie kaum zu verurteilen.«

Anna bewunderte Lenchens gauklerisches Geschick. Kaum hatte das Kind mit seiner Geschichte begonnen, schien aus ihm die alte weise Nonne zu sprechen, die ihm einst die Geschichte erzählt hatte. Anna konnte die gottesfürchtige Frau regelrecht vor sich sehen, denn Lenchen sprach nicht nur anders, sie zog sogar andere Grimassen und selbst die Gesten ihrer Hände, mit denen sie ihre Ausführungen hier und da untermalte, waren nicht die ihren.

»Der Ankläger wiederum hielt dagegen, der Herr habe Moses das Heilige Gesetz überreicht und in diesem stünde: ›Wenn ein Ochse einen Mann oder ein Weib stößt, sodass sie sterben, so solle man den Ochsen steinigen.‹«

Anna nickte bei diesen Worten. Auch Daniel hatte sie ihr gegenüber schon einmal zitiert.

»Habe also Gott damit nicht den Menschen das Recht zum Urteil über die Tiere gegeben?«, fuhr Lenchen fort. »Ferner, so erläuterte der Ankläger, wäre es ihm neu, dass Katzen Holzwürmer auf ihrem Wege zum Gericht fräßen, doch er ließe sich diesbezüglich gerne eines Besseren belehren.«

Anna wusste nicht, was sie von dieser Geschichte halten sollte. Sie bekam allmählich den Eindruck, nicht nur der Bischof sei bei dem Unglück in den Stand der Blödigkeit gestürzt.

»Er führte weiter aus«, berichtete Lenchen, »der Holzwurm fände keinerlei Erwähnung in der Heiligen Schrift und darüber hinaus sei nicht zu vermuten, dass er auf der Arche Noah Platz gefunden habe, die bekanntlich aus Holz gebaut gewesen wäre, und insofern sei bewiesen, dass dies schändliche Geschöpf seinen Leib dem Teufel vermacht habe.

Der Verteidiger wiederum konterte, indem er die Dorfbewohner der Gotteslästerung und des Frevels beschuldigte. Sie hätten sich gegen Gott versündigt, ihren

Zehnten nicht gezahlt, wären ihren Pflichten nicht nachgekommen und derlei mehr, sodass Gott ihnen die Holzwurmplage als Mahnung geschickt habe.«

»Und wie ging die Sache schlussendlich aus?«, wollte Anna wissen.

»Das Gericht sprach sein Urteil und verbannte das abscheuliche Geschmeiß. Es befehligte, die Holzwürmer müssten innerhalb eines Zeitraumes von sieben Tagen Kirche und Ort verlassen.

Die Menschen jedoch wurden ermahnt, sich sorgsam der Pflicht der Wohltätigkeit zu erinnern, wie die heilige Kirche es gebiete, und ihren Zehnten pünktlich abzuliefern, und sich einmal im Jahr, am Jahrestag des Unfalls, als der Bischof wider die Altarstufen und damit in die Finsternis der Blödigkeit stürzte, in der Kirche zu versammeln und der Mahnung Gottes zu gedenken.«

Am Ende der Geschichte angelangt, hatten Lenchen und Anna friedvoll nebeneinandergesessen, jede in ihre eigenen Überlegungen versunken, inwieweit die Reden des französischen Verteidigers womöglich auch Christopherus vor dem Tode retten konnten, bis sie darüber eingeschlafen waren.

Am Hasengassentor angekommen, bog Anna nun nach rechts ab. Sie meinte zu taumeln, als sie den Weg über den Alten Markt anstrebte. Feixende Gesichter kamen ihr entgegen und Anna kniff die Augen zusammen. Sie fühlte sich benommen. Grölend stießen zwei junge Männer gegen sie und beinahe hätte Anna dabei das Gleichgewicht verloren und wäre gestürzt.

Je näher sie dem Mittelpunkt des Marktplatzes kam, desto ausgelassener wurde die Stimmung der Menschen um sie herum und schließlich sah auch Anna, was das Volk so erheiterte: Am Pranger* stand eine Frau, Anna schätzte sie auf höchstens zwanzig Jahre, und über ihrem Kopf hing ein Schild, auf dem stand:

Eß hait gegenwortig unzuchtig weib
diese straeff verdient an irem leib
Mit teuefelen, betriegen und schedtlicher thath,
darumb sei hie zum exempel stahet.

Um den Schandpfahl herum tanzten gleichermaßen Männer und Frauen und sangen Spottlieder auf die zur Schau gestellte Schuldige. Der Käfig, in dem die Verurteilte gefangen war, stand etwas erhöht auf einem Holzgestell und war somit weithin sichtbar. Die Menschen wurden durch den Anblick regelrecht angelockt und die Frau damit dem Spott der Menge preisgegeben.

Auch Anna blieb einen Moment stehen und betrachtete die Frau in dem Käfig, die nur wenig älter sein konnte als sie selbst. Was mochte sie angestellt haben? Hatte man sie wie Lenchen beim Stehlen erwischt? Würde man vielleicht auch Lenchen als Diebin an den Pranger stellen und sie dem Gespött des Volkes aussetzen?

Bei diesem entsetzlichen Gedanken schnürte Mitleid mit Lenchen Anna die Luft ab. Unwillkürlich fasste sie sich an den Hals – und schrie laut auf. Die Menschen links und rechts von ihr blickten sie erschrocken an. Ungläubig tastete Anna am Ausschnitt ihres Kleides herum. Doch da war nichts.

Nichts.

Man muss dem Bösen wehren mit harter Strafe und mit ernsten Schlägen, die man fühlt.

Sprüche Salomos 20.30

So schnell sie ihre Beine trugen, rannte Anna nach Hause und störte sich nicht an den verwunderten Blicken einiger Passanten. Sie sehnte sich nach der Sicherheit ihres Heims, und wenn es noch so klein und einfach war, nach den tröstenden, liebkosenden Armen ihrer Großmutter, nach Ruhe und Geborgenheit.

Nach dem ersten Gedanken, umzukehren und Lene zur Rede zu stellen, hatte sich Anna eines Besseren besonnen. Nicht nur, dass sie fürchtete, man könne es sich anders überlegt haben und sie kein zweites Mal gehen lassen, sie wollte auch trotz ihres Zorns auf das Kind nicht diejenige sein, die Lene endgültig aufs Schafott brachte. Ach, hätte sie dem Kind die Geschichte der Kette doch nur nicht so schillernd ausgeschmückt, vielleicht wäre Lenchen dann nicht dem Gedanken verfallen, die Kette besitzen zu wollen.

Ein kleiner Teil in ihr musste sogar über Lenchens Geschick lächeln. Wie hatte das Mädchen es nur angestellt, ihr die Kette im Schlaf so achtsam zu lösen, dass sie nichts davon mitbekam?

Anna fluchte aus Wut auf sich selbst, während sie die Türe zu ihrem kleinen Häuschen aufstieß.

Ruckartig blieb sie auf der Schwelle stehen. Der Anblick, der sich ihr bot, war verheerend: Stühle und Tisch lagen umgekippt auf dem Boden, der Inhalt der Truhe darüber verstreut, die Schubladen und Türen des einzigen Schrankes standen offen und überall lag Stroh herum, das – wie Anna mit Entsetzen bemerkte – aus den Leinensäcken stammte, die Anna und ihre Ahnfrau zum Schlafen verwendeten. Die leeren Säcke lagen aufgeschlitzt in den Ecken.

Aufgeschlitzt war auch das Tuch vor dem Fenster. Es hing in Fetzen herunter.

»Gütiger Gott!«, stieß Anna hervor. Dann rief sie: »Großmutter!« Sie eilte ins Innere der Stube und sah sich in dem Dämmerlicht um. Der Vorhang, hinter dem Großmutter ihre Bettstatt verbarg, war heruntergerissen. Doch nirgends entdeckte Anna auch nur einen Zipfel ihres Kleides.

»Großmutter!«, rief sie erneut und spürte blanke Panik in sich aufsteigen. Was war in ihrer Abwesenheit geschehen? Was hatte man ihrer Ahnfrau angetan?

Obwohl Anna von der Mitte des Raumes aus eigentlich alles im Blick hatte, ging sie nun von Ecke zu Ecke, hob hier und dort etwas hoch und ließ es wieder fallen. Doch nirgends fand sich ein Hinweis auf den Verbleib ihrer einzigen lebenden Verwandten.

Oder lebte sie nicht mehr? Hatte man sie aufgeschlitzt wie die Strohsäcke und das Tuch vor dem Fenster?

Anna stolperte beinahe über die Scherben der zwei tönernen Schalen, die zerbrochen auf dem Fußboden lagen, als sie zurück zur Tür stürzte. Wenn Großmutter nicht im Haus war, dann gab es nur noch eine Möglichkeit, wo sie sie finden konnte – vorausgesetzt, ihr war nichts geschehen.

Die Hühner stoben in alle Himmelsrichtungen auseinander, als Anna hinter das Haus eilte. Sie achtete nicht auf das Federvieh, sondern riss die Tür zu Christopherus' Stall auf. Der Geruch nach Heu stieg ihr in die Nase.

»Großmutter, bist du hier?«

Sie erhielt keine Antwort.

Anna wollte die Türe soeben wieder zufallen lassen, als sich plötzlich an der hinteren Wand des einfachen Bretterverschlages etwas regte.

»Großmutter!«, stieß Anna erleichtert hervor und eilte auf die alte Frau zu, die ihr zitternd die Hände entgegenstreckte.

Die beiden Frauen fielen einander in die Arme und eine spendete der anderen Trost.

Es hatte einige Zeit in Anspruch genommen, bis sie sich gegenseitig von ihren Erlebnissen berichtet hatten, und endlich konnte Anna mit dem Aufräumen beginnen.

»Sorgt Euch nicht, Großmutter«, sagte sie, während sie die Tücher und Gewänder vom Boden aufhob und zusammenfaltete, um sie zurück in die Truhe zu legen. »Noch ist nicht alles verloren.« Anna wäre froh gewesen, wenn sie die Zuversicht, die sie ihrer Ahnfrau zu vermitteln suchte, selbst empfunden hätte. »Ich ziehe morgen in aller Frühe los und verkaufe unsere bronzene Nähnadel. Wir brauchen sie nicht dringend, aber wir werden genügend Geld für sie bekommen, um unseren Hausstand wieder in Ordnung zu bringen. Wir können auch mit einfachen Nadeln nähen.«

»Das werden wir auch müssen«, sagte die alte Frau,

die auf dem mittlerweile wieder aufgerichteten Stuhl am Tisch saß. »Denn mit unserer guten Nähnadel sticht nun die Frau des Gewaltmeisters Muster in ihre Kleider.«

»Wovon sprecht Ihr?« Anna verharrte mit dem vom Ruß der Kochstelle geschwärzten Kleid auf ihren Armen.

»Der Gewaltmeister hat die Nadel an sich genommen, während seine Männer unser Haus zerstörten.«

»Dieser gemeine Hundsfott!« Anna schossen vor Wut die Tränen in die Augen. Es war eine Sache, wenn ein armes Mädchen wie Lene der Versuchung nicht widerstehen konnte, und eine gänzlich andere, wenn ein Gewaltmeister seine Stellung missbrauchte und sich am Hab und Gut der Menschen vergriff, die täglich ums Überleben kämpften. Oder hatte sich der gute Mann gedacht, die zwei Frauen bräuchten fortan nichts mehr, da ihre Lenze gezählt seien? Die junge ihr Leben auf dem Richtplatz aushauchte und die alte anschließend vor Gram starb?

»Vielleicht müssen wir uns von deiner Kette trennen?«, schlug die Großmutter vorsichtig vor. »Sie würde uns auch einiges einbringen.«

Anna schluckte. Dies war der einzige Teil in ihrem Bericht, den sie bislang ausgespart hatte, da sie nicht wusste, wie Großmutter den Verlust verkraften würde. Sie wandte der alten Frau wortlos den Rücken zu und legte das Kleid zu den anderen. »Ich …«, begann sie.

»Ja?«

»Ich …«

»Ja?«

»Das Mädchen, von dem ich dir erzählte …«

»Ja?«

»Es hat mir die Kette entwendet, während ich schlief.« Anna drehte sich wieder zu ihrer Ahnfrau um und blickte sie mit traurigen Augen an.

Großmutter sagte nichts, sondern rieb sich mit ihren alten, von der jahrelangen Feldarbeit rauen Fingern die Stirn. »Dann haben wir fast nichts mehr«, sagte sie schließlich.

Anna runzelte die Stirn. »Wieso fast?«

Großmutter erhob sich schwerfällig und schlurfte in die Ecke des Raumes, in der sonst ihre Bettstatt stand. Sie wühlte in einem Ballen alten Stoffs, den Anna bei genauerem Hinsehen als den Mantel erkannte, den ihre Ahnfrau während der Wintermonate zu tragen pflegte, und holte schließlich etwas kleines Viereckiges hervor, das zusätzlich in ein schmutziges Tuch eingewickelt war.

»Das haben die Männer übersehen«, sagte die Alte nicht ohne Schadenfreude und schlug das schmutzige Tuch zurück. Zum Vorschein kam eine kleine Schatulle, deren Deckel mit feinstem Elfenbein belegt war.

»Die Schmuckschatulle!«, rief Anna und betrachtete das Kästchen, in dem sie vor vielen, vielen Jahren die Kette ihrer Mutter gefunden hatte. »Die hatte ich ganz vergessen!« Sachte strich sie über das weiße Gold*, mit dem der Deckel der Schatulle verziert war.

»Nimm sie«, sagte Großmutter und drückte Anna die Kiste in die Hand. »Und sieh zu, was du dafür bekommen kannst. Es ist das letzte Kostbare, was wir besitzen.«

Anna wog die acht Gulden in ihrer Hand, die ihr der Verkauf der Schmuckschatulle eingebracht hatte. Die Schatulle war gewiss das Doppelte wert, aber sie musste froh sein, so schnell einen Käufer gefunden zu haben, und die acht Gulden konnten Großmutter und sie einen Monat oder länger am Leben erhalten, wenn sie nur sparsam genug damit umgingen.

Die alte Frau hatte seit gestern nichts mehr gegessen, nachdem die Männer ihr Haus verwüstet und die letzten Lebensmittel in den Schmutz geworfen hatten, und auch Annas Magen forderte Beachtung. Und so beschloss Anna, auf dem Markt Getreide und Milch zu erwerben, bevor sie sich auf den Heimweg begab. Zusammen mit ihren Eiern und den letzten Äpfeln konnte sie daraus sicher etwas Schmackhaftes zubereiten.

Allmählich keimte wieder Hoffnung und Lebenswille in Anna auf. Sie nahm sich vor, noch heute auf dem Feld nach dem Rechten zu sehen und zu ernten, was zu ernten war. Die empfindsamen Saaten waren fraglos zerstört, doch einiges, etwa Äpfel und Pflaumen, war robust genug, um auch eine Zeit ohne Pflege zu überstehen.

Ach, wenn ihr doch nur etwas einfiele, um Christopherus von diesem unsinnigen Vorwurf zu befreien! In vier Tagen war der Tag des heiligen Michael. Bis dahin hatte der Rat ihr Zeit gewährt, um Beweise für Christopherus' Unschuld zu sammeln. Doch bisher war sie in dieser Angelegenheit noch nicht einen Schritt weitergekommen. Sie hatte ihr Pferd nicht einmal mehr besuchen können!

Inzwischen war Anna auf dem Alten Markt angekommen, den sie erst heute früh in wilder Hast verlassen hatte. Sie warf einen scheuen Blick zum Pranger hinüber und atmete erleichtert aus, als sie sah, dass der Kax* leer war.

Auf dem Alten Markt gab es täglich alles zu kaufen. Auch sie veräußerte hier oft ihre Erzeugnisse und kannte viele der Marktfrauen und ihre Produkte. So wusste sie etwa, dass ihr Geld beim hiesigen Fleischhändler nicht gut angelegt war, auch wenn es als besonders wohlfeil angepriesen wurde. Nicht von ungefähr trug sein Stand bei seinen Kunden den Spottnamen *Kotzbank*.

Jetzt blieb Anna an einem Stand stehen, an dem es Honig und Kerzen zu kaufen gab. Sie nahm eine mittelgroße Kerze in die Hand und betrachtete sie. Soeben wollte sie sich an die Marktfrau wenden, um nach dem Preis zu fragen, da fühlte sie die Kerze jäh aus ihrer Hand gerissen. Erschrocken blickte Anna auf und in das Gesicht der Verkäuferin, die sie zugleich bange und wütend anstarrte.

»Was ist mit Euch?«, fragte Anna besorgt. Sie drehte sich um. War etwas hinter ihr, das die Frau ängstigte? Anna kannte sie als gottesfürchtige Person, die stets freundlich grüßte, wenn sie bei Anna Eier oder Salat erwarb. Und sie erließ Anna hin und wieder einen Albus, wenn die ihr zwei Töpfe Honig statt einem abnahm.

»Verschwindet!«, schimpfte die Marktfrau jetzt und wedelte mit der Hand vor Annas Gesicht, als wolle sie eine lästige Fliege verscheuchen. »Mit Euch will ich nichts mehr zu schaffen haben!«

Noch einmal drehte Anna sich um und blickte hinter sich.

Doch da war niemand.

»Meint Ihr etwa mich?« Anna riss ungläubig die Augen auf und legte sich eine Hand auf die Brust.

»Wen denn sonst? Verschwindet, los, los! Von mir könnt Ihr nichts für Eure Hexerei kaufen und ich werde auch von Euch nichts mehr erwerben.« Sie schlug schnell ein Kreuz.

»Aber ...« Anna rang um Worte.

Vergebens.

Endlich löste sich ihre Erstarrung und sie trat zurück. In ihrem Kopf rauschte das Blut, während sie sich blind vor Wut und Verzweiflung einen Weg durch die schmalen Gänge des Marktes bahnte und gegen einen jungen Mann stieß, der sich soeben einen Sack mit einem Malter* Roggen auf die Schulter hieven wollte. »He, passt doch auf!«, schrie der Bursche ihr zornig hinterher, als der Sack seinen Händen entglitt und einiges von dem teuer erworbenen Getreide auf dem schmutzigen Boden landete. Doch Anna hörte ihn schon nicht mehr. Zum zweiten Mal an einem Tage flüchtete sie von diesem Ort nach Hause.

»Nun weine nicht mehr.« Großmutter tupfte Anna mit ihrem Ärmel die Wangen trocken. »Meine alten Knochen sind so müde, dass ich froh bin, wenn der Tag ein Ende hat. Ich brauche wahrlich kein Licht, um ihn noch zu verlängern.«

Anna lächelte unter Tränen, dankbar für den Zuspruch der alten Frau, die es wie schon so oft vortrefflich verstand, ihrer Enkelin Trost zu spenden.

Trine Moisselhenne holte den hölzernen Eimer, der neben der Kochstelle stand, und reichte ihn Anna. »Hier, Kindchen, lauf und hol uns frisches Wasser. Wir werden sehen, was wir uns aus dem, was wir haben, Köstliches zubereiten können.«

Wassersuppe, dachte Anna, aber sie nahm den Eimer bereitwillig entgegen und machte sich damit auf den Weg.

Anna schlenkerte den Eimer, wie sie es als Kind immer getan hatte, aber es bereitete ihr nicht die gleiche Freude.

Schon von Weitem bemerkte sie die kleine Gruppe Frauen, die neben dem mit Holz umkleideten Brunnen mit dem spitzen Dach dicht beieinander standen, die Köpfe zusammengesteckt, und so in ihr Gespräch vertieft waren, dass sie Annas Näherkommen zunächst nicht bemerkten.

»Gott zum Gruße«, sagte Anna und nickte den drei Nachbarinnen, die sie vom Sehen kannte, freundlich zu, während sie an ihnen vorbei auf den Brunnen zuging.

Das so rege geführte Gespräch verstummte und drei Augenpaare folgten Anna.

Sie hatte die drei flachen Stufen, die zum Brunnen hinaufführten, noch nicht erklommen, als sie hinter sich ein Zischen vernahm. Anna kümmerte sich nicht darum und hängte ihren Eimer an den eisernen Haken über der Brunnenöffnung. Sie wollte soeben den Eimer mithilfe der Kurbel hinunterlassen, als das Zischen hinter ihr lauter wurde.

»Das ist doch die Hexe, oder?«

»Ich dachte, man hätte sie in den Turm gesperrt.«

»Ja, zu ihrem Teufelspferd. Wo sie hingehört.«

»So war es mir auch zu Ohren gekommen.«

»Und was macht sie dann hier?«

Stille.

»Womöglich will sie das Wasser vergiften?«

Anna hielt den Atem an.

»Ihr meint, sie könnte einen Schadenszauber sprechen?«

»Das können wir nicht zulassen!«

Das Seil, mit dem der Eimer in den Brunnen hinabgelassen wurde, quietschte, während es sich langsam abwickelte, und Annas Herz klopfte bis zum Hals. Sie wartete darauf, dass etwas geschah. Mit einem Mal fühlte sie sich am Rock gepackt und mit blanker Gewalt vom Brunnen weggezogen. Sie stolperte, verlor das Gleichgewicht, stürzte die drei Stufen hinab und schlug mit den Ellenbogen auf den harten Boden auf, als sie versuchte, den Sturz abzufangen. Der Schmerz trieb ihr die Tränen in die Augen.

»Hinfort mit Euch!« Das Gesicht der Frau, die sich über Anna beugte, war mit roten Flecken übersät.

Anna starrte sie entsetzt an.

»Verschwindet!«, rief nun die zweite und baute sich neben der ersten über Anna auf.

Mit einem Mal traf etwas Hartes Annas rechtes Ohr und für einen Augenblick wurde ihr schwarz vor Augen. Dann erkannte sie ihren Eimer, den die dritte vom Haken genommen und ihr gegen den Kopf geworfen hatte, und der jetzt vor ihr ausrollte.

»Los, nehmt Euren Eimer und verschwindet«, schimpfte nun auch die dritte Frau, die kaum älter war als Anna selbst. »Wir wollen Euch hier nicht.«

»Wir werden Euch keine Gelegenheit geben, unser Wasser zu vergiften!«, zeterte die erste und spuckte vor Anna aus.

Mit zitternden Knien versuchte Anna auf die Füße zu

kommen, die Gesichter der keifenden Frauen über sich. Zu teuflischen Fratzen verzogen, schrien sie hinter Anna her, die sich taumelnd und stolpernd in Sicherheit brachte.

Durch das kleine Fenster mit seinen dicken Scheiben schien das kalte Licht des Mondes.

Christopherus trat von einem Huf auf den anderen und schlug zugleich mit dem Kopf. Bei jeder Bewegung schmerzte die offene Stelle an seiner Brust und doch konnte der Hengst nicht innehalten in seinem Versuch, sich auf jede nur erdenkliche Art und Weise Bewegung zu verschaffen. Solange er mit dem Kopf wackelte, war wenigstens irgendetwas in seiner Umgebung in Bewegung. Und wenn es nur das Auf und Ab der Mauersteine vor ihm war.

Christopherus schnaubte und spitzte die Ohren, während er dem eigenen Geräusch zuhörte. Ach, wie sehnte sich der Hengst nach Geräuschen von anderen, nach neuen Bildern, nach Bewegung! Er wieherte und horchte, ob von irgendwo eine Antwort kam.

Nichts.

Noch einmal wieherte Christopherus. Lauter diesmal.

Doch immer noch wurde sein Rufen nicht erhört.

Nun wieherte der Hengst und schlug zugleich mit dem linken Hinterhuf aus. Dabei traf er die hölzerne Türe und wurde endlich mit einem Geräusch belohnt, das nicht unmittelbar von ihm stammte. Nun gab es für den Rappen kein Halten mehr. Wieder und immer wieder ließ er den Huf gegen das Holz krachen und lauschte dem Klopfen und Hämmern.

»*He!*«

Der Ruf war so durchdringend, dass Christopherus die Ohren anlegte.

»Elende Mähre!« Der Burggreve war ungehalten, als er im Nachthemd in den Raum stürmte. Wenn das Vieh weiterhin so lärmte, würde sich bald jemand beschweren! Er griff nach der Rute, die an der Wand hing, und ließ sie zornentbrannt auf Christopherus' Kruppe niederfahren. In diesem Augenblick hatte er den Teufel in Christopherus, der ihn sonst so furchtsam werden ließ, dass er das Pferd lieber tot als lebendig sah, aus seinem Gedächtnis verdrängt.

Der Hengst wieherte schmerzvoll auf.

Erst als er seinen rechten Arm kaum noch heben konnte, hatte Johann Rommerskirchen genug. Und jegliche Geister eigenhändig vertrieben.

Christopherus gab schon lange keinen Laut mehr von sich.

Zur gleichen Zeit ein wenig weiter südlich beschien derselbe helle Mond ein Paar, das einander eng umschlungen hielt. Die junge Frau verbarg ihr Gesicht an der Schulter des Mannes. Hin und wieder wurde ihr Körper von einem Schütteln erfasst und ein tiefes Schluchzen entwich ihrer Kehle.

Der Mann strich über das haselnussbraune Haar und atmete den Duft der Frau ein.

»Ich wünschte«, sagte er leise, »wir könnten einfach von hier fortgehen und woanders gemeinsam von Neuem beginnen.«

Das Schluchzen an seiner Schulter wurde lauter. Anna wünschte sich selbst nichts sehnlicher, doch war ihr zugleich schmerzhaft bewusst, dass die Erfüllung dieses Wunsches unmöglich war. Nicht die Liebe bestimmte das Leben, sondern das Leben die Liebe. Niemals würde sie Daniel als Ehefrau zugehören können. Sie beide hatten keine gemeinsame Zukunft. Eine andere war für ihn bestimmt, würde an seiner Seite stehen, nicht sie, eine einfache Bäuerin mit schmutzigen und rauen Händen. Das wusste sie, obwohl Daniel nie mit ihr darüber gesprochen hatte. Sie schniefte und rückte ein Stück von Daniel ab. Sie durfte ihn nicht in Gefahr bringen, musste ihren Weg alleine gehen.

Ihren Weg als Hexe.

Anna blickte in Daniels Gesicht. Sie wollte ihm soeben sagen, dass er sein eigenes Leben führen müsse, ohne weiterhin an sie zu denken und sich ihretwegen in Gefahr zu begeben, doch seine Gebärde ließ sie plötzlich verstummen.

Der Gesichtsausdruck des jungen Mannes veränderte sich von Überraschung über Erkenntnis zu Entsetzen.

Anna wandte sich um.

Und auch in ihrem Gesicht spiegelten sich augenblicklich Angst und Verzweiflung wider.

Wer eine Grube macht,
der wird hineinfallen;
und wer einen Stein wälzt,
auf den wird er zurückkommen.
Sprüche Salomos 26.27

Die schweren Schritte hallten von den Wänden zurück. Konstantin Liskirchner schnaubte vor Wut. Sein Sohn wie ein gewöhnlicher Schuft in Turmhaft! Gemeinsam mit dieser losen Pritt* Anna Meutin! Was dachte sich der Gewaltrichter eigentlich? Der Kaufmann durchschritt die Eingangshalle des Rathauses und stieß die zweiflügelige Türe zum Saal mit Schwung auf. Die Ratsherren saßen bereits an ihren Tischen und blickten erschreckt hoch, als Liskirchner schnaufend wie ein wütender Stier den Raum betrat.

»Gott zum Gruße, werter Freund«, begrüßte der Turmmeister das Ratsmitglied auffallend freundlich. Er erhob sich gar, ging dem Patrizier mit ausgestreckten Armen entgegen und geleitete ihn höflich zu einem freien Platz am Tisch. »Hattet Ihr einen guten Morgen?«

Konstantin Liskirchner quollen fast die Augen aus ihren Höhlen. »Einen guten Morgen?«, schimpfte er. »Wie würdet Ihr Euren Morgen beschreiben, wenn man Euch als Erstes davon in Kenntnis setzte, dass man Euren einzigen Sohn, der sich nichts zuschulden hat kommen lassen, wie einen Verbrecher verhaftet und abgeführt habe?«

Der Turmmeister Jakob von Langenberg lachte verlegen. »Aber werter Freund«, wiegelte er ab, »das lässt sich doch unter uns Männern leicht regeln.« Er wandte Liskirchner den Rücken zu und kehrte zu seinem Platz zurück. »Ihr müsst jedoch zugeben, dass unser geschätzter Herr Eigelmann als Gewaltrichterbote nur seine Pflicht tut, wenn er verdächtige Personen erst einmal festsetzt, die sich in der Dunkelheit, und nachdem die Uhr elf geschlagen, in düsteren Gegenden auf den Straßen herumtreiben. Schließlich geht es dabei um unser aller Sicherheit.«

Liskirchner schnaubte wieder. »Und wieso ist er immer noch in Haft? Seine Identität wurde doch wohl mittlerweile geklärt.«

Von Langenberg lehnte sich in seinem Stuhl zurück und verschränkte die Arme vor der Brust. »Es ist mir ein wenig unangenehm, dass ich es bin, der Euch, meinem hochgeschätzten Freund, mit dieser Nachricht gegenübertreten muss, doch bleibt mir wohl keine andere Wahl: Euer Sohn Daniel wurde in Gesellschaft eines liederlichen Frauenzimmers angetroffen, das bereits wegen des Verdachts der Hexerei mehrfach vom Rat verhört wurde.«

Konstantin Liskirchners Wangen färbten sich zornesrot. »Anna Meutin …«, zischte er.

»Ihr gebt also zu, dass Ihr sie kennt?«

Der Kaufmann nickte. Es war ihm anzusehen, wie gerne er diese Tatsache geleugnet hätte.

»Nun …« Der Turmmeister kratzte sich am Bart. »Wir sind uns, bitte verzeiht, wenn ich das sage, nicht sicher, in welcher Verbindung Ihr Sohn zu dieser … dieser … verdächtigen Person steht.«

Mit einem Mal versteifte sich Konstantin Liskirchner, als spüre er brüchiges Eis unter seinen Füßen und wäre sich der Gefahr bewusst, die dieser Untergrund mit sich bringt: Ein falscher Schritt und man rutschte auf ihm aus oder ging sogar unter, wenn man nicht achtsam genug war.

Dieses Mal konnte Anna die Einsamkeit ihres Gefängnisses noch schlechter ertragen, da sie wusste, Daniel war irgendwo in ihrer Nähe ebenfalls eingesperrt. Sie lauschte in die Dunkelheit, ob sie ein Geräusch vernahm, doch überall war es nahezu gespenstisch still. Nicht einmal das Kratzen von Rattenpfoten war zu hören.

Anna dachte nicht nur an Daniel, den nun ihretwegen das gleiche Los wie sie ereilt hatte, sondern auch an Lenchen, das plötzlich – mit ihrer Kette – verschwunden war.

»Wo ist das Mädchen?«, hatte sie den Knappen gefragt, der sie erneut in die »Kemenate« gebracht hatte, den zur Flussseite gelegenen Raum, den sie zuletzt mit Lenchen geteilt hatte.

»Weg«, lautete die knappe Antwort des jungen Mannes und mit einem Blick auf Annas entsetztes Gesicht fügte er hinzu: »Der Stadt verwiesen.«

Anna wusste nicht, ob sie über diese Neuigkeit erleichtert, erbost oder besorgt sein sollte. Man hatte Lenchen freigelassen, das war die gute Nachricht. Ihre Kette würde nun mit einem kleinen Mädchen zusammen auf Reisen gehen und Anna hoffte inständig, dass sie ihr Glück brachte. Außerhalb der Stadtmauern regierte das Gesetz des Stärkeren und es waren schon

Männer für weit weniger als eine Halskette ermordet worden.

Die wirklich schlechte Nachricht jedoch war, dass der Winter vor den Toren der Stadt lauerte und nur darauf wartete, seinen kalten weißen Umhang über den Schultern des Kindes auszubreiten.

Konnte Lenchen das überleben?

Der Backenstreich ließ Daniels Kopf zur Seite schnellen. Beschämt senkte er den Blick und versuchte sich den Schmerz nicht anmerken zu lassen. Um nichts in der Welt gönnte er seinem Vater die Genugtuung, ihm seinen Dank dafür auszusprechen, dass er ihn nach Stunden aus diesem stinkenden Rattenloch befreit hatte.

»Mir dünkt, du hast deinen Verstand verloren«, zeterte der Kaufmann und stolzierte zwischen Kaminfeuer und Fenster seines Gemaches auf und ab. »Willst du uns alle mit ins Unglück reißen?"

»Ich bin mir keiner größeren Schuld bewusst, als des Nachts das Haus verlassen zu haben«, entgegnete Daniel. »Und bislang hattet Ihr damit keine Schwierigkeiten.«

Konstantin Liskirchner hielt inne. »Er ist sich keiner Schuld bewusst? Nun, die Herren des Rats sehen das anders. Die sehen einen jungen Faun, der sich mit einer Hexe eingelassen hat und womöglich selbst mit dem Teufel im Bunde steht!«

»Anna ist keine Hexe!«

Der Ältere wies mit ausgestrecktem Arm zur Tür: »Erzähl das dem Turmmeister, nicht mir!« Er schüttelte den Kopf. »Du weißt offenbar gar nicht, in welcher Not du steckst, Sohn.«

Daniel schwieg.

Liskirchner atmete laut ein und aus. »Ich habe einen Fürsprecher besorgt.«

»Einen Fürsprecher?«, fragte Daniel erschrocken. »Wofür brauche ich einen Fürsprecher?«

»Advokat von Erkelenz wird sich um die Verteidigung Annas kümmern.«

»Ihr habt Anna einen Verteidiger gedungen?« Daniel nahm diese Nachricht freudig entgegen, doch zweifelte er an der plötzlich entbrannten Nächstenliebe seines Vaters. Es musste damit etwas anderes auf sich haben als die späte Einsicht, das Mädchen nicht ohne Hilfe seinem Schicksal zu überlassen. Zumal er sich denken konnte, dass diese Hilfe den Kaufmann einiges kostete, denn wer verteidigte schon gerne eine Hexe und brachte sich damit selbst in Gefahr? Wie schnell konnte man sich dadurch selbst dem Vorwurf der Zauberei ausgesetzt sehen? Nur wenige wirklich herausragende Anwälte würden sich – wenn der Preis stimmte – auf ein derart gefährliches Unterfangen einlassen.

Der Kaufmann wandte sich ab, als wollte er seinem Sohn nicht länger in die Augen sehen, bevor er antwortete: »Wenn auch nur ein Staubkorn des Verdachts auf den Schultern des Mädchens zurückbleibt, so wird dies auch für dich schlimme Folgen haben«, sagte er, grimmig und besorgt zugleich.

»Aber ... wieso?«

»Die Sexherren glauben, du hättest dich von deiner Hure zu einem Pakt mit dem Teufel überreden lassen, Sohn, hast du das immer noch nicht begriffen?«

Daniel starrte seinen Vater mit offenem Mund an. *Jetzt* hatte er begriffen: Wenn Christopherus verurteilt wurde, dann würde man auch Anna der Hexerei für schuldig befinden. Und das wiederum bedeutete auch für ihn ein Rendezvous mit dem Tod.

Anna hatte jegliches Gefühl für Zeit und Raum verloren. Sie hätte nicht zu sagen vermocht, wie viele Tage und Nächte sie in der Dunkelheit ihres Gefängnisses zugebracht hatte. Einen? Zwei? Einmal hatte sie geglaubt, die Glocken des Domes zu hören. Sie hatte sogar versucht, die Schläge zu zählen, um herauszufinden, die wievielte Stunde des Tages angebrochen war. Doch was nutzte das, wenn sie nicht einmal sagen konnte, ob es Tag oder Nacht war, nachdem man sie von dem größeren Raum in einen fensterlosen kleinen gebracht hatte?

Zunächst hatte Anna versucht Klarheit in ihre Gedanken zu bringen. Vielleicht gab man ihr die Möglichkeit, sich selbst zu verteidigen. Was wollte sie dann vorbringen? Sie versuchte sich Sätze zurechtzulegen. Doch je mehr Stunden verstrichen, die sie in der Dunkelheit und Abgeschiedenheit zubringen musste, desto schwärzer wurden auch Annas Gedanken. Sie drehten sich im Kreis, flogen flatterhaft zwischen Großmutter, Christopherus, Daniel, der alten Jenne, ihren verstorbenen Eltern, der als Hexe verbrannten Tante, dem kleinen Lenchen und ihr selbst hin und her.

Irgendwann war Anna so ermattet, dass ihr alles gleichgültig wurde. Was nutzte es, sich Gedanken zu machen, wenn doch niemand da war, dem sie sie mitteilen konnte?

Doch als der Knappe des Burggreven Anna schließlich aus ihrem Gefängnis befreite und dem Gerichtsdiener übergab, merkte sie sofort, dass irgendetwas anders war.

Anna blinzelte mit den Augen, die sich erst wieder an die Helligkeit gewöhnen mussten, und trotz ihres Zögerns schubste sie niemand voran. Als hätte der Mann Anweisung bekommen, sie höflicher zu behandeln. Der Gerichtsdiener führte sie umsichtig die Stufen hinunter in den Raum, den Anna bereits von ihren vorherigen Verhören kannte. Und dort saßen sie schon: der Turmmeister mit seinen Männern, dem Stimmmeister, dem Burggreven, dem Turmschreiber und etlichen Sekundanten, deren Aufgaben Anna nicht näher zu benennen wusste.

Alles war so, wie Anna es bereits gewohnt war, doch stand diesmal vor den Tischen der Ratsherren ein weiterer Tisch mit zwei Stühlen. Auf einem dieser Stühle saß ein groß gewachsener, elegant gekleideter Herr, der bei Annas Erscheinen aufstand und ihr wohlwollend entgegenblickte.

»Kommt, tretet näher«, forderte er Anna lächelnd auf und winkte sie zu sich heran, nachdem sie zögernd stehen geblieben war. »Setzt Euch.« Er wies auf den freien Stuhl neben sich.

Anna glaubte zu träumen. Ohne den Blick von der gewandten Erscheinung an ihrer Seite abzuwenden, nahm sie auf dem freien Stuhl Platz.

»Hohe Herren des Rates, wertes Frollein Meutin«, fuhr der Unbekannte gewandt fort, »ich bitte um Erlaubnis, die Ergebnisse der bisherigen Interrogatio* zusammenzufassen, wie sie mir zugetragen wurden.«

Der Turmmeister knurrte grimmig und nickte und Anna konnte sich des Eindrucks nicht verwehren, dass der Ratsherr über das Erscheinen des unbekannten Mannes nicht ganz so erfreut war wie sie selbst. Doch schien der Vorsitzende im Gegensatz zu ihr wenigstens zu wissen, mit wem er es zu tun hatte!

»Beschuldigt werden das Pferd Christopherus und seine Besitzerin Anna Meutin, sich mit dem Teufel eingelassen zu haben«, begann der Fremde. »Beiden jedoch wird aus völlig unterschiedlichen Gründen dieser Vorwurf gemacht.« Der Mann begann unter den Blicken der anwesenden Ratsherren auf und ab zu gehen. Auch Anna folgte jeder Bewegung des Unbekannten, wobei sie sich immer noch fragte, wer er wohl sei und was er hier tue.

»Der Hengst Christopherus hat den Marktmeister Friederich von Rodenkirchen verletzt. Dafür gibt es mehrere Augenzeugen. Anna Meutin«, bei der Nennung ihres Namens wandte sich der Redner zu Anna um, »wird von ihrer Nachbarin Maria Metz der Schadenszauberei beschuldigt. Für diesen Vorgang gibt es lediglich die Aussage der Klägerin.« Er hielt abrupt inne, stutzte und blickte sich suchend um. »Apropos«, sagte er, »wo befindet sich eigentlich die Klägerin? Ist es nicht Brauch, beide Parteien eines Konfliktes zum Turm zu bringen, bis die Frage der Schuld geklärt ist?«

»Der gute Leumund der Klägerin gestattete es, auf diese Prozedur zu verzichten«, nuschelte der Turmmeister zur Antwort.

»Soso«, entgegnete der Mann ohne Namen mit spöttischer Stimme, »gestattete der gute Leumund das. Nun ... zunächst einmal sollten wir uns darauf einigen, was wir hier heute ermitteln wollen: die Besessenheit des Pferdes und seine Schuld an den Verletzungen des

Marktmeisters? Oder die Rolle Anna Meutins bei den Beschwerden der gewissen Maria Metz, deren Leumund es ihr erlaubt, dieser Vernehmung fernzubleiben.«

»Maria Metz ist einbestellt und wird rechtzeitig zu ihrer Vernehmung erscheinen«, antwortete der Turmmeister mit kaum verhohlenem Groll.

»Aha!«, machte Annas Fürsprecher. »Dann darf ich aus der Einbestellung der Klägerin entnehmen, dass es bei der heutigen Interrogatio um Anna Meutin gehen wird? Denn zu den Vorkommnissen mit dem Pferd kann Frau Metz uns nicht weiterhelfen, oder doch?«

»Der Rat hat diese zwei Fälle bislang nicht in der Form voneinander getrennt behandelt, wie der Herr Advokat dies offenbar zu tun beabsichtigt«, schnaubte der Turmmeister und Anna betrachtete den Fremdling mit neuen Augen: Ein Advokat zu ihrer Verteidigung? Das konnte sie nur der Familie Liskirchner zu verdanken haben. Und sie ahnte auch schon, wie es dazu gekommen war.

»Gut«, sagte der Rechtsanwalt mit einem herablassenden Lächeln. »Ich richte mich da ganz nach den Vorstellungen des Rates. Ich schlage vor, ich beginne mit meinen Überlegungen das Pferd betreffend, solange die Klägerin nicht anwesend ist?«

Der Turmmeister begnügte sich zur Antwort mit einem stummen Kopfnicken.

Der Advokat nahm seine Schritte wieder auf. »Ich erinnere mich an den von mir sehr geschätzten Bartholomäus Chassenée, der durch seine brillante Verteidigung einiger Ratten vor dem Kirchengericht Autun zu Weltruhm gelangte. Seither müssen Rechtsgelehrte vielerorts seine Argumentationen studieren, wollen sie den Beruf des Advokats ergreifen.

Chassenées Verteidigung der Ratten, die beschuldigt worden waren, große Teile der Getreideernte verspeist zu haben, gründete zunächst darauf, das Gericht darüber zu belehren, dass es die Ratten ordnungsgemäß vorzuladen habe. Chassenées Forderungen entsprechend ließ das Gericht die Ratten jeder Gemeinde einzeln einbestellen, doch blieb diese Vorladung erfolglos: Keine Ratte ließ sich vor Gericht blicken.

Der Anwalt argumentierte daraufhin, da alle Ratten ungeachtet ihres Alters und ihrer Gebrechen vorgeladen worden wären, müsste man ihnen mehr Zeit zugestehen, um entsprechende Reisevorkehrungen treffen zu können.

Das Gericht akzeptierte diese Erklärung und verschob den Verhandlungstermin. Doch wiederum geschah nichts. Keine Ratte erschien.

Kein Wunder, sagte Chassenée, sei doch die Rechtmäßigkeit der Vorladung nur dann gegeben, wenn das Gericht den Ratten sicheres Geleit gewährleisten könne. Anderenfalls wäre es das gute Recht der Ratten, sich der gerichtlichen Anordnung zu widersetzen.

Da nun aber die Katzen der Kläger auf dem Wege zum Gericht eine große Gefahr für seine Klienten darstellten, müsse das Gericht dafür Sorge tragen, dass ihnen kein Leid widerfahre, indem es zum Beispiel den Besitzern der Katzen unter Androhung hoher Geldstrafen eine Bürgschaft abverlange. Dann würden seine Klienten der Vorladung augenblicklich Folge leisten.

Die Besitzer der Katzen, die Kläger nämlich, wollten jedoch eine solche Bürgschaft nicht übernehmen und so wurde der Gerichtstermin auf unbestimmte Zeit verschoben.«

Anna entsann sich Lenchens Bericht über den Prozess gegen die Holzwürmer und nun verstand sie, dass auch in diesem Fall von der Verteidigungsstrategie dieses besagten Chassenées die Rede gewesen war. Aber wie wollte ihr Verteidiger diesen exemplarischen Streitfall für sich nutzen?

»Nun«, fuhr der Advokat fort und beantwortete damit Annas Frage, »nachdem wir soeben festgestellt haben, dass im Falle der beschuldigten Anna Meutin die Klägerin fehlt, müssen wir jetzt feststellen, im Falle des Pferdes keinen Beklagten vor uns zu haben!«

Der Turmmeister stöhnte ungehalten. Jetzt musste er auch noch diesen aufgeblasenen Verteidiger erdulden, weil dieser Popanz Daniel Liskirchner offenbar einen Narren an dem Mädchen gefressen hatte. Der Turmmeister ließ seinen Blick auf Anna ruhen und musste sich bei dem Anblick wieder einmal zugestehen, dass er die Gefühle des Kaufmannssöhnchens nachvollziehen konnte. Er hätte das Mädchen auch nicht abgewiesen. Und doch hatte er keine Wahl. Auch auf die Gefahr hin, die Familie Liskirchner zu brüskieren, die sogar so ungewöhnliche Wege ging und einen Fürsprecher dingte, musste er Anna Meutin dem erzbischöflichen Gericht ausliefern. Wenn er das nicht tat, hatte er Maria Metz am Hals, die ihm erheblichen Schaden zufügen konnte, wenn sie das, was sie über ihn wusste, ausplauderte. Und dass diese Frau dazu in der Lage war – daran zweifelte der Ratsherr nicht einen Glockenschlag lang. Dass auch Daniel Liskirchner unter Verdacht geraten konnte, wenn Anna Meutin während einer peinlichen Befragung beim Hohen Weltlichen Gericht seinen Namen nannte, war natürlich dumm. Aber der Turmmeister sah sich nicht in der Verantwortung.

Die Stimme des Verteidigers, die mit einem Mal lauter wurde, riss den Vorsitzenden aus seinen Gedanken.

»Wo ist das Pferd? Hat es keine Vorladung zu diesem Termin erhalten?« Der Advokat machte eine kleine kunstvolle Pause, als wartete er auf eine Antwort.

Die Ratsherren blickten einander derweil verwundert an, als zweifelten sie am Verstand des Mannes.

Dann fuhr Herr von Erkelenz fort: »Da es aber nicht im Interesse der Verteidigung liegt, die Verhandlung zu verzögern, da die vermeintlichen Übeltäter bereits festgesetzt wurden, will auch ich versuchen, ohne das Pferd zurechtzukommen, das uns doch vielleicht Rede und Antwort stehen könnte?« Der Anwalt blickte einen Moment lang schweigend in die Luft. »Ach nein«, sagte er dann, als sei es ihm soeben eingefallen. »Pferde sind ja des Sprechens nicht mächtig. Aber sind sie dann einer willentlichen Handlung fähig? Ist hinter der Verletzung des Marktmeisters ein verbrecherischer Wille erkennbar? Ich meine: nein!«

»Der werte Herr von Erkelenz scheint zu vergessen, dass das Pferd Christopherus während seiner abscheulichen und verurteilenswürdigen Handlung vom Teufel geführt wurde«, sagte der Stimmmeister in belehrendem Ton.

»Richtig, richtig«, gab der Verteidiger zu. »Dennoch erörtern wir hier die Tat und die mögliche Bestrafung des Pferdes und nicht die des Teufels. Oder wollten die hohen Herren den Leibhaftigen zur Strafe im Fegefeuer schmoren lassen?« Von Erkelenz lachte.

»Das Fehlen einer etwaigen moralischen Verantwortung enthebt die Kreatur nicht unbedingt auch von der rechtlichen Verantwortung, Herr Advokat«, schaltete sich der Turmmeister wieder ein, der jetzt endgültig genug von dem Geplänkel hatte, aber keine Möglichkeit sah, das Verfahren in seinem Interesse schnell mit einem entsprechenden Gutachten, einem Relatio*, zu beenden. »Auch wenn das Tier, wie Ihr meint, nicht willentlich handelte, so hat es dem Marktmeister dennoch einen erheblichen Schaden zugefügt. Und wie, wenn nicht durch eine Bestrafung des Tieres, soll dem Marktmeister Genugtuung widerfahren?«

Ohne Annas Verteidiger eine Gelegenheit zur Antwort zu geben, beugte sich der Turmmeister zum Stimmmeister hinüber und die beiden Männer tuschelten miteinander. Dann nickte der Turmmeister, rückte von seinem Nachbarn ab und verkündete: »Das Interrogatio wird morgen unter Anhörung von Zeugen fortgesetzt.«

Und bevor irgendjemand gegen diese Entscheidung einen Einwand erheben konnte, stand der Vorsitzende auf und verließ hastigen Schrittes den Raum, als könnte er nicht schnell genug davonkommen.

Als Anna nach einer weiteren schlaflosen Nacht in ihrem nasskalten Refugium am nächsten Morgen in den Raum geführt wurde, erwartete sie dort ein neues Szenario. Neben dem Advokat, Herrn von Erkelenz, waren heute ebenfalls Johann Rommerskirchen, der Burggreve des Schafentors, Maria Metz, Hermann, der Pferdeknecht, der Marktmeister Friederich von Rodenkirchen, dessen Arm immer noch mittels einer Schiene steif gehalten wurde, und Daniel anwesend. Offenbar war der Turmmeister willens, nichts unversucht zu lassen, um heute endlich einen Vorentscheid herbeizuführen und Annas Überstellung an das Blutgericht zu erwirken.

»Wie ich sehe«, bemerkte auch Annas Anwalt, nachdem Anna als Letzte auf ihrem Stuhl Platz genommen hatte, »werden wir heute die Ehre haben einige Zeugenaussagen zu hören?«

»Da Ihr mit Eurem Erscheinen aus unserer harmlosen Vernehmung und Feststellung von Indizien bereits eine Gerichtsverhandlung gemacht habt, hielten wir dieses Vorgehen für ratsam«, bekannte der Turmmeister.

Die Mundwinkel des Verteidigers zuckten. »So darf ich dennoch beginnen?«

Der Turmmeister nickte und öffnete die Hände zur Decke hin.

Der Advokat erhob sich und schritt wie bereits am vorherigen Tage vor den Tischen der Ratsherren auf und ab, während er referierte: »Christopherus, so lautet der Name des Pferdes, das den werten Herrn von Rodenkirchen«, bei diesen Worten drehte er sich zum Marktmeister um und die beiden Männer nickten einander höflich zu, »verletzt haben soll.«

Der Marktmeister deutete auf seinen Arm.

»Christopherus also«, fuhr von Erkelenz fort und nahm seine Schritte wieder auf, »trägt den Namen des heiligen Christophorus, des Schutzpatrons der Reisenden und Pilger. Er ist der Träger unseres Herrn Jesus Christus! Er soll ein Hüne gewesen sein und so stark, dass er einfach jeden auf seinen Schultern tragen konnte. Und so übernahm er die Aufgabe, Menschen auf seinem Rücken über einen gefährlichen Fluss zu tragen. Unermüdlich trug er Menschen von der einen Seite des Flusses zur anderen.

Eines Nachts hörte er eine Kinderstimme nach ihm rufen und sah ein Kind, das seine Dienste in Anspruch nehmen wollte. Er nahm es auf die Schultern und stieg mit ihm ins Wasser. Doch die Last wurde immer schwerer, das Wasser schwoll an, er fürchtete schon zu ertrinken und meinte, die ganze Welt läge auf seinen Schultern.

»›Mehr als die Welt hast du getragen‹, sagte das Kind zu ihm, als sie die andere Uferseite endlich erreicht hatten, ›der Herr, der die Welt erschaffen hat, war deine Bürde.‹« Der Advokat sah seine Zuhörer an. »Und dieser Christopherus, der – wie sein Namensgeber, der Jesus sicher über den tosenden Fluss brachte – Menschen auf seinen Rücken steigen lässt, um sie sicher von einem Ort zum anderen zu bringen, der soll vom Teufel besessen sein?«

Anna hatte die Geschichte beinahe zu Tränen gerührt. Voller Liebe dachte sie an ihr treues Pferd, das nun irgendwo allein und verlassen darauf wartete, dass sie es befreite. Und offensichtlich war nicht nur sie von den Worten des Verteidigers berührt worden.

»Selbst wenn wir annehmen«, fuhr der Advokat nun in seiner Verteidigungsrede fort, »dem geschädigten Marktmeister gebühre Genugtuung, so erinnere ich hier an einen Fall, der dem unseren insoweit ähnelt, als dass es ebenfalls um die Verletzung eines hoch angesehenen Bürgers durch ein Tier ging. Im genannten Fall wurde ein Ratsherr vom Hund eines Fassmachers in den rechten Fuß gebissen, der daraufhin den Fassmacher verklagte. Der jedoch verwies auf den Hund als Täter.

Entsprechend der Tat, bei der ein Körperteil des Klägers verletzt wurde, verurteilte das Gericht den Hund zu zwei Monaten Tollhaus, so lange nämlich, wie es brauchte, bis der Fuß des Ratsherren wieder genesen war.«

Anna hielt den Blick unverwandt auf den Turmmeister gerichtet. Dieser Mann würde darüber entscheiden, was mit Christopherus und ihr geschah. Doch war sein Gesichtsausdruck kaum dazu angetan, ihr Hoffnungen zu machen. Und auch der Verteidiger schien zu merken, dass er mit seinen Reden nicht weiterkam.

»Ist das alles, was Ihr hier vorzubringen gedenkt?«, ergriff der Turmmeister nun auch tatsächlich das Wort. »Dann lasst Euch sagen: Ihr vergeudet Eure und unsere Zeit. Eure Geschichten interessieren hier niemanden und sie sind kaum dazu angetan, die Unschuld des Pferdes oder des Mädchens zu beweisen ...«

Anna wandte den Kopf, als Daniel sich in diesem Moment ruckartig von der Bank, die an der Wand des Raumes stand, erhob. Überrascht bemerkte sie die Zornesröte auf den Wangen ihres Freundes. Er schien sich mit äußerster Anstrengung zu beherrschen, als er den Turmmeister unverwandt anblickte und in ruhigem Ton sagte: »Kann ich Euch einen Moment sprechen? Unter vier Augen? Es ist von großer Wichtigkeit, was ich Euch mitzuteilen habe.«

»Mein junger Freund«, antwortete der Turmmeister überheblich. »Ich glaube kaum, dass dies der geeignete Augenblick für ein derartiges Gespräch ist. Wenn Ihr etwas vorzutragen gedenkt, das uns Einblicke in den zu erörternden Fall gibt, dann sprecht frei heraus. Andernfalls möchte ich Euch bitten, Euch in Geduld zu üben und mir nach dieser Anhörung Eure Aufwartung zu machen.«

»Wie Ihr wünscht«, sagte Daniel und sein Tonfall ließ nicht nur Anna aufhorchen, während er sich ungebeten dem Tisch der Ratsherren näherte.

Anna erwartete bereits einen Rüffel, doch Daniel beugte sich ungehindert zum Turmmeister hinunter und sagte mit merkwürdig drohender Stimme: »In der Gaststätte *Zur Glucke*, erzählt man sich, gehe es hoch her.« Jakob von Langenberg zuckte sichtlich zusammen, als Daniel den Namen des Etablissements ungebührlich betonte. »Anständige Männer wie wir ...«, Daniel stockte, »... haben damit natürlich nichts zu tun. Nicht wahr? Schließlich haben wir Weib und Würde, die es zu verlieren gilt!«

Der Turmmeister wurde aschfahl, erhob sich hastig und winkte Daniel, ihm zu folgen.

Die Zeit schien nicht verstreichen zu wollen, während die beiden Männer außerhalb des Raumes miteinander redeten. Hin und wieder drang die erregte Stimme des Turmmeisters durch die geschlossene schwere Holztüre, doch weder Anna noch ein anderer der Anwesenden konnten auch nur einen Wortfetzen von dem verstehen, was in dem Flur vor dem Zimmer gesprochen wurde. Endlich ging die Türe wieder auf. Jetzt war das Gesicht des Turmmeisters rot wie die untergehende Sonne über dem Duffesbach. Er rang nach Luft, während er seinen Platz wieder einnahm.

Verstohlen blickte Anna zu Daniel hinüber und bemerkte seinen zufriedenen Gesichtsausdruck. Was auch immer er mit dem Turmmeister außerhalb des Raumes besprochen hatte – das Gespräch war zu seinen Gunsten verlaufen.

»Bitte fahren Sie fort, Herr von Erkelenz«, bat der Turmmeister und wischte sich einige Schweißtropfen von der Stirn.

Der Advokat zog die Stirn in Falten. »Wie Ihr es wünscht«, sagte er schließlich. Er räusperte sich und nahm seine unermüdlichen Schritte wieder auf.

»›Leben um Leben, Auge um Auge, Zahn um Zahn, Hand um Hand, Fuß um Fuß‹ lehrt uns die Bibel. Dürfen wir uns anmaßen, Gottes Wort in Zweifel zu ziehen? Selbst wenn es darum geht, das Pferd Christopherus für das zu bestrafen, was es dem Marktmeister Friederich von Rodenkirchen an Schaden zugefügt hat, so meine ich, es hat Buße getan, indem es seit der Tat in Turmhaft einsitzt und ...«

Der Turmmeister unterbrach Annas Fürsprecher, indem er hustete. »Werter Herr von Erkelenz«, wandte er sich an den Verteidiger und erhob sich, »Ihr habt mich mit Euren Ausführungen restlos überzeugt. Das Pferd Christopherus ist augenblicklich freizulassen und mit ihm die Angeklagte Anna Meutin. Der Rat sieht ihre Unschuld als erwiesen an. Es handelt sich um ein bedauernswertes Missverständnis ...«

Als Erstes sprang Maria Metz auf. »Aber hoher Herr!«, rief sie empört, doch der Turmmeister beachtete sie gar nicht.

Auch in den Reihen der Ratsherren entstand Unruhe. Der Stimmmeister zupfte unaufhaltsam am Gewand des Turmmeisters, der Burggreve des Frankenturms zischte seinem Sitznachbarn, dem Turmschreiber, aufgeregt ins Ohr, Anna selbst sah mit offenem Mund zwischen ihrem Verteidiger, der ebenso überrascht wirkte wie sie selbst, und Daniel hin und her. Letzterer saß mit zufriedenem, beinahe unbeteiligtem Gesichtsausdruck und verschränkten Armen zwischen der keifenden Maria Metz und einem vor Aufregung spuckenden Marktmeister.

»Ruhe!«, brüllte der Turmmeister und augenblicklich verstummte jede Stimme im Raum. Er atmete tief durch und fuhr fort: »Die Klägerin Maria Metz hat für ihre Behauptung, von ihrer Nachbarin Anna Meutin mit einem Maleficum belegt worden zu sein, zwei Zeugen guten Leumundes herbeizubringen. Erst wenn ihr das gelungen ist, wird sich der Rat erneut mit dem Vorwurf der Hexerei gegen Frollein Meutin befassen. Der Angeklagten Anna Meutin werden für ihre Unterbringung und Versorgung im Frankenturm sieben Schilling und für die ihres Pferdes noch einmal zwölf Schilling berechnet, die sie der Stadtkasse unverzüglich zuzukommen lassen hat. Im Relatio ist festzuhalten«, der Vorsitzende wandte sich zum Turmschreiber um, »dass die Angeklagte freigelassen wurde, da ihre Schuldlosigkeit im vorliegenden Fall erkennbar war. Die Vernehmung ist hiermit beendet.« Als hätte er soeben eine schwere körperliche Arbeit verrichtet, sank der Turmmeister auf seinen Stuhl zurück und wischte sich den Schweiß von der Stirn, während sich die anderen Ratsherren um ihn drängten und ihn mit Fragen bestürmten.

Anna sah sich um und wusste nicht recht, was sie tun

sollte. Konnte sie nun einfach aufstehen und gehen? Nicht nur sie schien von dem plötzlichen und unerwarteten Geschehen verwirrt zu sein.

Maria Metz stürmte wie eine Verrückte auf den Turmmeister zu und Anna fürchtete schon, sie würde ihm an den Kragen springen, doch kurz vor dem Tisch des Ratsherren blieb sie stehen und starrte ihn wütend an. »Ihr habt wohl etwas vergessen«, säuselte sie mit drohender Stimme, die Anna einen kalten Schauer über den Rücken jagte.

Anna fürchtete schon, der Turmmeister könne seine Meinung angesichts dieser unverhohlenen Warnung erneut ändern, als Daniel sich erhob und mit siegessicheren Schritten nun ebenfalls vor den Tisch der Ratsherren trat, wo sich die Menschen mittlerweile tummelten wie auf einem Jahrmarkt.

»Wir haben eben im Plädoyer des Verteidigers einen Vers aus dem heiligen Buch gehört. Darf ich die anwesenden hohen Herren um die Erlaubnis bitten, den Vers in seiner Gänze vorzutragen?« Und ohne die erbetene Einwilligung abzuwarten, begann Daniel: »›Wenn ein frevelhafter Zeuge gegen jemand auftritt, um ihn einer Übertretung zu beschuldigen, so sollen die beiden Männer, die eine Sache miteinander haben, vor den HERRN treten, vor die Priester und Richter, die zu jener Zeit sein werden, und die Richter sollen gründlich nachforschen‹«, bei diesen Worten sah er dem Turmmeister streng ins Gesicht. »So heißt es im fünften Buch Moses«, fuhr er fort. »›Und wenn der falsche Zeuge ein falsches Zeugnis wider seinen Bruder gegeben hat, so sollt ihr mit ihm tun, wie er gedachte, seinem Bruder zu tun‹«, jetzt sah er Maria Metz an, »›damit du das Böse aus deiner Mitte wegtust, auf dass die anderen aufhorchen, sich fürchten und hinfort nicht mehr solche bösen Dinge tun in deiner Mitte. Dein Auge soll ihn nicht schonen: Leben um Leben, Auge um Auge, Zahn um Zahn, Hand um Hand, Fuß um Fuß.‹« Daniels Stimme war zum Ende hin immer lauter geworden.

Maria Metz sah den Jüngling mit offenem Mund an. Ihr ohnehin hageres Gesicht wirkte nun noch eingefallener. Anna konnte an der Bewegung ihres Adamsapfels sehen, wie schwer ihre Nachbarin schluckte. Es gab nicht den geringsten Zweifel, sie hatte die eindeutigen Worte des Kaufmannssohnes verstanden.

Besonnenheit wird dich bewahren
und Einsicht dich behüten.
Sprüche Salomos 2.11

Anna verbarg ihr Gesicht in Christopherus' Mähne. Ihr Körper vibrierte, während die Tränen über ihre Wangen rannen. Was hatte man ihrem Hengst nur angetan? Eiter lief an seiner Brust in einem starken Strom herab und Striemen getrockneten Blutes verunstalteten die Kruppe des Rappen.

Das Pferd stöhnte, obwohl es Annas Berührungen sichtlich genoss und sie zuvor mit einem warmen Grummeln freudig begrüßt hatte. Jetzt hielt es die Augen halb geschlossen, der Kopf hing entspannt und die Ohren zeigten ruhig nach vorn. Christopherus verließ sich sichtlich darauf, dass Anna jetzt, wo sie endlich bei ihm war, auf ihn Acht geben und ihn beschützen würde.

Hermann stand mit gesenktem Kopf in der Türe, als Anna ihr Pferd dicht an ihm vorbei ins Freie führte.

»Es tut mir leid«, flüsterte er. »Ich konnte es nicht verhindern.«

Anna sah sich nicht dazu in der Lage, ihm gut zuzusprechen. Sie wusste nicht, was mit Christopherus geschehen war, wer ihm Schmerzen zugefügt hatte und warum. Welche Rolle der Pferdeknecht dabei gespielt hatte? Woher sollte sie das wissen? Auch wenn sie ihm

Glauben schenkte, so war Anna dennoch zu erschrocken über den Zustand ihres Tieres, um Hermann durch tröstende Worte von seiner empfundenen Last zu befreien.

Christopherus strauchelte, als er versuchte, den hinteren Huf über die Türschwelle zu heben, und stieß hart mit der Schulter gegen die Mauer.

Hermann stützte ihn. »Soll ich Euch helfen, ihn nach Hause zu bringen?«

Anna überlegte. Sie fürchtete sich davor, den Weg alleine zu beschreiten. Christopherus war so geschwächt, dass er kaum einen Huf vor den anderen setzen konnte, ohne dabei zu taumeln. Die Hilfe des starken jungen Mannes, das musste sie unumwunden zugestehen, konnte sie gut gebrauchen. Stumm gab sie ihr Einverständnis.

Es sollte sich schon bald herausstellen, dass Anna eine weise Entscheidung getroffen hatte. Ohne Hermanns tatkräftige Hilfe hätte der Rappe den Weg zum heimischen Stall niemals bewältigt. Wieder und wieder stolperte das Tier, ging mehrfach beinahe in die Knie und musste von Anna auf der linken und Hermann auf seiner rechten Seite gestützt werden.

Die Menschen, die ihnen begegneten, schüttelten bei ihrem Anblick die Köpfe. Einige lachten und scherzten, ob das Pferd vielleicht zu viel vom guten Met getrunken habe, andere schauten besorgt, ob alles mit rechten Dingen zuginge.

Ausgerechnet heute musste es auch noch kräftig regnen und mit jedem Schritt versanken sie in tiefen Pfützen oder glitten im Schlamm der aufgeweichten Straßen beinahe aus.

Hermann hätte der jungen Frau gerne erklärt, wie es zu den Verletzungen des Pferdes gekommen war und vor allem, dass er nichts damit zu tun hatte. Der Blick, den sie ihm zugeworfen hatte, als er ihr sein Bedauern über Christopherus' Verfassung kundtat, hatte ihn tief getroffen. Doch er war vollauf damit beschäftigt dafür zu sorgen, dass sich das Pferd nicht alle vier Läufe brach, und musste jegliche Unterhaltung auf später verschieben – wenn es denn ein Später gab.

Endlich erreichten sie den Bretterverschlag, in dem Christopherus zu Hause war, und Hermann musste lächeln, als er die Freude des Tieres bemerkte, wieder in seinem eigenen Stall zu sein. Und war er auch noch so schäbig. Trotz seiner grenzenlosen Erschöpfung wieherte Christopherus leise auf und ließ sich ermattet auf den Boden sinken, den Anna mit ein wenig mehr Stroh als üblich ausgepolstert hatte.

»Ich danke Euch«, sagte Anna und strich behutsam mit einem Tuch über Christopherus' feuchtes Fell, der so erschöpft war, dass er die Augen bereits geschlossen hatte und fest schlief. »Ohne Eure Hilfe hätte ich es nicht geschafft.«

»Ich ...«, Hermann knetete verlegen seine nasse Haube in den Fingern.

»Ich weiß«, kam Anna ihm zuvor. »Ihr habt Christopherus gewiss keinen Schaden zugefügt, dessen bin ich mir sicher.«

Hermann nickte und lächelte sichtlich erlöst von Annas Vertrauen, das sie ihm ausgesprochen hatte.

»Darf ich ...«, Hermann blickte Anna erwartungsvoll an, »kann ich Euch wiedersehen?«

Anna, die neben Christopherus auf dem Boden gekniet hatte, stand auf, hielt aber den Blick gesenkt. »Ich hoffe, ich habe Euch keinen Grund gegeben zu glauben, ich wäre auf der Suche nach einem Mann«, sagte sie.

»O nein«, beteuerte Hermann, »gewisslich nicht. Ihr habt Euch untadelig benommen.«

Anna lächelte erleichtert. »Dann seid Ihr mir auch nicht böse, wenn ich Euch sage, dass in meinem Herzen kein Platz frei ist, der zu besetzen wäre.«

Hermann nickte und schluckte.

»Ich danke Euch für das, was Ihr für Christopherus getan habt«, sagte Anna und streckte dem Pferdeknecht die Hand entgegen.

»Ach ja, hier«, entgegnete Hermann, griff in die ausgebeulte Tasche seines Wams und zog Jennas Silberbecher daraus hervor.

Anna schüttelte den Kopf. »Ich will ihn nicht«, sagte sie, »Ihr könnt ihn behalten.«

Hermann betrachtete den Becher eine Weile und steckte ihn anschließend zurück. »Habt dank«, sagte er.

Anna wartete, während der junge Mann seine Haube aufsetzte, zum Gruß noch einmal die Hand hob und mit einem leisen Seufzen die Tür des Stalls öffnete. Ohne sich noch einmal nach ihr umzudrehen, verschwand Hermann mit eingezogenem Kopf im prasselnden Regen.

Anna blickte ihm eine Weile hinterher, dann beugte sie sich über Christopherus, trocknete sein Fell und wunderte sich über seinen festen Schlaf.

Der Rappe schlief, als wäre es das erste Mal seit mehr als vierzehn Tagen. Und in gewisser Weise war es wohl auch so.

»Ich weiß nicht mehr, was ich tun soll. Und wenn mir nicht bald etwas einfällt, werden Großmutter und Christopherus sterben.« Während Anna sprach, ruhte ihr Blick auf ihrem Pferd. Wie glücklich hatte es sie gestimmt, den Hengst wieder bei sich zu wissen. Und wie kurz hatte dieses Glück gewährt. Jetzt fühlte sie sich so hilflos und verlassen wie niemals zuvor.

Daniel betrachtete seine Freundin schweigend. Es war nicht zu übersehen, dass Anna selbst am Ende ihrer Kräfte war und es um ihr Wohlergehen nicht besser stand als um das der alten Frau oder des Pferdes. Ihre Augen lagen in tiefen Höhlen, als hätte die junge Frau seit Wochen nicht mehr richtig geschlafen, ihr Haar, dessen Glanz und Pracht er sonst stets so bewundert hatte, war matt und strähnig. Ihr Kleid hing locker um die Taille und ihre Hüften und ihre Schulterknochen ragten spitz durch den dünnen, verblichenen Stoff. Sie wirkte zart und zerbrechlich wie ein junger Vogel, der aus dem Nest gefallen war, bevor er fliegen konnte, und der jetzt von Katzen gejagt und gequält wurde, bis kein Fünkchen Leben mehr in ihm steckte.

»Mir fehlen die Mittel, um Christopherus' Wunden zu versorgen. Ich habe nicht einmal genug, um ihm anständiges Futter zu besorgen, von dem er wieder zu Kräften kommen könnte. Und Großmutter? Sie braucht ja nicht mehr viel, aber die ständige Kälte und das wenige Feuerholz … Ich habe Reisig gesammelt, aber das bringt uns kaum über den Winter.« Sie schlang die Arme um ihren schmalen Oberkörper, als wäre ihr allein bei der Erwähnung dieser Jahreszeit schon kalt, obwohl heute, am Tage Brunos des Kartäusers, ein leichter Wind die Wolken noch einmal vertrieben und Platz für die wärmende Herbstsonne geschaffen hatte. »Sie ist immer seltener bei Verstand. Aber selbst wenn ich genug Gulden hätte, würde mir niemand etwas verkaufen.« Und bei diesem Gedanken fand doch noch eine Träne ihren Weg über Annas Wangen. »Auf welchem Markt ich es auch versuche«, Annas Stimme zitterte, »die Menschen meiden mich, wechseln die Straßenseite, wenn sie mir begegnen, jagen mich fort oder beschimpfen mich gar als Hexe.« Jetzt war es um Annas Selbstbeherrschung geschehen. Sie schluchzte und verbarg ihr Gesicht in den Händen, während Daniel unbeholfen versuchte, sie zu trösten und Christopherus sein großes schwarzes Maul an ihrem Ärmel rieb.

Einige Striemen an seiner Kruppe waren bereits verheilt. Und doch war der Eindruck, den der Rappe bot, nicht besser als der seiner Besitzerin. Auch sein Fell war struppig, wie Annas Haar, die Rippen standen hervor und die Kruppen waren so stark eingefallen, wie der junge Mann es bei keinem noch lebenden Pferd gesehen hatte. Und im Stall seines Oheims gab es wahrhaftig viele Tiere, edle Streitrösser und schnelle Rennpferde ebenso wie gewöhnliche Arbeitspferde.

Daniel zog Anna an sich und wartete, bis das Schluchzen nachließ. Er fürchtete sich davor, Anna das zu sagen, was er ihr sagen wollte. Sagen musste. Weswegen er eigens heute zu ihr gekommen war: Dass es das letzte Mal war, dass er sie besuchen würde.

»Du bist gekommen, um Lebewohl zu sagen«, sagte Anna unvermittelt und blickte mit verweinten Augen zu Daniel auf.

»Woher weißt du das?«, fragte Daniel sichtlich überrascht.

Anna lächelte. »Ich spüre es.«

Daniel seufzte.

»Für uns hätte es sowieso keine gemeinsame Zukunft gegeben«, sagte Anna und schniefte, »eine Bäuerin und ein Kaufmannssohn ...« Sie fuhr sich mit dem Handrücken unter der Nase entlang.

Daniel strich Anna eine Haarsträhne aus dem Gesicht.

»Wie heißt sie?«, wollte Anna wissen.

Daniel zögerte einen Augenblick. Dann antwortete er: »Helena.«

»Ich hoffe, sie wird dir eine gute Hausfrau«, sagte Anna und spürte, dass sie es ernst meinte. Sie wollte Daniel glücklich wissen.

Daniels Herz wurde schwer. Er wusste nicht, was er sagen sollte. Die Wahrheit? Das konnte er nicht, wenn er nicht riskieren wollte, dass sein Plan schiefging. Dafür kannte er Anna zu gut. Also schwieg er und drückte sie weiter an sich.

Anna fand keine Position, in der sie länger als fünf Atemzüge lang liegen konnte. Ihr Strohsack war nur notdürftig geflickt und jetzt stachen überall die Halme hervor, piekſten sie. Wie Daniel wohl ruhte? Wie sah sein Bett aus? Sein Bett, das er bald mit einer anderen Frau teilen würde. Gewiss war es weich und das *plumit** mit Daunen gefüllt.

Bei diesem Gedanken schnürte es Anna den Hals zu. Sie wollte sich nicht selbst quälen, doch immer und immer wieder kehrten die Gedanken an den Abschied zurück.

Das Klopfen war nur leise, sacht, und doch griff Anna

unverzüglich zu ihrem Spieß, den sie mittlerweile stets neben ihrer Bettstatt liegen hatte, und lauschte.

Die jüngere Vergangenheit hatte sie gelehrt, wachsam zu sein. Und dass Maria Metz mit ihrem Vorhaben, Anna aus ihrem Umfeld zu entfernen, gescheitert und dafür selbst ins Blickfeld der Ratsherren gerückt war, hatte ihre Freundschaft nicht unbedingt gefördert. Wer konnte schon sagen, auf welchen Gedanken Maria als Nächstes kam? Dem Turmmeister konnte sie nichts mehr anhängen. Er würde nicht zögern, sie wegen Verleumdung anzuklagen. Und so dumm war selbst Maria Metz nicht, dass sie sich auf dieses Wagnis einließ.

Wieder ertönte das zarte Klopfen.

Anna umklammerte ihren Spieß fester.

Es war mitten in der Nacht! Wer suchte sie zu so später Stunde auf? Ging jetzt etwa alles von Neuem los? Aber der Gewaltrichter würde sicherlich nicht so zaghaft klopfen, versuchte Anna sich selbst Mut zuzusprechen.

»Wer da?«, rief sie mit ängstlicher Stimme und richtete ihre Waffe auf die Türe.

»Liskirchner«, zischte eine männliche Stimme. »Konstantin Liskirchner. Ich möchte zu Anna Meutin.«

Anna wurde zur Statue. Was wollte Daniels Vater von ihr? Daniel hatte ihr doch bereits Lebewohl gesagt. Sie stellte keine Gefahr mehr dar.

»Was wollt Ihr?«

Während des folgenden Schweigens meinte Anna den Kaufmann durch die geschlossene Türe vor sich zu sehen, wie er grantig vor der schmucklosen Hütte stand und sich selbst verfluchte, diese armselige und finstere Gegend aufgesucht zu haben.

»Bitte«, flehte die Stimme. »Öffnet die Tür, ich habe mit Euch zu reden.«

Anna stellte den Spieß ab, tastete nach ihrem Wolltuch, das sie sich um die Schultern legte, und schob den Riegel, der die Türe von innen verschloss, zur Seite.

Der Kaufmann musterte sie, während er eintrat, von oben bis unten und Anna zog unwillkürlich ihr Tuch vor der Brust zusammen, obwohl er in der Dunkelheit wohl kaum viel erkennen konnte.

»Bitte«, sagte sie und wies auf einen der zwei Stühle, die an dem einfachen Tisch in der Mitte der Stube standen. Dann nahm sie den Kerzenstummel, der auf dem Tisch bereitstand, den letzten Rest, den sie und Großmutter noch besaßen, und entzündete ihn an der Glut in der Kochstelle, die zugleich den Raum erwärmte.

Liskirchner musterte den Stuhl, als traue er ihm nicht, nahm jedoch Platz und sah Anna geradeheraus an. Doch plötzlich runzelte er die Stirn und drehte den Kopf zu dem Vorhang hinter seinem Rücken um.

Anna lächelte. Auch sie hatte das leise Geräusch in diesem Augenblick vernommen. »Ihr braucht Euch nicht zu beunruhigen«, erklärte sie dem Besucher, »das ist Großmutter. Sie schläft.«

»Also gut«, sagte Daniels Vater und wandte sich wieder zu Anna um. »Dann schlage ich vor, ich komme ohne Umschweife auf den Grund meines Besuches zu sprechen.«

Anna nickte stumm.

»Ich möchte Euch ein Geschäft vorschlagen.«

Anna riss die Augen auf. Natürlich wusste sie, dass Konstantin Liskirchner Kaufmann war und täglich Geschäfte abwickelte, doch inwieweit konnte sie für ihn eine Handelspartnerin sein? Was hatte sie zu bieten, das für ihn von Interesse sein konnte?

Der nächtliche Besucher griff unter seinen schweren Mantel und zog einen ansehnlich großen Lederbeutel darunter hervor. Wortlos knallte er den Beutel auf die Mitte des Tisches.

Anna konnte die Münzen darin klimpern hören.

»Dies alles gehört dir, wenn du bereit bist, die Stadt zu verlassen und nicht mehr zurückzukehren.« Mit einem Mal war der Kaufmann von der höflichen Anrede ins vertrauliche Du gefallen. Ob er jedoch ihre Freundschaft damit unter Beweis stellen wollte, wagte Anna zu bezweifeln. Vermutlich ging es ihm vielmehr darum, ihr vor Augen zu führen, wie tief sie unter ihm stand. Dass er auch andere Möglichkeiten hatte, sie aus dem Wege zu schaffen, und dass es lediglich seine Güte war, ihr das Verlassen der Stadt etwas schmackhafter zu gestalten, daran bestand wohl kein Zweifel.

Anna starrte stumm auf den Lederbeutel.

»Sei nicht dumm«, drang Liskirchner in sie. »Hier bekommst du ohnehin kein Bein mehr auf die Erde. Niemand wird dir etwas abkaufen oder verkaufen. Der Hexereiverdacht bleibt, auch wenn du freigesprochen wurdest, an dir haften wie Pech.«

Anna wusste nur zu gut, dass der Kaufmann recht hatte. Und sie wusste auch von Frauen, die zunächst freigesprochen und nach Jahren der Verfemung doch dem Henker ausgeliefert worden waren.

»Warum tut Ihr das? Daniel hat mir bereits Lebewohl gesagt, Ihr müsst mich also nicht mehr aus dem Weg räumen, um ihn zurückzugewinnen.«

Der Kaufmann schwieg und zum ersten Mal wandte

er den Blick ab und sah auf den Boden, als wollte er der Antwort ausweichen.

Anna erstarrte. »Ach, so ist das«, sagte sie, als sie in diesem Augenblick das wahre Geschäft und ihren eigentlichen Handelspartner erkannte: »Ihr sollt mir helfen und dafür ist Daniel bereit, sich mit der Frau zu vermählen, die Ihr für ihn ausgewählt habt.«

Der Kaufmann antwortete, indem er schwieg.

Anna spürte einen stechenden Schmerz in ihrer Brust. Sie hätte es besser verkraftet, wenn Daniel sich gegen sie entschieden hätte. Aber dass er ihre Liebe veräußerte wie ein Handelsgut, enttäuschte sie zutiefst.

Ihre Stimme klang kalt, als sie sagte: »Liebe kann man ebenso wenig kaufen wie verkaufen. Sie ist das Einzige, was sich nicht erzwingen lässt. Aber Ihr scheint das nicht zu wissen. Ihr meint, man könnte mit allem handeln. Doch selbst wenn ich wollte, ich wüsste ja nicht einmal wohin. Das Stück Land vor den Mauern der Stadt, das mein Vater mir hinterließ, ist das Einzige, was ich besitze und was mich am Leben erhält. Was soll ich tun, wenn ich woanders hingehe? Womit soll ich meinen und Großmutters Lebensunterhalt verdienen?«

Wortlos griff Daniels Vater erneut in seinen Mantel, holte ein zusammengerolltes dickes gelbes Papier hervor und legte es zu dem Münzbeutel auf den Tisch.

»Darin steht«, erklärte er in dem Glauben, Anna sei des Lesens nicht mächtig, »dass ich dein Land und diese Hütte hier erwerbe«, er deutete einmal mit dem ausgestreckten Arm um sich, »und dir dafür in dem Ort Brauweiler ein größeres Stück Land mit einem kleinen Haus darauf überlasse.«

Anna griff nach dem Papier, entrollte es und versuchte, mit zusammengekniffenen Augen im Schein der Kerze, die wild flackerte und kurz davor war zu erlöschen, das Geschriebene zu entziffern. Doch es war nicht nur das schlechte Licht, das sie ihr Vorhaben schließlich aufgeben ließ, sondern auch ihre mangelnden Kenntnisse des Lesens.

Sie warf das Papier zurück auf den Tisch und sagte: »Dies alles nützt mir nichts, denn ich könnte nicht einmal dorthin gelangen. Mein Pferd ist krank. Ich kann es nicht vor den Karren spannen. Es ist zu schwach, um sich selbst zu tragen, wie soll es dann meinen Hausrat ziehen? Und ohne Pferd kann ich auch kein Land bewirtschaften.«

Daniel Liskirchner lächelte selbstgefällig. »Ohne Pferd kannst du auch hier dein Land nicht bewirtschaften«, sagte er und tippte mit seinem Zeigefinger auf die Urkunde. »Dort steht auch, dass ich dein Pferd gegen ein anderes, gesundes Pferd eintausche, das ...«

»Niemals!«, rief Anna entrüstet. »Niemals gebe ich Christopherus her! Um keinen Preis!«

Der Kaufmann zuckte mit den Schultern. »Dann wird er sterben«, sagte er mit gleichgültiger Stimme. »Es liegt in deiner Macht ihm zu helfen, indem du ihn mir überlässt.«

Anna stieß harsch die Luft aus. »Wie sollte ihm das helfen?«

»Hat Daniel dir nie von seinem Oheim erzählt? Pferde sind seine Leidenschaft. Er hat Dutzende in seinen Ställen. Alles, was du dir vorstellen kannst: *dextrarii, cursorii, hercarii** ... Er ist bereit, Christopherus gesund zu pflegen. Und er hat die Mittel dazu. Die besten

Stallmeister des Landes arbeiten für ihn. Als Bezahlung bietet er dir ein kräftiges, gesundes Tier, das für die Feld- und Kutscharbeit besser geeignet ist als dein Rappe.«

Anna überlegte. Sie sollte sich von Christopherus trennen? Allein der Gedanke schnürte ihr die Luft ab. Andererseits stimmte es natürlich, was Liskirchner sagte: Sie hatte nicht die Mittel, um ihn gesund zu pflegen. Durfte sie so selbstsüchtig sein, wenn das Christopherus' sicheren Tod bedeutete?

»Daniel behauptet, dein Hengst sei eigentlich zu schade für die Plackerei auf dem Feld und als Reittier sicher gut zu gebrauchen.«

Anna dachte an ihr Pferd, wie es früher ausgesehen hatte: mit seidigem Fell, geschmeidigen Bewegungen und einem wachen, aufmerksamen Blick.

Schweigend sah sie zwischen ihrem Besucher, dem Lederbeutel und der Urkunde auf dem Tisch hin und her.

»Sei nicht dumm«, erklang plötzlich die heisere Stimme ihrer Großmutter hinter dem Vorhang. »Das ist für uns alle die einzige Möglichkeit am Leben zu bleiben. Für uns *alle*!«

Und in diesem Augenblick erlosch die Kerze.

Wer nach Gutem strebt,
trachtet nach Gottes Wohlgefallen;
wer aber das Böse sucht,
dem wird es begegnen.
Sprüche Salomos 11.27

Anna saß auf dem Kutschbock und hielt die Zügel locker in ihren Händen. Ihre Ahnfrau saß hinter ihrem Rücken inmitten all ihrer Habseligkeiten und murmelte unablässig vor sich hin.

Wenn sie gut durchkamen, überlegte Anna, dann würden sie ihr neues Heim spätestens bei Einbruch der Dämmerung erreichen. Mit acht Stunden Reisezeit jedoch mussten sie rechnen. Natürlich nur, wenn alles gut ging und nichts geschah, kein Achsbruch, keine Verletzung des Pferdes.

Sie betrachtete den kräftigen Hintern der falbfarbigen Stute, die gemächlich und ruhig den Wagen entlang des staubigen Weges zog, und dachte schweren Herzens an Christopherus. Nicht, dass sie die kleine kräftige Stute nicht mochte, sie war ein gutmütiges, aufgeschlossenes und arbeitsfreudiges Tier. Ein wenig schämte Anna sich, dass sie sie bislang nicht so in ihr Herz schließen konnte, wie sie es vielleicht verdient hatte, doch war der Platz noch besetzt von einem außergewöhnlichen Rappen mit einem blauen Auge, der nun mit vielen anderen Pferden zusammen in einem prächtigen Stall lebte, wo er das beste Futter und fachkundige Pflege erhielt. Nur die Liebe, die Anna ihm entgegengebracht hatte, würde er dort sicherlich nicht finden.

In diesem Moment erinnerte sich Anna an einen Traum, den sie einmal gehabt hatte: In diesem Traum saß sie auf dem Kutschbock eines Fuhrwerks, das mit all ihrem Hab und Gut beladen war, Großmutter an ihrer Seite, und als sie sich umdrehte, während der Wagen anfuhr, erblickte sie Daniel, der auf Christopherus' Rücken saß und ihr wehmütig nachschaute. Verwirrt blickte sie wieder nach vorn. Wer, wenn nicht Christopherus, zog den Wagen? Und sie starrte ungläubig auf die kräftigen Flanken eines Kaltblüters, der vor den Karren gespannt war.

Sie erinnerte sich noch, wie sie diesen Traum als Hirngespinst abgetan hatte, weil sie sich nicht hatte vorstellen können, alles hinter sich zu lassen, was ihr etwas bedeutete. Und doch war es genauso gekommen. Als hätte sie es damals bereits geahnt.

Zum wiederholten Male tastete Anna nach dem schweren Lederbeutel, den sie unter ihrem Rock verborgen hatte. Es war ein beruhigendes Gefühl, ihn zu spüren. Ein wenig freute sich Anna sogar auf ihr neues Heim, das größer sein sollte als ihr altes, und hoffte auf eine mögliche Zukunft für sich und Großmutter, an die sie nicht immer in der letzten Zeit geglaubt hatte. Vielleicht gelang es ihr, ein neues Leben anzufangen und das alte zu vergessen.

Die Straße machte eine leichte Biegung und Anna hing ihren Gedanken nach, sodass sie beinahe vom Kutschbock gerutscht wäre, als die Stute abrupt stoppte und Großmutter gegen ihren Rücken stieß.

Unmittelbar vor ihr auf der Straße stand jemand, ein Mann in einem dunklen Umhang, und versperrte ihnen den Weg.

Erschrocken tastete Anna nach ihrem neuen Dolch, der unmittelbar neben ihr griffbereit lag, doch ihre Bewegungen waren zu fahrig und der Dolch rutschte von der Bank und verschwand unerreichbar für Anna im Fußraum.

»Trottel«, schimpfte Anna leise mit sich selbst. Ihr Herz klopfte so stark, dass sie es in den Ohren spüren konnte. Ängstlich blickte sie zu dem Fremden hinüber.

War jetzt schon alles vorbei? Fand die Reise in eine bessere Zukunft bereits hier, kurz nachdem sie die Tore der Stadt hinter sich gelassen hatten, ein jähes Ende?

Der Mann hatte seinen Hut so tief ins Gesicht gezogen, dass Anna sein Gesicht kaum sehen konnte. Erst als er dicht vor ihr stand und den Kopf hob, um sie anzublicken, erkannte sie ihn.

Ohne Zögern ließ sie sich hinab in seine Arme gleiten.

Annas Großmutter wandte sich schwerfällig um. Als sie sah, was ihre Enkelin trieb, verdrehte sie die Augen zum Himmel und schickte ein Stoßgebet nach oben, der Herr möge ihnen gnädig sein und sie nicht für ihre Zügellosigkeit bestrafen.

»Ich musste dich noch einmal sehen«, sagte der Mann zwischen zwei Küssen und strich Anna zart über die Wangen. »Ich musste wissen, dass du mein Handeln verstehst.«

Anna rückte ein wenig von Daniel ab. »Zunächst habe ich dich verflucht«, gestand sie. »Doch dann habe ich es eingesehen.« Sie lächelte unter Tränen. »Schließlich habe ich auf die gleiche Weise Christopherus preisgegeben, nicht wahr?«

»*Preisgegeben* nennst du es?« Daniel war sichtlich erschrocken. »Aber ... aber ....«

Anna küsste ihn rasch. »Ich weiß«, sagte sie leise, »du wolltest mich vor dem Tode bewahren, so wie ich Christopherus vor dem sicheren Tod bewahrt habe.« Sie blickte zu Boden. »Nur hättest du dich bei mir erkundigen können, ob ich ein Leben ohne dich überhaupt führen will. Ich dagegen kann mein Pferd dies nicht fragen.«

»Ich werde dich immer lieben«, gestand Daniel und zum ersten Mal sprach er aus, was er fühlte, seit er Anna auf dem Markt wieder begegnet war. »Wer weiß, was die Zukunft uns bringt«, fuhr er fort. »So hast du wenigstens eine.«

Anna nickte. Sie wusste, dass Daniel recht hatte.

»Hier«, fuhr Daniel fort und reichte Anna altes, schäbig aussehendes Zaumzeug, das er bislang unter seiner Schaube verborgen hatte. »Mein Oheim bat mich, dir dies zur Erinnerung zurückzugeben.«

Anna nahm den Strick entgegen und drückte ihn an sich. »Danke«, flüsterte sie und kämpfte gegen die Tränen.

»Ich soll dir von ihm ausrichten, Christopherus gehe es gut. Er ist auf dem Wege der Besserung und hat bereits mit einer Stute, seiner Stallnachbarin, Freundschaft geschlossen.«

Anna lächelte unter Tränen.

»Mein Oheim ist von dem Hengst sehr angetan«, fuhr Daniel fort. »Vielleicht wird er ihn sogar zum Decken einsetzen.«

Ein lautes Hüsteln ließ Daniel und Anna aufhorchen.

Großmutter beugte sich gefährlich weit aus dem Wagen und erhob mahnend ihren Zeigefinger. »Es wird spät«, sagte sie, »lass uns weiterfahren, Anna-Kind, bevor es dämmert.«

»Es hat gerade mal zur Terz geschlagen, Großmutter«, widersprach Anna entrüstet, doch die Alte hörte ihre Antwort gar nicht, sondern sah sich unablässig nach allen Seiten um, als fürchtete sie, jeden Augenblick von einer Horde Räuber überfallen zu werden.

»Es stimmt, was deine Großmutter sagt«, gab Daniel zu. »Der Weg ist weit und gefährlich. Gib auf dich Acht.«

»Dann sagen wir nun also wirklich Lebewohl«, stellte Anna traurig fest.

»Nicht Lebewohl«, widersprach Daniel, während er ihr zurück auf den Kutschbock half, »sondern auf Wiedersehen! Eines fernen Tages komme ich dich besuchen und werde dir von Christopherus' Fohlen berichten.«

Anna hielt den Blick unverwandt auf Daniel gerichtet, während sie mit der Zunge schnalzte und die Zügel sacht auf die Kruppe der Stute fallen ließ. Holpernd setzte sich das voll beladene Gefährt in Bewegung. Eins der großen hölzernen Räder drückte eine tiefe Rille in den weichen Boden und rollte dabei achtlos und von Anna unbemerkt über eine blaue Haarschleife mit auffallendem goldfarbenem Rand hinweg, die ein kleines Mädchen an dieser Stelle verloren haben musste.

Nachwort

Diese Geschichte spielt zum Ende des Mittelalters in Köln. Einige historische Tatsachen haben Eingang in das Geschehen gefunden. Zum Beispiel das Haus für Leprakranke auf Melaten, die Verfolgung von Hebammen und anderen Frauen als Hexen, Art und Ausgang der Tierprozesse und vieles mehr.

Jedoch habe ich mich dabei frei aus dem Fundus der Geschichte und Geschichten bedient. So hat nicht alles, was erzählt wird, tatsächlich zur erwähnten Zeit und am erwähnten Ort stattgefunden. Manches geschah in Wahrheit in einer anderen europäischen Stadt beziehungsweise einige Jahrzehnte früher oder später.

Trotzdem zeichnet diese Geschichte ein Bild vom Leben vor etwa 400 Jahren, der Willkür des damaligen Rechtssystems und von den aus heutiger Sicht so unbegreiflich wirkenden Tierprozessen, die aber tatsächlich nicht nur in Deutschland stattgefunden haben.

Auch wenn man es kaum glauben mag: Selbst in der jüngeren Vergangenheit gibt es Beispiele für verurteilte Tiere[1] und abergläubische Rituale. Und in vielen ländlichen Gegenden hängen auch heute noch Hufeisen als Glücksbringer über den Türen.

Immer noch haben wir Menschen ein gespaltenes Verhältnis zu unseren Mitlebewesen und verlieren uns da, wo wir es nicht besser wissen, in Spekulationen über das tatsächliche Wesen der Tiere. Ob die Menschen in weiteren 400 Jahren deshalb den Kopf über uns schütteln werden? Ob man uns im Nachhinein für »Barbaren« halten wird, weil wir Tiere in Versuchen quälen, sie in winzigen Käfigen leben lassen und regelrecht krank mästen, um möglichst billiges Fleisch verzehren zu können?

Wer vor 600 Jahren behauptete, die Erde sei rund und bewege sich um die Sonne, wurde der Ketzerei beschuldigt. Daran sollten wir uns hin und wieder erinnern und uns häufiger darauf besinnen, was wir tatsächlich *wissen* – zum Beispiel über die Fähigkeiten und vermeintlichen Schwächen der Tiere – und was wir nur zu wissen *glauben*. Vielleicht würden wir dann den 2,5 Millionen Versuchstieren oder den 620 Millionen Schlachttieren jährlich etwas mehr Gerechtigkeit widerfahren lassen[2].

1 dpa-Meldung vom 3. März 1998: Nairobi. (dpa) Mit der Verurteilung eines Hundes zum Tod durch den Strang hat ein Gericht in Tansania Justizgeschichte geschrieben. Der Vierbeiner mit dem englischen Namen »Immigration« (Einwanderung) soll nach dem Willen des Gerichts noch in dieser Woche hingerichtet werden. Wie die Zeitung »East African« am Montag berichtete, gab das Gericht in der Ortschaft Rukwa im Westen des ostafrikanischen Landes damit einer Klage der tansanischen Einwanderungsbehörde statt. »Immigration« sei »aufzuhängen, bis der Tod eintritt«, weil sein Besitzer, der 25-jährige John Kachela, mit dieser Namensgebung eine »angesehene Behörde« (Department of Immigration) lächerlich gemacht habe. (Anmerkung der Autorin: Der Hund wurde schließlich von der Polizei erschossen.)

2 Zahlen von 2007

Ich danke Sarah Keppel von *spurenlese* für ihr historisches Wissen, das sie mir bereitwillig zur Verfügung gestellt hat, und Herrn Michael Fischer für seine kollegiale Hilfe bei der Beschaffung seines Werks *Tierstrafen und Tierprozesse* (siehe auch Literaturverzeichnis).

Glossar

Albus – eine Geldeinheit

Aussatz – Lepra. Wer an Lepra erkrankt war, wurde aus der Gesellschaft ausgeschlossen, ein »Aussätziger«.

Bader – arbeiteten in mittelalterlichen Badestuben. Sie waren für die Körperhygiene, aber auch für kleinere Operationen, z. B. das Ziehen eines Zahnes, zuständig.

Barett – eine Hutform

Baumeister Gerhard – war der erste Baumeister des Kölner Doms. Weil am Dom bis heute immer wieder gearbeitet wurde und wird, erfand man die Sage von der Wette mit dem Teufel.

Bilsenkraut – ruft starke Halluzinationen hervor und wurde im Mittelalter benutzt, um Schmerzen zu verringern. Sehr giftig!

Blauer Stein – Das Ritual, einen Verurteilten gegen diesen Stein zu stoßen, ihn also zu »bleuen«, gab es in vergleichbarer Form auch an anderen Orten.

Burggreve – wurde vom Rat für die Torburgen bestellt (manchmal auch Burggraf genannt). Diese Posten waren beliebt – man bekam eine Wohnung in der

Torburg und erhielt ein festes Salär – und wurden schon damals »unter der Hand« vermittelt.

cursorii – Rennpferd

dextrarii – Streitross

Drudenfuß – s. Pentagramm

Frauenhaus – würde heute »Bordell« genannt. In Köln gab es ein öffentliches, also vom Rat geduldetes, bis zu seiner Schließung Ende des 16. Jahrhunderts.

Gewaltmeister – waren sozusagen die »mittelalterliche Polizei«.

Gewaltrichter – waren für Verhaftungen zuständig und durften eigenmächtig geringere Strafen verhängen.

Gewaltrichterbote – s. Gewaltmeister

Greve – Richter

Grevenkeller – der Keller des Richters in dessen Wohnhaus, in dem Strafgefangene inhaftiert werden konnten.

Heimlichkeitsfeger – Fäkalien flossen in offenen Bächen, den Abwasserrinnen, durch die Stadt. Sie sauber zu halten war Aufgabe der »Heimlichkeitsfeger«, die »heimlich« (also meist nachts) ihre Arbeit verrichteten.

Henker – s. Scharfrichter

hercarii – gewöhnliches Arbeitspferd

Heucke – s. Schandmantel

Interrogatio – Befragung, Verhör

Kax – s. Pranger

Kelpie – sind bösartige Gestaltwandler, die mal menschliche, mal pferdeähnliche Gestalt annehmen, und in der Nähe von Gewässern leben. In menschlicher Gestalt schwingen sie sich hinter einem Reiter auf das Pferd und versuchen ihn zu erdrücken; in der Gestalt eines Pferdes warten sie, bis sich jemand auf ihren Rücken setzt, und versuchen dann, ihn im tiefen Wasser zu ertränken.

Levitenamt – wird die feierliche Messe an Sonn- und Feiertagen genannt, die vormittags stattfindet.

Lose Pritt – Schimpfwort für Prostituierte

Malleus Maleficarum – hieß der erstmals 1487 erschienene »Hexenhammer« (s. auch Literaturverzeichnis), in dem ausführlich beschrieben wurde, woran man die vermeintlichen Hexen erkennen könne und wie man mit ihnen verfahren müsse. Dieses Buch wird für die starke Verfolgung von Frauen als Hexen mitverantwortlich gemacht.

Malter – eine alte Maßeinheit

Meister Hans – nannte man in Köln jeden Scharfrichter. Der richtige Name war geheim, damit dem Mann nicht nachgestellt werden konnte.

Neidstangen – sollten böse Geister fernhalten. Dazu wurden (früher echte) Pferdeköpfe auf Stangen gesteckt und am Dachfirst befestigt. Ein heidnischer Brauch.

Non – »zur neunten Stunde«, 15.00 Uhr

Patrizier – Angehöriger der Oberschicht im Mittelalter

Pentagramm – Fünfeck, sollte vor Übel bewahren.

plumit – Plumeau, Daunenbett

Pranger – dienten zur Bestrafung bei bestimmten Verbrechen wie z. B. Diebstahl. Der Schuldige wurde meist an Händen und am Hals festgebunden und der Öffentlichkeit zum Spott preisgegeben, »angeprangert«.

Prim – »zur ersten Stunde«, ca. 7.00 Uhr morgens.

Ratsherren – In Köln insgesamt 49 gewählte Männer, die über das Wohl der Stadt entschieden.

Relatio – juristische Gutachten, die im Auftrag des Rats von den Syndici verfasst wurden.

Richmodis von Aducht – lebte im 14. Jahrhundert in Köln.

Säckel – Geldbeutel

Säckelschneider – Taschendieb

Schandmantel – war eine hölzerne Tonne mit Aussparungen für Kopf, Arme und Beine, die Verurteilten übergezogen wurde, um die Öffentlichkeit auf ihr Vergehen aufmerksam zu machen, sie also »der Schande preiszugeben«. Diese Strafe wurde oft für Gotteslästerung verhängt.

Scharfrichter – Ein anderes Wort für Henker. Er richtete »scharf« – zum Beispiel mit dem Schwert.

Schaube – ein offener weiter Mantel

Schellenknecht – läutete mit Schellen, um Aufmerksamkeit zu erregen; bettelte im Namen der Aussätzigen, die ihn dafür mit einem Anteil der Almosen entlohnten.

Schlupfhure – s. sloephoern

Schnepper – Taschenmesser

Sexherren – Herren des Rates

Sext – »zur sechsten Stunde«, 12.00 Uhr

sloephoern (Schlupfhuren) – »heimliche Huren« – im Gegensatz zu den Prostituierten, die im öffentlichen Frauenhaus arbeiteten.

Spanischer Stiefel – Folterinstrument

Stimmmeister – Ratsherr, dem die Wahrung von Verfassungs- und Polizeiangelegenheiten oblag.

Syndici – waren für die Rechtsgeschäfte einer Stadt zuständig. Sie berieten den Rat in juristischen Dingen.

Terz – »zur dritten Stunde«, 9.00 Uhr

Turmmeister – Vorgesetzter der Burggreven, Ratsherr

Vesper – Abendgebet um 18.00 Uhr

Vier Glocken (Vier Klocken) – 4 Diener der insgesamt 2 Marktherren, die morgens den Markt einläuteten und deshalb »Vier Klocken« genannt wurden.

Weißes Gold – Weil Elfenbein im Mittelalter so kostbar war, wurde es auch »weißes Gold« genannt.